le valet de cœur

J'AI LU

Barbara Cartland est une romancière anglaise dont la réputation n'est plus à faire.

Près de trois cents romans variés et passionnants mêlent aventures et amours.

Les Éditions J'ai Lu *en ont déjà publié plus de quarante que vous retrouverez dans le catalogue gratuit disponible chez tous les libraires.*

Désormais les Éditions J'ai Lu *publient également*
Les romans préférés de Barbara Cartland,
un choix des livres qui ont enchanté sa jeunesse.

BARBARA CARTLAND

le valet de cœur

traduit de l'anglais par Jean Muray

Éditions J'ai Lu

Ce roman a paru sous le titre original :

THE KNAVE OF HEARTS

1

Le duc de Melcombe ramassa ses cartes. Mais, au moment où il allait y jeter les yeux, un laquais vint se placer près de lui et lui tendit une lettre posée sur un plateau d'argent, en disant à mi-voix :

– C'est très urgent, Votre Grâce.

Le duc tourna la tête avec une expression ennuyée, puis, après avoir lancé un coup d'œil à l'enveloppe, il répondit :

– Je ne suis pas au club.

– Mais, Votre Grâce..., commença le laquais.

Le duc se mit à examiner ses cartes et ajouta sur un ton glacial :

– Vous avez entendu ce que je viens de vous dire, n'est-ce pas?

– Très bien, Votre Grâce, murmura le laquais en s'inclinant.

Lord Brora, personnage élégant, d'âge mur, qui, depuis un moment, observait les joueurs, s'approcha de la fenêtre et dit d'une voix traînante :

– Diable, Melcombe, vous avez fait des folies! Cette jeune personne – qui vous appartient sans doute – exhibe des bais magnifiques! Il faut qu'elle soit bien séduisante pour avoir obtenu que vous lui offriez deux bêtes qui n'ont certainement pas coûté moins de mille livres!

– Vous vous trompez, Brora, répondit le duc sur un ton nonchalant. Ces derniers temps, je n'ai pas acheté de chevaux bais, ni pour moi-même ni pour qui que ce soit d'autre.

– Vous aurez de la peine à me convaincre! fit lord Brora en riant. Cependant, j'avoue que je ne comprends pas pourquoi vous avez refusé de lire le billet doux de cette créature probablement adorable.

Tout en parlant, il avait ôté son monocle et regardait maintenant le laquais qui, le plateau d'argent à la main, descendait le perron du club.

– Si j'étais à la place de cette donzelle..., continua lord Brora.

Mais il s'arrêta net car, tandis qu'une main blanche apparaissait à la portière, il venait de remarquer pour la première fois les armes gravées sur la voiture.

Jusque-là absorbé par les deux superbes chevaux, il n'avait pas fait attention aux livrées du cocher et des valets de pied. Stupéfait, il laissa retomber son monocle. Cette voiture n'appartenait pas à une « donzelle », et le duc, à n'en pas douter, avait dit la vérité en affirmant ne pas avoir acheté les bais qui formaient l'attelage. Mais la dame de qualité qui se trouvait dans ladite voiture – car il s'agissait bien d'une dame de qualité – ne venait-elle pas de commettre une grave faute d'éducation et de goût en se présentant à la porte d'un club d'hommes?

Quelques instants, lord Brora suivit des yeux la voiture qui s'éloignait dans Saint James Street. Puis, haussant les épaules, il se retourna vers le duc qui, avec son air habituel d'indifférence cynique, étudiait son jeu. Ce Melcombe! Il y avait en lui quelque chose qui incitait toutes les femmes, respectables ou non, à commettre pour lui des actes non seulement audacieux, mais souvent stupides.

« Oui, stupides! se dit lord Brora. Car je ne suis

certainement pas le seul à avoir vu cette voiture et sa charmante occupante. Dès ce soir, toute la haute société de Londres parlera de l'indiscrétion dont s'est rendue coupable cette créature délicieuse et insensée... »

Il soupira car il éprouvait une sincère affection pour la dame en question, laquelle était une de ses parentes éloignées. Quand elle avait fait la connaissance de Melcombe, il avait cherché en vain à la mettre en garde. Comme bien d'autres femmes avant elle, elle était tombée follement amoureuse de cet homme dont la réputation était des plus fâcheuses dans un monde où, pourtant, on se moquait des gens vertueux.

« Pourquoi Melcombe est-il si différent des autres hommes? se demandait lord Brora. S'il n'avait pas possédé un grand titre et une fortune considérable, sa conduite depuis quelques années n'aurait pas manqué de ruiner sa position sociale. Si un autre homme, d'une personnalité moins affirmée, avait osé déclencher, comme lui, des scandales si retentissants et vivre en marge des règles les plus élémentaires de la décence, ses pairs l'auraient exclu de leur compagnie et, peut-être même, l'auraient fait chasser d'Angleterre. Mais ce pervers – je ne lui vois pas d'autre qualificatif – n'a jamais subi aucun affront. Certes, un grand nombre de maîtresses de maison ne le reçoivent plus à leur table; certains maris jaloux envoient leurs femmes à la campagne dès qu'il semble leur accorder trop d'attention; des mères, dont les filles se montrent un peu trop coquettes, pâlissent dès qu'on prononce son nom devant elles. Pourtant, il ne semble pas que le monde, où il a de nombreux ennemis, ait décidé de l'écarter définitivement, et il n'est pas douteux que s'il peut continuer à se conduire de la sorte, c'est que les femmes de tous âges n'ont pas encore cessé de le trouver plus que charmant. Mais pourquoi le trouvent-elles charmant? Pourquoi l'aiment-elles? Certes, il est grand et beau. Il a de larges épaules. Cependant, ce n'est pas sa perfection physique qui exerce sur elles la plus forte attraction. C'est plutôt son cynisme naturel et sa nonchalance, qui lui donnent l'air de trouver amers tous les fruits de la vie. Et c'est aussi son arrogance et sa fierté qui exigent et obtiennent des femmes fascinées une sorte d'obéissance servile... »

Lentement, comme si le moindre geste exigeait de lui un effort considérable, le duc abaissa son jeu. Derrière ses lourdes paupières, il ne semblait même pas regarder ce qui se passait sur la table. Mais son adversaire, un jeune homme dont les mouvements, depuis le début de la partie, trahissaient la nervosité, jeta ses cartes sur le plancher en s'écriant :

– C'est incroyable, Melcombe! Vous m'avez encore battu. Je n'ai jamais vu de chance comparable à la vôtre!

– Mettriez-vous en doute mon honnêteté? demanda le duc avec calme.

– Bien sûr que non! Je ne suis pas stupide à ce point! Mais que voulez-vous? Vous avez une chance diabolique! Tout homme se risquant à jouer avec vous est un sot. J'aurais dû me souvenir de la leçon que vous m'avez donnée la semaine dernière. Toujours est-il que vous m'avez magnifiquement réglé mon compte. Je vais vous signer un billet et vous serez payé, soyez-en certain... Mais il faudra que vous me fassiez avoir une pension, si vous ne voulez pas m'obliger à m'engager dans la marine.

– Je ne vous vois guère dans la marine, Roderick, fit le duc avec un mince sourire. Quant à cette pension dont vous parlez...

Melcombe semblait chercher ses mots, tout en regardant les cartes étalées sur la table. Mais il s'était rendu compte qu'un homme, dont les yeux sombres s'étaient immédiatement posés sur lui, venait d'entrer dans la salle.

Le nouveau venu, après avoir hésité un instant sur le seuil, se dirigea d'un pas rapide vers une chaise placée près de la fenêtre et s'assit, tournant ainsi le dos aux joueurs.

– Quant à cette pension..., reprit le duc d'une voix lente et basse – mais assez haute cependant pour être entendue de l'homme assis près de la fenêtre. Eh bien! non, Roderick! Je préfère déchirer votre billet plutôt que de vous voir dépendre de moi. Je n'ai aucun désir d'assumer de nouvelles responsabilités. J'en ai déjà assez comme cela!

Sans hâte, il se leva et ajouta, à l'intention non seulement de son adversaire, mais aussi de lord Brora et de deux autres hommes qui avaient suivi la partie :

– Vous avez certainement entendu parler des dispositions du testament de Wroxham.

– Le testament de Wroxham? répéta le joueur malchanceux en se demandant le rapport que cette affaire pouvait avoir avec sa propre ruine.

– Qu'a-t-il laissé? demanda lord Brora. Une somme coquette, sans doute?

– Oui, coquette..., répondit Melcombe. Environ deux cent cinquante mille livres.

– Mais, voyons, Melcombe, en quoi l'héritage de Wroxham vous concerne-t-il?

Le duc donna une chiquenaude sur la manche de son habit bleu, comme pour en chasser quelques grains de poussière, et répondit :

– Il me concerne en ce sens que j'en ai dorénavant la garde...

– Vous? s'écrièrent d'une seule voix trois des assistants.

– Mon cher Melcombe, dit lord Brora, cette histoire est trop invraisemblable pour que nous y ajoutions foi!

Quoi, ce vieil hypocrite de Wroxham, qui aurait cru souiller ses lèvres en prononçant votre nom, vous aurait confié la garde de sa fortune?

– En effet, il peut paraître amusant, répondit Melcombe, que Wroxham m'ait confié sa fortune jusqu'à ce que sa nièce, ma pupille, soit majeure...

– Incroyable! fit lord Brora.

S'attendant à un récit plus détaillé, il s'assit à la table, immédiatement imité par les autres messieurs présents. Mais, déjà, le duc se dirigeait vers la porte.

– Je ne vous ai dit que la vérité, murmura-t-il en étouffant un bâillement. Cependant, mes chers amis, épargnez-moi, je vous en prie, un plus long discours. Si cette affaire vous intéresse, pourquoi ne questionnez-vous pas certains membres de la famille... le nouveau comte, par exemple?

En prononçant ces derniers mots, il avait lancé un regard à l'homme assis près de la fenêtre. Puis, en deux enjambées, il sortit de la salle.

Un instant plus tard, lord Brora se tourna vers le nouveau venu et lui dit :

– Bonsoir, Alister. Que diable signifie toute cette histoire?

Celui qu'il venait d'appeler Alister se leva. Il était brun, grand, bien habillé. Il aurait été beau si une expression irritée n'avait envahi son visage et fait briller dans ses yeux des lueurs inquiétantes. Sans regarder lord Brora, il répondit, comme s'il s'adressait à la porte par laquelle le duc de Melcombe venait de sortir :

– Le gredin! Qu'il rôtisse en enfer jusqu'à la fin de l'éternité! S'il a dit tout cela, c'était pour me provoquer! Cet homme... mais c'est le diable en personne! Je ne vois pas comment lutter de pair avec lui!...

– Calmez-vous, calmez-vous, Alister! fit lord Brora. Asseyez-vous et racontez-nous cette affaire.

Mais le nouveau comte de Wroxham, tremblant de colère, les poings crispés dans un geste menaçant, ne pouvait que répéter :

– C'est un coquin... un drôle... un... un valet!

Lord Brora soupira. Il savait que, lorsque Alister était hors de lui, il était impossible de lui faire entendre raison; il revint près de la table de jeu et s'assit sur la chaise que le duc venait d'abandonner. Il prit une carte, la regarda et murmura avec un sourire en coin :

– Un valet, peut-être. Mais il faut reconnaître qu'il est surtout le *valet de cœur...*

Amusé à la pensée de la scène qui, sans aucun doute, se déroulait dans la salle du club depuis son départ, le duc se dirigeait de son pas nonchalant vers Berkeley Square. Tous les promeneurs de cette fin d'après-midi ensoleillée réagissaient différemment dès qu'ils l'apercevaient. Certains traversaient la rue pour l'éviter. D'autres s'avançaient dans sa direction, espérant qu'il leur ferait au moins un signe de reconnaissance. Quant à lui, il s'inclinait avec grâce devant les dames, lesquelles, le cœur battant, ne pouvaient s'empêcher de lui répondre d'un regard soudain plus brillant.

Mais, malgré la joie qu'auraient éprouvée bien des promeneurs à s'arrêter et à bavarder avec lui, il poursuivait imperturbablement sa route, et les hommes au moins devaient se contenter d'un petit signe de tête.

Lorsqu'il atteignit le perron de Melcombe House, son hôtel particulier, la grande porte s'ouvrit à deux battants, et il fut accueilli par plusieurs laquais en livrée rouge et argent. Il remit son chapeau et sa canne au maître d'hôtel qui lui dit :

– Lady Eléonore Renhold attend Votre Grâce dans le salon jaune.

Le duc demeura impassible et attendit quelques secondes avant de demander :

– Y a-t-il longtemps qu'elle est ici, Bascombe?

– Pas plus d'un quart d'heure, Votre Grâce. Je lui ai dit que vous rentreriez sans doute assez tard. Mais elle a décidé de ne pas partir avant votre retour.

Le duc gravit le spacieux escalier. Au premier étage, un valet lui ayant ouvert la porte, il entra dans le salon jaune et vit sa sœur aînée près de la fenêtre. Elle tordait dans ses doigts un mouchoir de dentelle.

En entendant la porte s'ouvrir, elle se retourna. Le duc constata son expression effrayée et le tremblement de ses lèvres.

– Quel plaisir, Eléonore! fit-il en s'avançant vers elle.

– Oh! Sébastien, dit-elle, il fallait que je vienne!

– Tu sembles avoir des ennuis, ma chère Eléonore, répondit le duc. Veux-tu me permettre de t'offrir quelque chose? Un verre de madère? Une tasse de thé?

– Non, rien... Je voulais te voir, Sébastien, et tu sais fort bien pourquoi... Mais... je n'ai pas parlé à George de la visite que j'avais l'intention de te faire.

– J'espère que mon admirable beau-frère est en bonne santé.

– Oui, en bonne santé... Mais tu sais qu'il m'a interdit de te voir et que rien ne pourrait modifier sa décision.

– Cependant, te voilà chez moi! fit le duc. Je ne te croyais pas tant de courage, Eléonore!

Lady Eléonore pressa ses mains l'une contre l'autre. Jadis, elle avait possédé une beauté pâle et aristocratique. Mais, maintenant, aux environs de la quarantaine, il ne lui restait presque rien de son charme et son visage n'exprimait plus que la fatigue et une certaine tristesse.

– Souviens-toi Sébastien, dit-elle d'une voix hésitante, que j'ai beaucoup aimé Amy Shane.

– Et alors? fit le duc.

– Tu ne me facilites pas les choses, répondit-elle avec un soupir. Tu sais fort bien que c'est au sujet de la fille d'Amy Shane que je suis venue te voir. J'ai appris, ce matin seulement, que... que...

– Que Wroxham a laissé sa fortune à la fille d'Amy Shane et que je suis le tuteur de cette enfant?

– Oui, c'est cela! s'écria lady Eléonore. Mais comment cela a-t-il pu arriver, Sébastien? Comment as-tu pu devenir le tuteur de la fille d'Amy?

Le duc s'installa confortablement dans un grand fauteuil placé de l'autre côté de la cheminée et répondit :

– En réalité, Eléonore, je suis le tuteur de Ravella Shane depuis six mois, c'est-à-dire depuis la mort de Patrick Shane.

– Depuis six mois! Mais je ne savais pas que son père était mort! Où est-elle?

– Dans un pensionnat.

– Où?

– Je n'en ai pas la moindre idée. Ce pensionnat a été choisi par Hawthorn.

– Depuis quand les notaires connaissent-ils ce genre d'établissements?

– Hawthorn s'est renseigné, répondit le duc, et j'ai tout lieu de croire que le pensionnat en question convient parfaitement à ma pupille.

– Mais, Sébastien, tout cela est ridicule! s'écria lady Eléonore. Toi, le tuteur d'une jeune fille, d'une enfant innocente!

– Je savais que le qualificatif « innocent » apparaîtrait tôt ou tard dans notre conversation, fit le duc sur un ton sarcastique. Je puis t'assurer, ma chère Eléonore, que je ne suis pour rien dans cette histoire. Tu sais que je n'ai pas l'habitude de donner des explications. Cependant, je vais satisfaire ta curiosité. Il y a dix ans, j'ai accepté un jour de prendre part à un steeple-chase. A cette époque, j'étais encore à Oxford et je séjournais dans la propriété de Weybridge. Celui-ci avait convié un assez grand nombre de personnes et l'idée d'un steeple-chase nous vint un soir, après un dîner bien arrosé. Il fut décidé que la course serait aussi difficile que possible. Le prix, si j'ai bonne mémoire, devait être de mille guinées. Nous devions avoir les yeux bandés et le bras gauche attaché au corps. Comme tu le vois, il s'agissait d'une épreuve des plus sérieuses et...

– Je comprends, je comprends, coupa lady Eléonore. Mais en quoi ce steeple-chase concerne-t-il Ravella?

– Un peu de patience, ma chère!... L'un des convives, se croyant spirituel, déclara ceci : « Comme certains d'entre nous se tueront probablement pendant la course, ne serait-il pas sage de faire sur-le-champ nos testaments? » Nous demandâmes donc du papier et des plumes, et chacun se mit à l'œuvre. Plusieurs d'entre nous rédigèrent des testaments pleins d'humour. Je me souviens qu'un des invités léguait sa maîtresse, une petite danseuse aux goûts dispendieux, à un respectable personnage qui, plus tard, dut avoir bien du mal à se défaire de cet encombrant héritage...

– Une plaisanterie de bien mauvais goût! fit lady Eléonore d'un ton glacial. Mais, je t'en prie, Sébastien, continue.

– Quant à moi, reprit le duc de Melcombe, je ne sais plus à qui je léguai les rares objets en ma possession. Tu te souviens certainement, Eléonore, qu'à cette époque je n'avais en vue d'autre héritage que les dettes de notre père, et que trois personnes bien vivantes se dressaient entre moi et le titre de duc... Mais, au cours de ce dîner, Patrick Shane était assis à ma droite. Il me demanda si, dans l'éventualité de sa mort, j'accepterais de devenir le tuteur de son enfant. Je venais juste d'accepter de m'occuper des chiens de Foxley et des chevaux de Saar. Alors, tu comprends, Eléonore, une charge de plus ou de moins... Weybridge fit venir son homme d'affaires, lequel nous assura que nos testaments, que nous avions déposés entre ses mains, étaient parfaitement légaux. Sur cette certitude, nous nous mîmes en selle. C'est moi qui gagnai le steeple-chase.

– Mais, Sébastien, il s'agit d'une aventure vieille de dix ans!

– C'est vrai. Néanmoins, lorsque Patrick Shane mourut l'an passé, il n'avait pas fait d'autre testament. Depuis la mort de lady Amy, je crois qu'il avait un peu perdu la tête. De plus, il ne possédait plus rien. Si bien que sa fille, Ravella Shane, s'est trouvée dans une situation assez misérable jusqu'au décès de Wroxham, la semaine dernière.

– Et Wroxham a tout laissé à cette enfant?

– Oui, tout. Du moins, je le crois. C'est ce matin seulement que Hawthorn m'a mis au courant des détails.

– Et Alister, le fils de Wroxham?

– Wroxham a désapprouvé la conduite d'Alister depuis qu'il a quitté le collège d'Eton.

– Cela ne me surprend pas, fit lady Eléonore avec une raideur étudiée. J'ai appris que ce garçon est mal élevé, qu'il boit comme un trou et passe sa vie à jouer.

– Je n'ai aucune raison de penser qu'Alister est pire que les autres jeunes gens de son âge, mais ce dont je suis certain, c'est que Wroxham était un vieil hypocrite. Il détestait tous les gens qui sont heureux de vivre, et il a dû éprouver un plaisir intense à déshériter son fils et à laisser sa fortune à l'enfant de sa sœur.

– Amy était la meilleure de la famille, dit lady Eléonore.

– Ainsi, poursuivit le duc, tu dois comprendre maintenant que je ne suis pour rien dans cette affaire. Lorsqu'on m'a appris que l'enfant devenait ma pupille, j'ai donné à Hawthorn des instructions pour qu'il prenne à son égard les dispositions les plus favorables. A franchement parler, ma chère Eléonore, pour que je me souvienne de cette Ravella, il a fallu que j'apprenne qu'elle devenait l'héritière d'une grande fortune.

– Eh bien! mon cher Sébastien, il faut que tu fasses quelque chose. C'est d'ailleurs pour cela que je suis venue te voir.

– Tiens, tiens!

– Je te conseille, naturellement, de me confier Ravella. George est d'accord.

– George? fit le duc en levant les sourcils. Ne m'as-tu pas dit que ton mari n'était pas au courant de la visite que tu me fais en ce moment?

– Oui, je te l'ai dit, et c'est la vérité. Mais je sais qu'il a l'intention de venir te voir lui-même, et tu n'ignores pas... que...

Comme elle semblait hésiter à poursuivre, le duc éclata d'un rire assez désagréable.

– Inutile d'être plus précise, ma chère Eléonore, dit-il. Nous n'avons jamais été, ton mari et moi, en très bons termes. J'imagine facilement notre entrevue. George, avec son habituelle... brutalité, ne manquera pas de souligner que je suis incapable de veiller sur une jeune fille innocente.

– Oh! Sébastien! s'écria lady Eléonore en se tordant les mains. A la seule idée que vous pourriez vous quereller, George et toi... Certes, il n'a pas beaucoup de tact. Mais je ne veux pas que vous échangiez des paroles blessantes. Envoie-moi Ravella et du même coup tes ennuis seront terminés.

– Etrange... vraiment étrange, dit lentement le duc, que ton mari s'intéresse si brusquement à cette orpheline! Je me demande – simple supposition, bien sûr! – s'il se serait montré aussi charitable à son égard il y a seulement huit jours...

– Sébastien! cria lady Eléonore en se dressant d'un bond. Ce que tu dis là est faux! George est économe, car il en a le devoir. Nous ne sommes pas aussi riches que toi, et tant de gens dépendent de nous! Mais ce n'est pas parce que Ravella est riche que George lui offre l'hospitalité. C'est pour me faire plaisir... parce qu'il sait que j'aimais profondément Amy.

– Peut-être... peut-être. Cependant, la fortune de Ravella ne vous ferait pas de mal, n'est-ce pas?

Lady Eléonore porta son mouchoir à ses yeux tout en répliquant :

– Je n'arrive pas à comprendre pourquoi tu te montres si dur avec moi, Sébastien!

– Je ne voudrais pas te blesser, Eléonore, mais tu sais aussi bien que moi que George est un avare et je suis prêt à parier n'importe quoi que, sans la fortune de Wroxham, il n'aurait même pas eu l'idée de donner l'hospitalité à Ravella!

– Quelle que soit ton opinion au sujet de George, tu dois m'envoyer cette enfant!

– Je *dois?* Des ordres, Eléonore, j'en reçois rarement!

– Je t'en prie, Sébastien, ne cherche pas de faux-fuyants! Tu connais ta réputation? Cette enfant n'a aucune chance d'être élevée... correctement par toi... De plus, n'oublie pas qu'elle appartient au meilleur monde!

– Ce qui veut dire, si je comprends bien, que je n'ai pas le droit de la séduire, mais que, dans le cas contraire – c'est-à-dire si elle appartenait à un monde moins... distingué – tu m'en laisserais toute liberté?

– Je ne te suivrai pas sur ce terrain! Je t'en supplie, ne me taquine plus! Dis à Hawthorn de m'envoyer Ravella immédiatement, et tu n'auras plus à te soucier de son avenir.

Le duc se leva de son fauteuil :

– Sache bien, Eléonore, que je refuse à George le droit d'intervenir dans mon existence. Jusqu'ici, je n'avais aucune conscience de ma responsabilité. Mais aujourd'hui, je me rends compte que Patrick Shane n'a pas confié Ravella à sir George Renhold, mais à moi. Connaissant bien Patrick, je suis persuadé qu'il aurait choisi pour sa fille la vie agréable que je lui réserve plutôt que celle, conventionnelle et, pour tout dire, sinistre, qu'elle mènerait certainement près de ton admirable George...

– Un tel raisonnement ne tient pas debout, Sébastien! Tu sais fort bien que cette enfant ne peut pas demeurer sous ta garde.

– Pourquoi? Veux-tu, je t'en prie, me donner tes raisons?

Un instant, lady Eléonore regarda son frère. Puis, avec une expression soudain plus douce, elle s'approcha de lui, mit les mains sur ses épaules et dit à mi-voix :

– Sébastien, pourquoi es-tu devenu si... mauvais? Tu as été un petit garçon si charmant! Nous t'aimions tous! Je me souviens de la joie de notre père à ta naissance. Il avait tant prié pour avoir un fils, lui qui se désolait de n'avoir eu jusque-là que quatre filles!

– Où veux-tu en venir? demanda le duc.

– Nous t'avons trop gâté. Comment en aurait-il été

autrement? Tu étais si beau, si séduisant! Et voilà le résultat!

– Quel résultat?

– T'es-tu regardé dans une glace? Si j'ai bonne mémoire, tu as eu trente ans le mois dernier, mais tu vas bientôt en paraître cinquante! Tu as déjà des rides qui te vieillissent terriblement! Et tu as l'air las, cynique! Toi qui étais jadis si léger, si gai! Que t'est-il arrivé? Pourquoi as-tu tellement changé?

D'un mouvement brusque, elle se tourna pour cacher ses larmes. Quelques secondes, le duc demeura silencieux, puis il éclata de rire en disant :

– Epargne-moi, Eléonore. Tu sais bien que je n'aime pas les scènes. Que veux-tu? Tu as choisi la vie qui te convenait. J'ai choisi la mienne. Nous sommes tous les deux satisfaits.

– Alors, tu ne veux pas m'écouter? dit lady Eléonore avec un petit geste de désespoir.

– Non.

– Et naturellement tu ne me confieras pas Ravella?... Tu es libre de mener l'existence qui te plaît, Sébastien, mais tu n'as pas le droit d'en faire pâtir une pauvre petite orpheline!

Pour toute réponse, le duc tira sur un cordon.

– Excuse-moi, Eléonore, dit-il enfin. Mais cette conversation me fatigue. Ta proposition est sincère, j'en suis convaincu – du moins en ce qui te concerne personnellement... Je vais y réfléchir.

– Tu me le promets? demanda lady Eléonore, les yeux soudain plus brillants.

– Je te le promets, ma chère. Mais je ne puis t'en dire plus...

– Oh! merci, Sébastien! Je sais que ton bon sens me donnera finalement raison.

Elle avait mis la main sur le bras de son frère. Mais celui-ci, sans lui prêter attention, regardait le valet qui, sur le seuil de la porte, attendait ses instructions.

– Faites avancer la voiture de ma sœur, dit-il, et envoyez chercher Mr Hawthorn.

– Très bien, Votre Grâce.

Quelques minutes plus tard, le duc aidait lady Eléonore à monter dans sa voiture.

– Je t'en prie, Sébastien, n'oublie pas ta promesse! fit-elle sur un ton suppliant.

Mais il se contenta de s'incliner devant elle puis, tournant les talons, il rentra dans sa maison, avant même que le cocher eût fouetté les chevaux.

– Prévenez le capitaine Carlyon que je désire lui parler, dit-il au maître d'hôtel.

– Très bien, Votre Grâce.

– Et si sir George Renhold se présente, je suis absent.

– Bien, Votre Grâce.

Le duc suivit un couloir et entra dans sa bibliothèque, petite pièce charmante et meublée avec un goût exquis, qui donnait sur le jardin. Un chien, couché près de la cheminée, se leva et vint à sa rencontre. Mais le maître de maison, les sourcils froncés, ne lui prêta qu'une attention distraite.

Quelques minutes plus tard, la porte se rouvrit et le capitaine Hugh Carlyon entra. Cousin éloigné du duc, il lui servait de secrétaire et de bibliothécaire, emploi qui lui avait été donné par charité, mais qu'il avait accepté car il lui était impossible d'en trouver un autre.

Hugh Carlyon avait été grièvement blessé à la bataille de Waterloo. Il était impossible de regarder aujourd'hui cet homme, qui avait été très beau dans sa jeunesse, sans éprouver un sentiment d'horreur et de pitié tout à la fois.

Une balle lui avait non seulement crevé un œil, mais brisé la mâchoire et déchiqueté la joue droite. Son bras gauche, à la suite de blessures qui s'étaient gangrenées faute de soins assez rapides, avait dû être amputé.

Ses disgrâces physiques avaient eu sur son esprit un effet déplorable. Il était devenu très renfermé et fuyait la compagnie de ses semblables. Il se cachait dans Melcombe House, heureux d'être occupé et désireux par-dessus tout que le monde extérieur oubliât jusqu'à son existence. Il était peut-être le seul homme dont le duc pût supporter la présence dans sa maison et, bien qu'il lui fût infiniment reconnaissant, il ne pouvait imaginer toute l'étendue du sacrifice que son bienfaiteur avait consenti en sa faveur.

– Tu m'as demandé, Sébastien? fit-il en s'avançant lentement dans la pièce.

Il n'aimait guère quitter son appartement privé, redoutant toujours de se trouver nez à nez avec des amis ou des relations de son cousin.

– Oui, Hugh, répondit le duc. Je voudrais m'entretenir avec toi.

– Au sujet de Ravella, n'est-ce pas?

– Comment as-tu deviné?...

– J'imagine que cette histoire a déjà fait le tour de Londres.

– Il faut le croire! Eléonore sort d'ici...

– Eléonore? fit le capitaine surpris. Je croyais que tu avais interdit ta maison à toutes tes parentes?

– C'est exact. Mais Eléonore est venue me dire que George allait me faire une visite pour me prier, ou plutôt pour m'ordonner de lui céder Ravella, afin que celle-ci soit élevée dans la décence et la respectabilité...

– Eh bien! voilà au moins un problème de résolu!

– Comment cela?

– Mais bien sûr! Je me demandais à qui tu pourrais confier cette petite.

– Comment? Toi aussi, Hugh, tu considères que je

ne suis pas un tuteur convenable pour une jeune et innocente enfant?

– Tu connais d'avance la réponse que je pourrais faire à cette question!

– Tout ce bruit parce qu'une orpheline, hier inconnue, vient d'entrer soudain en possession d'une fortune! fit amèrement le duc.

– Je t'aurais donné le même conseil il y a plusieurs mois, si tu m'avais fait part de l'existence de cette enfant, dit Hugh Carlyon. Mais tu ne m'as jamais avisé qu'on t'avait désigné comme son tuteur. Il est vrai qu'à ce moment-là je venais d'être malade et avais cessé provisoirement de tenir ta correspondance...

– C'est exact, j'avais oublié de t'en parler... Et naturellement, tu as été surpris...

– Très surpris! Je me souviens fort bien de Patrick Shane. Il était sympathique à tout le monde, mais plutôt déséquilibré. De toute façon, sa femme aurait dû l'inciter à faire un testament plus... raisonnable.

– Malheureusement, elle est morte cinq ans avant lui!

– Dans ces conditions, tout s'explique... Eh bien! Sébastien, si Eléonore veut prendre cette enfant, nous n'aurons plus à nous casser la tête.

– Je ne me casse pas la tête, répondit froidement le duc. Mais, en même temps, je n'ai pas l'intention de m'incliner devant la rapacité de George Renhold. Je ne veux pas lui donner la plus grande joie de sa vie en lui cédant la gestion d'une aussi grosse fortune. Je ne comprends que trop bien son intérêt pour ma pupille et je puis t'assurer que celle-ci ne franchira le seuil de sa maison que sur mon cadavre!

– Mais alors, Sébastien, quelle solution envisages-tu?

– J'en trouverai certainement une, répondit le duc en haussant les épaules.

Il se dirigea vers la fenêtre et contempla le jardin. Hugh Carlyon le regarda quelques instants et dit enfin :

– La marquise d'Ivel est venue ici cet après-midi. Elle avait une lettre pour toi, mais elle n'a pas voulu la laisser. Elle a demandé où tu te trouvais. Lorsque Bascombe lui a répondu que tu étais au club, elle est partie.

– Eh bien cette lettre, elle l'a apportée au club...

– Comment? Elle-même? Elle est folle!

– Non, pas folle, répondit le duc d'une voix dure. Seulement très... collante!

– A ce que je vois, tu es las d'elle, fit Hugh Carlyon avec un soupir. Pauvre petite! Comment va-t-elle prendre la chose? Je la vois encore, à son arrivée à Londres. Elle était très belle!

– Beaucoup de femmes sont belles!

– Et pourtant leur beauté ne te retient pas...

– En effet. La beauté est souvent très décevante, et on se lasse vite de la perfection.

– Sébastien, quand cesseras-tu d'être aussi effroyablement cynique?

Le duc quitta la fenêtre et fit volte-face.

– As-tu, toi aussi, l'intention de me faire la morale? demanda-t-il. Il y a quelques instants, j'ai déjà dû subir un sermon d'Eléonore. Elle m'a dit que je paraissais cinquante ans et que j'avais le physique d'un vieux noceur. Selon toi, est-ce exact?

– Je me moque de ton apparence comme de ma première chemise! répondit Hugh. Ce qui m'intéresse, c'est ton esprit. Qu'est-ce qui ne va pas, Sébastien?

– J'attends que tu me le dises...

– Tu sembles las de tout. Le monde est à tes pieds! Tu as une position sociale importante, de l'argent et tu possèdes Lynke, le plus beau domaine de toute l'Angleterre! Pourtant, je n'ai jamais vu un homme qui paraisse aussi peu attaché à la vie. Quant aux femmes...

– Eh bien! continue, fit le duc doucement.

– Parfait, je serai franc!... Les femmes t'aiment, mais toi, tu sembles... les haïr!

Le duc sortit de sa poche sa tabatière et la regarda comme s'il ne l'avait jamais vue.

– Quelquefois, Hugh, dit-il enfin, tu es étonnamment perspicace.

– Ainsi, tu les hais! Il y a longtemps que j'en avais le pressentiment... (Le duc pinça les lèvres et baissa ses lourdes paupières sur ses prunelles gris d'acier. Mais il ne répondit pas.) Est-ce là ton secret? reprit Hugh Carlyon. Est-ce donc pour cette raison que tu éprouves de temps à autre une joie cruelle à faire souffrir des êtres qui t'aiment?

– Qui m'aiment! répéta le duc avec un sourire sarcastique. Voyons, mon cher Hugh, quel sens donnes-tu au mot amour?

– Le sens de ce mot, Sébastien, tu le connais mieux que n'importe qui! Pourquoi, si elles ne t'aimaient pas, les femmes, jeunes et vieilles, s'offriraient-elles à toi?

– Et tu appelles ça de l'amour! s'écria le duc en riant franchement. Mon pauvre Hugh, tu es encore aveuglé par le romantisme de ton adolescence! Ce que les femmes me donnent et ce qu'elles veulent de moi, ce n'est pas de l'amour...

– Alors qu'est-ce que c'est?

– Je vais te le dire... brutalement... Ce que nous recherchons, elles et moi, c'est le plaisir physique. Voilà la vérité! Te choque-t-elle?

Hugh Carlyon regarda son cousin. Le duc avait parlé avec son habituelle nonchalance, et le ton neutre de sa voix rendait encore plus amers les sentiments qu'il exprimait. Pourtant, une ombre fugitive de tristesse venait d'assombrir son beau visage.

– Sébastien, répondit le capitaine, voilà sept ans que je vis chez toi, et tu demeures pour moi encore plus énigmatique que le jour de mon arrivée. Nous sommes cousins, mais je te connais moins bien que le dernier de tes laquais. Pourquoi te conduis-tu comme tu le fais? Que penses-tu? Qu'y a-t-il derrière cette façade de cynisme et de brutalité? C'est là ce que je voudrais savoir.

– Tu en demandes trop, Hugh, repartit le duc avec un sourire. Je préfère garder mes secrets...

Au moment où Hugh Carlyon allait poser une nouvelle question, la porte s'ouvrit.

– Votre Grâce, voici Mr Hawthorn, annonça le maître d'hôtel.

Le notaire entra dans la pièce. C'était un homme assez âgé, affectant une jovialité démentie par les rides maussades qui creusaient son étroit visage. Il s'inclina très bas et dit d'un ton déférent :

– Serviteur, Votre Grâce.

– Bonsoir, Hawthorn, répondit le duc. Je voudrais quelques renseignements.

– Sans doute au sujet de miss Ravella Shane?

– Qu'est-ce qui vous fait croire que ma pupille figure au premier plan de mes préoccupations?

Le notaire posa sa serviette sur une table et répondit :

– C'est que, Votre Grâce, depuis quelques heures, beaucoup de personnes semblent lui porter un intérêt anormal.

– Quelles personnes? fit le duc d'une voix sèche. Voyons, Hawthorn, je vous ai posé une question! Répondez!

– Eh bien! Votre Grâce, sir George Renhold est venu me voir cet après-midi.

– Le vautour! murmura le duc.

– Pa... pardon, Votre Grâce? bredouilla le notaire.

– Continuez! ordonna le duc. Qui encore?

– Ma foi, il y a seulement une demi-heure, lord Brora, accompagné d'un autre gentleman, m'a fait une visite.

– Simple curiosité de la part de Brora... Allons, poursuivez!

– Au moment où j'allais quitter mon bureau pour venir ici, à l'appel de Votre Grâce, lord Wroxham est arrivé.

– Tiens, tiens! Et pourquoi s'est-il adressé à vous? Il a ses propres hommes d'affaires!

– Certes, Votre Grâce, mais ceux-ci n'ont pu lui donner les renseignements dont il avait besoin.

– Quels renseignements?

– Des renseignements personnels concernant miss Shane, Votre Grâce.

– C'est-à-dire?

– Tout d'abord... son âge...

– Wroxham a tort de se faire du souci! Il passera beaucoup d'eau sous les ponts avant que ma pupille n'atteigne ses vingt et un ans et n'entre en possession de sa fortune!

– Auriez-vous oublié, Votre Grâce, que miss Shane entrera plus tôt en possession de ses biens... si elle se marie?

Il y eut un brusque silence.

– En effet, cette clause m'avait échappé, dit finalement le duc. Mais la question ne se pose pas encore, n'est-ce pas? Ma pupille, si je suis bien renseigné, n'est qu'une enfant!

Le notaire eut quelque peine à maîtriser sa surprise.

– Je crois au contraire, Votre Grâce, dit-il, que vous êtes mal renseigné. Miss Shane vient de célébrer son dix-septième anniversaire.

– Dans ces conditions, je comprends... je comprends tout..., murmura le duc d'une voix pensive.

– Ai-je eu tort, Votre Grâce, de répondre aux questions de lord Wroxham?
– Que vous a-t-il encore demandé?
– Dans quelle pension miss Shane faisait ses études, répondit Hawthorn.
– Et vous le lui avez dit?
– Je ne savais pas que Votre Grâce désirait garder secret ce détail...
– En effet, je ne vous avais laissé aucune instruction à ce sujet... Quelle adresse lui avez-vous donnée?
– Je... je lui ai dit que miss Shane était pensionnaire chez miss Primington, à Mildew, dans le comté de Bedford...
– A Mildew! s'écria le duc. Si j'ai bonne mémoire, Mildew se trouve à douze miles de Lynke.

Et soudain, d'un pas décidé, il se dirigea vers la cheminée et saisit le cordon.
– Que vas-tu faire? lui demanda Hugh Carlyon.

Le duc le regarda avec un éclair ironique dans ses prunelles grises et répondit :
– Je vais faire préparer ma voiture. Ce soir, je coucherai à Linke. Et demain... Qui sait? Il se peut que je décide de faire la connaissance de... miss Ravella Shane!

2

Le duc de Melcombe regardait sans le moindre plaisir la plaine du comté de Bedford. Les routes étaient bien mauvaises et le sol, amolli par des pluies abondantes, ralentissait la voiture.

Il tira sa montre de son gousset et constata qu'il était déjà presque 5 heures. Il aurait voulu arriver plus tôt à Mildew. Mais, retenu presque toute la journée dans son domaine de Lynke qu'il n'avait pas visité depuis plusieurs mois, il s'était vu contraint d'en repartir beaucoup plus tard qu'il ne l'avait prévu. En conséquence, il avait donné à son cocher l'ordre d'accélérer l'allure et comptait ne plus tarder à atteindre le pensionnat qui, selon Hawthorn, se trouvait juste à l'entrée du village.

Soudain, le duc fut projeté par un cahot contre la cloison capitonnée de la voiture. Il ne put retenir un juron et pensa : « J'ai été stupide de me lancer dans ce voyage! J'aurais dû tout simplement prier Hawthorn de m'amener Ravella à Londres. Nous aurions fait tranquillement connaissance chez moi. Et tout cela parce que j'ai soupçonné Wroxham de manigancer quelque chose!... »

Il bâilla, puis, s'apercevant que la voiture n'avançait plus, il regarda par la portière. Le village – une église de pierre grise et quelques toits de chaume – était encore à une certaine distance, et la route, avant de l'atteindre, décrivait plusieurs courbes dans les champs d'oignons et de pommes de terre précoces.

Un valet de pied ayant ouvert la portière, le duc lui demanda sur un ton impatient :

– Pourquoi nous sommes-nous arrêtés ici?

– L'un des chevaux a perdu un fer, Votre Grâce.

– Quel ennui!

– Le cocher propose à Votre Grâce de continuer ainsi jusqu'à Mildew ou de changer le cheval avec l'un de ceux des piqueurs.

– Changez ce cheval ordonna le duc.

Puis, comme le valet de pied refermait la portière, il ajouta :

– Un instant! Je vais me dégourdir les jambes.

Sur ces mots, il sauta sur la route. Déjà, l'un des piqueurs avait mis pied à terre et débouclait la sangle de sa selle. Bien que la distance les séparant du village fût relativement courte, tous les domestiques savaient que leur maître aimait trop ses chevaux pour obliger l'un d'eux à marcher déferré.

Pendant quelques instants, le duc regarda ses gens s'affairer autour de l'attelage. Celui-ci était composé de quatre chevaux gris que Melcombe avait achetés un an auparavant pour une très grosse somme. Quant aux piqueurs, ils montaient deux bêtes aux robes un peu plus sombres, des anglo-arabes nerveux et fins.

Il n'arrivait pas souvent que le propriétaire de Melcombe House et du domaine de Lynke ne conduise pas lui-même, mais, sans savoir exactement pourquoi, il avait pris, ce jour-là, la décision de se présenter à sa pupille en grand apparat.

De fait, l'équipage avait belle allure. Chacune des portières de la voiture était ornée d'un énorme blason. Le cocher, les valets de pied et les piqueurs étaient vêtus de livrées rouge et argent et coiffés de perruques poudrées. Les chevaux, tous magnifiques, faisaient briller leurs harnais bien astiqués. Le duc lui-même était extrêmement élégant avec son habit vert olive, orné de boutons d'émeraude et de diamant, sa culotte de daim jaune et ses bottes étincelantes. Comment les paysans arriérés de cette campagne perdue n'auraient-ils pas regardé avec admiration ce cortège princier?

Fatigué d'observer les allées et venues de ses domestiques, le duc jeta un coup d'œil autour de lui et, pour se rafraîchir, retira son grand chapeau en poil de castor. Il s'aperçut alors que l'accident était survenu à une centaine de pas seulement de la première maison du village, un cottage à toit de chaume dont le jardin regorgeait de fleurs et devant lequel s'étendait une prairie communale où paissaient une vache et deux chèvres blanches.

Ne sachant à quoi s'occuper, le duc se dirigea vers les chèvres. L'une d'elles bêlait lamentablement, mais elle semblait grasse et bien nourrie. Un peu plus loin, il y avait un vieil arbre solitaire, tout rabougri, que la foudre avait jadis en partie carbonisé et sur lequel les amoureux du cru avaient gravé des cœurs percés de flèches et des initiales entrelacées.

Melcombe ne se trouvait qu'à quelques pas de l'arbre lorsque, derrière lui, une voix aiguë cria :

– Eh! là-bas!

Se retournant il vit un garçon de douze ans environ, vêtu d'une sorte d'uniforme déchiré et taché, qui le regardait en souriant.

– Est-ce moi que tu appelles? demanda le duc.

– Oui, répondit le gamin. C'est-y vous qui attendez un message d'une dame?

– Une dame t'a chargé de porter un message?

– Oui. Elle m'a dit que je vous trouverais près du chêne foudroyé et que vous me donneriez un petit pourboire...

Ce disant, le gamin déposa dans la main du duc un morceau de papier chiffonné et demeura immobile avec un large sourire.

Le duc, non sans un certain dégoût, regarda le papier et s'apprêtait à dire à son interlocuteur qu'il se trompait de destinataire, lorsque celui-ci ajouta :

– Vous feriez bien de vous presser. Quant à moi, je retourne à l'école. Sinon, on va s'apercevoir de mon absence.

– Quelle école? demanda le duc soudain intéressé.

– L'école de la vieille Primington, pardi! Ou le pensionnat, si vous préférez. Il n'y en a pas d'autre à Mildew. Et je vous le répète, pressez-vous! Si vous avez une réponse à me donner pour miss Ravella, ne perdez plus un instant. Et n'oubliez pas que j'attends aussi un pourboire.

Alors, Melcombe n'hésita plus. Il déplia le papier. Les quelques mots suivants avaient été jetés, semblait-il, à la hâte, sur une page déchirée dans un livre de classe : *Milord, je serai près du poirier à 9 heures.*

– Qui t'a donné ce billet? demanda le duc.

– Miss Ravella! Elle m'a dit de l'apporter ici...

– Elle parle d'un poirier. Où est-il?

– Il est près du mur de clôture du pensionnat. Les filles l'escaladent quand elles veulent regarder sur la route. D'autres fois, elles s'en servent pour franchir le mur et faire une petite promenade au-dehors.

– Et miss Ravella se permet-elle souvent ces petites fantaisies?

– Et comment! Quand Janson a été malade, elle est sortie toutes les nuits, pendant une semaine.

– Une jeune fille entreprenante, à ce que je vois! Mais, dis-moi, mon garçon, as-tu idée de la personne à laquelle miss Ravella destinait ce billet?

Quelques instants, le gamin demeura bouche bée, puis il répondit :

– Mais... à vous! Elle m'a dit : « Tu remettras ce billet à un élégant gentleman qui se tiendra près du chêne foudroyé. »

– Ecoute, mon garçon, reprit le duc en repliant soigneusement le papier, veux-tu gagner une guinée?

– Une guinée? Vous plaisantez?

– Non, je ne plaisante pas. Mais écoute bien ce que je vais te dire. Tu ne m'as pas vu, tu ne m'as pas adressé la parole, tu ne m'as pas remis ce billet. Tu vas faire exactement comme si je n'existais pas et tu vas attendre ici même le gentleman en question. Tu lui remettras le billet sans rien lui dire à mon sujet. Est-ce compris?

– Oui. Mais comment pouvais-je deviner?...

– Rassure-toi. Personne ne te fera de reproches si tu suis mes ordres. Souviens-toi seulement que tu ne m'as pas vu et que tu ne m'as pas adressé la parole.

Sur ces mots, le duc sortit de sa poche une guinée

qu'il lança en l'air et que le gamin rattrapa adroitement en s'écriant :

– Soyez tranquille, je ne vous ai jamais vu et j'ignore même votre existence!

Puis il sourit et mordit dans la pièce pour s'assurer qu'elle était bien en or.

Le duc revint sur la route. Avant de remonter dans sa voiture, il dit au cocher :

– Faites demi-tour, Banks. A un mile d'ici, j'ai vu tout à l'heure un poteau indiquant la direction de Lockers Green. Si j'ai bonne mémoire, je crois que nous trouverons dans ce hameau une auberge où la cuisine n'est pas mauvaise.

– Très bien, Votre Grâce.

Le duc fit signe au piqueur qui tenait le cheval déferré, lui adressa quelques mots en bref et, après lui avoir remis de l'argent, monta dans la voiture, laquelle fit immédiatement demi-tour et repartit en sens inverse.

Ainsi que l'avait prévu Melcombe, elle atteignit bientôt le hameau de Lockers Green. L'aubergiste, ravi de l'aubaine, assura son noble visiteur qu'il allait lui préparer un excellent dîner dans le temps le plus court et lui recommanda même un certain vin rouge qui n'était pas indigne d'un palais de gentleman...

Installé près d'un grand feu de bûches, le duc trouva le vin de l'aubergiste si agréable qu'il en fit apporter une seconde bouteille. Puis, pour terminer son repas, il dégusta un verre d'eau-de-vie et s'aperçut alors avec surprise qu'il était plus de 9 heures.

Accompagné de l'aubergiste qui se confondait en courbettes, il se dirigea, sans se presser, vers sa voiture, et constata avec plaisir que la nuit était claire. Les chevaux n'eurent donc aucune difficulté à couvrir à bonne allure la distance séparant Lockers Green de Mildew.

A l'entrée du village, la voiture s'arrêta près d'un mur élevé, sur lequel apparaissaient les branches d'un poirier. La route était déserte. Le duc attendit. Quelques minutes plus tard, il y eut un bruit de sabots. Le piqueur revenait au trot de la cachette qui lui avait servi de poste d'observation. Il mit pied à terre et s'approcha de la portière.

– Eh bien? fit le duc.

– Un peu avant 9 heures, Votre Grâce, un gentleman a arrêté sa voiture ici même. La jeune fille l'attendait dans l'arbre. Ils ont échangé quelques mots, puis la jeune fille a sauté par-dessus le mur et elle est entrée dans la voiture.

– Quelle direction ont-ils prise?

– Celle du nord, Votre Grâce.

– Et... en ce qui concerne l'essieu, avez-vous pu faire ce que je vous avais demandé?

– Oui, Votre Grâce. Le forgeron de Lockers Green n'a pas voulu faire ce travail pour moins de deux guinées. Mais je crois qu'il s'en est fort bien tiré. En tout cas, il assure que la voiture ne pourra pas couvrir plus de cinq miles.

– Parfait! (Le duc était sur le point de se rejeter en arrière lorsqu'il se ravisa.) Combien de chevaux? demanda-t-il.

– Trois, Votre Grâce.

– Dites à Banks de se remettre en marche, mais à une allure modérée.

– Très bien, Votre Grâce.

Il y eut un claquement de fouet, et la voiture repartit. Le duc ferma les yeux pour les rouvrir une demi-heure plus tard. Il jeta un regard par la portière et vit, comme il l'avait prévu, arrêtée sur le côté de la route, une voiture dont les chevaux ruaient et se débattaient avec violence. La voiture elle-même, une roue brisée, s'était, par miracle, effondrée dans l'herbe, tout près du fossé. La chaussée était donc libre.

– Qu'est-ce qui ne va pas? Pouvons-nous vous aider?

C'était Banks qui avait parlé, dominant, de sa grosse voix, les jurons des valets de pied et les hennissements des bêtes effrayées. Un homme aux cheveux noirs passa la tête par la portière de la voiture accidentée et répondit :

– Mais bien sûr que vous pouvez nous aider, espèce d'idiot! Donnez un coup de main à mes gens!

Le cocher se retourna, comme s'il attendait des ordres.

Alors, le duc, lentement, se redressa et descendit sur la route.

Il leva son monocle et regarda l'homme qui venait de parler si brutalement à Banks ouvrir avec difficulté la portière faussée de sa voiture et descendre à son tour sur la route. Sa tête brune était nue et sa joue marquée d'une écorchure fraîche. D'une chiquenaude, il se débarrassa d'un morceau de verre enfoncé dans sa manche et leva enfin les yeux. Brusquement, il s'immobilisa, les pupilles dilatées par la surprise.

– Mon cher Wroxham! fit le duc d'une voix suave. Quel désastre! Et comme je suis heureux de pouvoir vous sortir de ce mauvais pas!

L'expression renfrognée, lord Wroxham tira sur sa cravate, comme si elle l'étouffait, et, après quelques instants de silence, répondit :

– Comment? C'est encore vous, Melcombe? Je ne pourrai donc jamais vous échapper? Que diable faites-vous ici?

– Je pourrais, mon cher ami, vous poser la même question, les routes de Sa Majesté étant, que je sache, accessibles à tout le monde. Je m'étonne de vous voir accueillir avec tant de mauvaise grâce ma proposition d'assistance.

– Merci, Melcombe, répondit lord Wroxham sur le ton d'un homme qui maîtrise avec peine sa colère. Je n'ai pas besoin de votre... aide! L'un de mes domestiques ira me chercher une autre voiture. Je vous en prie, ne vous gênez pas pour moi et continuez votre voyage...

– Mais, voyons, fit le duc avec une sincérité bien jouée, vous ne pouvez pas rester ici à attendre le retour de votre valet! Permettez-moi de vous offrir une place dans ma voiture. Elle est spacieuse et je voyage seul.

– Merci encore, répondit lord Wroxham sans dissimuler plus longtemps son irritation. Et si vous voulez vraiment me faire plaisir, continuez votre voyage!

– Ma parole, dit le duc en toisant son interlocuteur, vous cherchez à vous débarrasser de moi!

A ce moment, un visage apparut à la portière de la voiture accidentée et une voix cria :

– Je vous en prie! Je vous en prie! Venez à mon aide!

Le duc simula l'étonnement.

– Je comprends, Wroxham, pourquoi ma proposition ne vous intéresse pas, dit-il. Vous n'êtes pas seul!...

– Occupez-vous de vos propres affaires et poursuivez votre chemin!, grogna lord Wroxham.

Le duc examina le visage encadré par la portière et répondit avec douceur :

– Ne s'agirait-il pas plutôt de mes propres affaires?

Alors, la portière s'ouvrit, et une jeune fille sauta avec beaucoup de grâce sur la route.

– Ma robe était prise dans l'autre portière, expliqua-t-elle. Je ne pouvais pas bouger...

Lord Wroxham lui tendait déjà la main. Mais, sans même lui accorder un regard, elle se dirigea vers le duc et lui dit :

– J'ai entendu la proposition que vous avez faite à... mon compagnon. Voulez-vous me donner la place qu'il a refusée?

Elle avait parlé d'une voix claire, mais légèrement tremblante. Le duc s'inclina et répondit :

– Ma voiture est à votre disposition. Peut-être accepterez-vous de me dire où vous voulez aller?

Lord Wroxham s'avança d'un pas rapide, mit la main sur le bras de la jeune fille et déclara :

– Non! Ne le lui dites pas! Vous voyagerez avec moi! Nous n'avons besoin de personne!

D'un mouvement brusque, la jeune fille se dégagea et cria presque :

– Je vous en prie, emmenez-moi!

Le duc regarda lord Wroxham en fronçant les sourcils et lui dit :

– Cette jeune fille semble effrayée, Wroxham. Pouvez-vous m'en expliquer la raison? (Comme lord Wroxham ne répondait pas, le duc ajouta :) Peut-être préférez-vous me présenter à ma pupille?

De nouveau, lord Wroxham demeura silencieux, mais la jeune fille s'écria :

– Votre pupille?... Mais alors, vous êtes... le duc de Melcombe?

– Oui, miss Shane, et je suis également votre serviteur.

– Ah! Dieu soit loué! Emmenez-moi! Emmenez-moi immédiatement!

En prononçant ces derniers mots, Ravella Shane s'était encore rapprochée de Melcombe, comme si elle cherchait sa protection. Lord Wroxham grommela un juron et s'éloigna. Le duc le suivit des yeux. Soudain, des doigts légers frôlèrent son bras, et il entendit la jeune fille lui dire :

– Votre Grâce! Je vous en supplie : emmenez-moi immédiatement!

Le duc la regarda. Elle paraissait très petite, et son visage était presque entièrement caché par un étroit bonnet, mais sa voix était douce et mélodieuse.

– Je vais vous aider, dit-il. (Elle posa sa main sur celle qu'il lui tendait et sauta dans la voiture.) Avez-vous des bagages? demanda le duc.

– Un ballot que j'ai laissé sur le siège de l'autre voiture.

Le duc se tourna vers le valet de pied qui se tenait immobile près de la portière et lui demanda d'aller le chercher.

Puis il s'installa près de la jeune fille. Un instant plus tard, un ballot enveloppé dans un châle blanc fut installé sur le siège vide. Mais le valet de pied ferma si violemment la portière que la chandelle placée dans une lanterne d'argent, qui éclairait l'intérieur du véhicule, s'éteignit. Le duc s'apprêtait à ordonner qu'on la rallumât quand une petite voix, tout près de lui, se fit entendre :

– Non, restons dans l'obscurité.

– Vous préférez l'obscurité, miss Shane?, fit le duc sur un ton ironique.

En effet, bien des jeunes femmes, au cours de sa carrière amoureuse, lui avaient demandé la même faveur... L'obscurité semblait leur donner du courage, leur faire oublier toute honte...

– Oui, je préfère l'obscurité... du moins pour l'instant, répondit Ravella. Oh! comme je suis heureuse! Vous êtes arrivé à temps...

– Etant donné que je suis votre tuteur, peut-être accepterez-vous de m'expliquer ce que vous faisiez en compagnie de lord Wroxham...

– Mais, très volontiers! répondit-elle. Je me rendais chez vous.

– Chez moi?

– Oui. Lord Wroxham m'avait dit qu'il était mon

cousin et qu'il me conduirait chez vous à Londres. Telle est du moins la promesse qu'il m'a faite ce matin pour que je consente à partir avec lui...

– Et ensuite?

Brusquement la jeune fille porta les deux mains à son visage et répondit :

– Je ne peux pas... je ne peux pas vous expliquer... Il est fou,.. il est certainement fou!

– J'insiste pour que vous me disiez tout!

Tout d'abord, Ravella ne répondit pas. Elle semblait lutter pour ne pas éclater en sanglots. Enfin, elle murmura :

– Il m'a dit... qu'il voulait... m'épouser...

– Et cela vous a surprise?

– Naturellement! Je croyais qu'il se proposait simplement de me conduire à vous. J'avais confiance en lui. Ne m'avait-il pas dit qu'il était mon cousin? Je lui avais expliqué mes ennuis. Je croyais que vous ne me retireriez jamais de cet horrible pensionnat...

– Vous vous y êtes vraiment déplu?

– Je m'y suis ennuyée à mourir. Mais vous avez eu mes lettres, sans doute? Les avez-vous lues?

Le duc se souvint alors qu'il avait dit à Hawthorn qu'il ne voulait pas entendre parler de cette miss Shane...

– Je regrette... commença-t-il.

– Oh! je comprends! s'écria la jeune fille. Vous étiez à l'étranger. C'est d'ailleurs ce que je me suis dit souvent... Mais c'était dur d'être emprisonnée ainsi, sans personne, sans un seul être à qui...

– Emprisonnée?

– Dès le premier jour, j'ai eu cette impression... Je veux bien reconnaître que je suis peut-être injuste... Mais, que voulez-vous, j'avais toujours été si libre avec mon père! Je faisais ce que je voulais. Nous étions heureux ensemble... et puis... les portes de cette prison se refermant sur moi!... C'est impossible à décrire... Je me suis mise à détester tout le monde... les maîtresses qui ne m'aimaient pas... mes compagnes stupides avec leurs ricanements hypocrites...

– Dans le choix de ce pensionnat, Hawthorn ne semble pas avoir eu la main heureuse...

– Hawthorn?

– Mon notaire.

– Ah! ce petit homme tout ratatiné qui m'a conduite là-bas?... Il a dit à miss Primington que je n'avais pas d'argent et qu'il me faudrait plus tard gagner ma vie. Après cette révélation, la directrice s'est désintéressée de moi. Pourtant, ma situation était la même que celle de mes compagnes, puisque ma pension était payée... par vous!

– Hawthorn n'a pas, à ce que je vois, exécuté à la lettre les instructions que je lui avais données, dit le duc. Mais vous savez maintenant que les choses ont changé...

– Quelles choses?

– Eh bien, votre situation, ma chère!

– Comment cela?

– Hawthorn ne vous a-t-il pas écrit?

– Non, il ne l'a jamais fait. Il écrivait à miss Primington en lui envoyant ma pension.

– Sans aucun doute, vous auriez reçu une lettre de lui demain... Mais voyons, lord Wroxham ne vous a-t-il pas laissé entendre pourquoi il s'intéressait si brusquement à vous?

– Non, il m'a seulement dit ceci : « Je suis décidé à vous épouser. Alors, pourquoi ne pas prendre un petit acompte? » Et il m'a... il m'a embrassée!

Le duc ne put s'empêcher de sourire.

– Et ce baiser ne vous a pas semblé agréable?

– Il m'a écœurée!

– Lord Wroxham ne serait pas flatté, s'il vous entendait!

– C'est un goujat! Si j'avais été un homme, je l'aurais tué! Et si jamais il tente de recommencer...

– Vous êtes très violente, à ce que je vois! fit le duc. Après tout, une jeune fille aussi gracieuse que vous doit s'habituer à être embrassée.

– Jamais! Jamais! (Et soudain, le duc sentit une main minuscule se glisser dans la sienne.) Mais il ne s'est pas contenté de m'embrasser, murmura la jeune fille. Il m'a dit des choses... Et puis, ses doigts... ses gros doigts... Il est d'une force effrayante! J'avais peur, très peur! C'est à ce moment que vous êtes arrivé.

– Si je comprends bien, mon intervention vous a fait plaisir?

– Plaisir est un bien faible mot. J'avais si souvent pensé à vous! Je me disais que vous seriez bon pour moi... Et, au moment où j'avais le plus besoin de vous, vous êtes apparu comme par enchantement!

– Je ne crois pas que vous me deviez une bien grande reconnaissance, dit-il lentement.

– Qu'importe! Je vous serai toujours reconnaissante! Et, maintenant que je sais que vous êtes ici pour veiller sur moi, je n'ai plus peur. J'ai toujours eu peur depuis... la mort de mon père. J'étais si seule, si inquiète de mon avenir! Mais, dorénavant, vous êtes là, mon tuteur!

– Certes, je suis votre tuteur. Cependant, votre avenir est assuré... Voyons, je crois que le moment est venu de vous donner des explications. Votre oncle, lord Wroxham - le père du jeune homme qui vous a grossièrement traitée tout à l'heure – est mort la semaine dernière. Il vous laisse toute sa fortune. Vous êtes aujourd'hui très riche!

La main qui s'était posée sur la sienne se mit à trembler, puis se retira.

– C'est une plaisanterie, n'est-ce pas? demanda la jeune fille après un silence assez prolongé.
– Pas le moins du monde! répondit le duc. Votre oncle vous a laissé tout ce qu'il possédait.
– Pourquoi?
– Sans doute parce qu'il voulait déshériter Alister, son fils.
– Mais les parents de ma mère ne nous ont jamais regardés!... Ils lui en voulaient d'avoir épousé mon père, parce que celui-ci était pauvre et sans titre. Quand ma mère est tombée malade, mon père leur a écrit pour leur dire qu'elle était perdue. Mais ils ont fait la sourde oreille...
– Il faut croire qu'on a voulu réparer le mal qu'on vous avait fait... Cependant, vous vous êtes sans doute déjà aperçue qu'il est parfois dangereux d'être riche.
– Je ne veux pas de cet argent!
– Que dites-vous?
– J'ai dit que je ne voulais pas de cet argent! Rendez-le à la famille Wroxham!
– Parlez-vous sérieusement?
– Oui! A une certaine époque, nous avons été dans une misère noire. Par exemple, pendant la maladie de ma mère... Puis, après sa mort, nous avons lutté en désespérés pour payer nos dettes! Il nous est même arrivé, mon père et moi, de nous priver de nourriture parce que nous n'arrivions pas à régler nos fournisseurs!... Croyez-vous, maintenant que mes parents sont morts, que je désire cet argent qui aurait pu leur sauver la vie?
– Plus tard, vous changerez d'avis sur ce point, répondit le duc. Certes, vos motifs sont respectables. Néanmoins, en tant que tuteur, j'ai le devoir de vous signaler que vous ne pourrez pas disposer de votre fortune avant vingt et un ans ou avant... votre mariage.
– Avant mon mariage..., répéta la jeune fille d'une

voix pensive. Mais alors, je comprends... C'est la raison pour laquelle lord Wroxham...

– Exactement! Je vous ai dit tout à l'heure qu'il est parfois dangereux d'être riche.

– Si je vous comprends bien, d'autres hommes tenteront peut-être... Oh! je vous en prie, Votre Grâce! Laissez-moi rendre cet argent! Je n'en ai pas besoin. J'aime encore mieux être pauvre!

– Et réintégrer votre pensionnat?

– Non, pas ça! Pourquoi y retournerais-je? J'ai toujours pensé que vous finiriez pas venir me chercher...

– J'ai l'impression que vous vous faites une idée quelque peu fausse à mon sujet, dit-il.

– Je suis pourtant certaine de ne pas m'être trompée à votre égard. Et je me suis promis de ne pas être une gêne pour vous. Je vous aiderai et m'occuperai de vous exactement comme je m'occupais de mon père. Il disait souvent que sans moi, il ne savait pas ce qu'il deviendrait.

– Vous pensez vraiment que j'ai besoin qu'on s'occupe de moi? Mais, ma chère enfant, vous ne me connaissez pas!

– Je ne sais qu'une chose : vous étiez l'ami de mon père, il avait confiance en vous et il vous a demandé de me protéger. Il ne possédait plus rien. J'étais – à quoi bon ne pas le dire? – son bien le plus précieux!

– Là encore, vous faites erreur, dit le duc. Serez-vous surprise si je vous dis que je n'avais pas vu votre père depuis près de dix ans?

– Quelle importance? L'absence, même prolongée, ne change rien aux sentiments qui un jour ont uni deux êtres!

Le duc soupira.

– Je commence à comprendre que vous êtes résolue

à vous placer entièrement sous ma responsabilité, fit-il. Permettez-moi de vous dire que cette solution me semble boiteuse.

– Pourquoi?

– Beaucoup de gens se feront un plaisir de vous l'expliquer, répondit le duc avec un sourire que dissimula l'obscurité qui régnait dans la voiture. Pour être franc, votre père n'aurait pas pu choisir un plus mauvais tuteur que moi.

– Vous êtes trop modeste! fit la jeune fille avec un petit rire. Mon cher tuteur, j'ai eu si peur que vous ne vouliez pas de moi! J'ai tant pensé à vous! La nuit, quand je n'arrivais pas à trouver le sommeil, je vous parlais... Vous comprenez, vous êtes tout ce qui me reste! Mon père et ma mère sont morts. Je ne connais pas mes autres parents... à l'exception du nouveau lord Wroxham...

– Il va donc falloir que je remplace votre famille? Très flatté... Cependant, je puis vous assurer, maintenant que le testament de votre oncle a été rendu public, que vous allez vous découvrir beaucoup d'amis, de relations, de connaissances...

– Croyez-vous que je m'intéresserai à des hommes et à des femmes qui n'en voudront qu'à mon argent? Oh! non... Et puis, ne me suffira-t-il pas de veiller sur vous et de savoir que vous veillez sur moi?

Il s'ensuivit un long silence. Pour la première fois de sa vie, le duc de Melcombe avait l'impression d'être désemparé. Enfin, Ravella, d'une voix presque joyeuse, demanda :

– Je n'ai même pas cherché à savoir où nous allions...

– Je vous emmène à Lynke, mon domaine du comté de Bedford. Mais comment se fait-il que vous m'ayez fait confiance dès le premier instant? J'aurais pu être aussi... mal élevé que votre bouillant cousin!

– Ne dites pas de bêtises! s'écria la jeune fille. Je suis persuadée que vous êtes incapable d'une attitude aussi vile!

De nouveau, le silence se prolongea. Enfin, le duc distingua les hautes grilles de Lynke.

– Dormez-vous? demanda-t-il à la jeune fille.

– Non, répondit-elle gaiement. Je me suis tue parce que les hommes, paraît-il, n'aiment pas parler en voiture.

– Qui vous a dit cela?

– Mon père. Il disait que la plupart des femmes sont terriblement ennuyeuses en voyage.

Le duc éclata de rire. Au cours des derniers miles, il n'avait cessé de penser à ses nouvelles responsabilités. La petite, au moins, était originale et... si fraîche!...

– Nous serons arrivés dans quelques minutes, dit-il.

La jeune fille regarda par la portière. La lune, haute maintenant dans le ciel, éclairait un grand et beau château entouré de terrasses et dont la silhouette se reflétait dans le miroir d'un lac. Toutes les fenêtres étaient illuminées, comme en signe de bienvenue. Au moment où la voiture s'engageait sur un pont franchissant le lac, Ravella s'écria :

– C'est trop beau, trop grand! J'ai peur!

– Vous n'avez plus rien à craindre, lui répondit le duc sur un ton rassurant.

Il sentit que la jeune fille cherchait ses yeux dans l'ombre.

– Vous ne me quitterez pas? demanda-t-elle, suppliante.

– Je puis vous assurer, vous jurer même, que vous n'avez plus rien à redouter, répondit-il.

La voiture s'arrêta devant une porte. Déjà, des valets se précipitaient. Le duc sauta à terre, tendit la main à Ravella et l'aida à gravir les marches du perron.

La jeune fille regarda avec stupeur l'immense hall de

Lynke, ainsi que le grand escalier de cristal et d'or, le plafond sculpté et peint, les précieux candélabres alignés le long des murs.

Et, à la lumière des centaines de chandelles qui éclairaient le hall, le duc, pour la première fois, put détailler sa compagne.

Ravella avait un petit visage ovale où les yeux, presque trop grands, étaient d'un bleu surprenant. Elle avait dû retirer son bonnet pendant le voyage, car sa tête était nue et ses abondantes boucles blondes, dépeignées, captaient la lumière des candélabres.

Le duc ne s'était pas attendu à se trouver devant un être aussi charmant. Un instant, Ravella, les joues creusées par des fossettes, les prunelles dansantes, l'examina. Puis elle s'écria :

– Vous êtes tel que je vous avais imaginé!

3

Dans la pièce ornée de tapisseries, le duc, debout devant une grande cheminée de marbre, buvait à petites gorgées un verre de vin, tandis que le maître d'hôtel et trois valets déposaient l'un après l'autre des plats froids sur la table : quartiers de venaison, rôti de bœuf, gigot de mouton, jambon, tête de porc, le tout accompagné de sauces variées. Ce travail terminé, le maître d'hôtel, d'un geste, renvoya les valets et s'approcha de son maître.

– Le chef prie Votre Grâce de l'excuser, dit-il. Il avait préparé un dîner et a eu quelque mal à improviser si rapidement un souper froid.

– Ce sera suffisant, Thistlewaite, répondit le duc sans même jeter un regard à la table.

– Alphonse sera reconnaissant à Votre Grâce de son indulgence.

– J'ai trouvé le dîner d'hier parfait, reprit le duc. Ce vin est d'un moelleux!... J'ai l'intention, dorénavant, de venir plus souvent à Lynke.

– Nous le souhaitons tous, Votre Grâce, répondit le maître d'hôtel, et nous regrettons que, depuis quelques années, vous ayez délaissé Lynke pour Melcombe House...

– Eh bien! rassurez-vous, fit le duc. La nourriture exquise que l'on me donne ici m'incite déjà à songer à revenir.

– Merci, Votre Grâce. Puis-je encore vous être utile?

– Si j'ai besoin de vous, je vous sonnerai. Nous préférons, miss Shane et moi, nous servir nous-mêmes.

– Très bien, Votre Grâce.

Le maître d'hôtel sortit d'un pas digne et le duc se remit à déguster son vin. Soudain, la porte s'ouvrit et Ravella entra en courant dans la pièce.

Elle portait toujours son uniforme de pensionnaire, une robe de tissu bon marché dont la jupe, au moment de l'accident, avait été déchirée par la portière de la voiture de lord Wroxham. Cependant, la jeune fille avait trouvé, dans son ballot d'effets, un fichu propre qu'elle avait disposé sur ses épaules et fixé sur sa poitrine avec une épingle d'or.

Ses cheveux avaient été brossés et disposés dans un ordre relatif, mais ses boucles blondes semblaient étrangement rebelles.

– Oh! cher tuteur! s'écria Ravella en s'approchant d'un pas vif. Je viens d'avoir une idée formidable!

Le duc la regarda avec une expression dure.

– Est-ce ainsi que vous entrez habituellement dans une pièce? demanda-t-il avec froideur.

– Ex... excusez-moi..., balbutia la jeune fille, le visage empourpré.

– J'ai beaucoup de défauts, reprit le duc avec hauteur. Mais je déteste les mauvaises manières, et je serais désolé qu'une personne de mon entourage puisse être considérée comme dépourvue d'éducation.

Ravella, les lèvres tremblantes, les yeux pleins de larmes, baissait la tête. Tout à coup, les fossettes de ses joues se creusèrent, et, derrière ses longs cils sombres, elle jeta un regard au duc et lui demanda à mi-voix :

– Puis-je... puis-je recommencer?

Puis, sans attendre de réponse, elle ressortit de la pièce et ferma la porte derrière elle. Quelques secondes plus tard, la porte se rouvrit et un valet annonça :

– Miss Ravella Shane, Votre Grâce.

Lentement, la tête haute, ses doigts soulevant un peu le devant de sa jupe, Ravella fit de nouveau son entrée. Lorsqu'elle fut devant le duc, elle fit une révérence et dit :

– Votre Grâce...

– Votre serviteur, miss Shane, répondit le duc en s'inclinant avec élégance.

– C'était mieux, n'est-ce pas? lança gaiement Ravella en se redressant.

– Beaucoup mieux, répondit le duc d'un ton grave.

– Et maintenant, puis-je vous faire part de mon idée? Mais, à propos, vous me permettrez bien de vous appeler « cher tuteur »? Les choses en seront tellement simplifiées!

– Dans le monde où vous allez vivre, les choses ne sont jamais simplifiées, remarqua le duc.

– Je ne vois vraiment pas pourquoi! En tout cas, j'aime beaucoup votre maison. On m'a donné une chambre délicieuse, avec un grand lit pour moi toute seule. Et puis, la chatte de Mrs Mayhew vient d'avoir six chatons qui n'ont même pas encore ouvert les yeux. Je les verrai demain.

– Qui est cette Mrs Mayhew?

– Mais voyons, Mrs Mayhew est votre intendante! Ne la connaissez-vous pas? Elle est ici depuis vingt ans. Elle me l'a dit.

– C'est vrai, fit le duc. Sur le moment, je me suis demandé de qui vous parliez. Il faut vous avouer également que j'entends parler pour la première fois de la chatte de Mrs Mayhew.

– J'adore les chats et les chatons! dit Ravella avec spontanéité. (Puis, avec un soupir :) Moins que les chevaux cependant.

– Vous savez monter?

– Bien sûr! Et, tenez, c'est justement ce dont je voulais vous entretenir!

– S'agit-il de l'idée « formidable » qui vous a incitée à entrer dans cette pièce d'une façon quelque peu précipitée?

– Oui. Une idée non seulement formidable, mais merveilleuse! Oh! il faut que vous acceptiez! Il le faut!

– J'approuve rarement les idées de mes semblables, même lorsqu'elles sont « formidables » ou « merveilleuses », dit le duc. Cependant, je suis prêt à vous écouter.

– Et bien, voici. Tout à l'heure, dans ma chambre, je pensais à lord Wroxham, ainsi qu'à cet affreux argent qui pousse les gens à se conduire si mal. Et je me disais que, si vous le vouliez bien, je pourrais m'habiller en garçon et remplir auprès de vous le rôle de page... Oh! ne faites pas cette tête! Je sais bien que ma proposition a quelque chose d'incongru. Mais ce n'est pas la première fois que je m'habille en garçon. Après la mort de ma mère, nous avions loué une petite maison dans le pays de Galles, à des miles de toute agglomération. Mon père achetait des chevaux, les dressait et les revendait. Je l'aidais dans la mesure de mes moyens. Vous savez qu'il n'est pas facile de dresser un cheval. Aussi, pendant nos séances de travail, je portais des pantalons. Mon père m'a souvent dit que j'avais l'air d'un garçon et lui étais aussi utile qu'un homme. C'est pourquoi, je vous demande, cher tuteur, de me permettre de m'habiller en garçon. Ainsi, personne ne s'occupera de moi ni de mon argent. Je vous en prie, dites oui!

Tandis que la jeune fille reprenait son souffle, le duc posa calmement son verre vide sur la table et répondit avec un sourire ironique :

– Toute considération morale mise à part, vous semblez oublier, ma chère Ravella, que, par le testament de votre oncle, vous appartenez déjà à ce qu'on appelle le monde. Il vous serait donc très difficile, dorénavant, de disparaître. Enfin, le scandale serait grand si l'on s'apercevait que, pendant le voyage, j'ai échangé ma riche pupille contre un jeune page!

– Moi qui me croyais inconnue! murmura Ravella avec une expression déçue. Je ne savais pas que tant de gens désireraient faire ma connaissance... Mais pourquoi aller à Londres? Ne pouvons-nous rester ici?

– Toujours?

– Pourquoi pas? J'aime la campagne... Il est vrai que vous finiriez peut-être par vous y ennuyer...

– Ennuyer est, en l'occurrence, un euphémisme, dit le duc. Non, Ravella. Il faut que vous viviez à Londres et que vous preniez dans la société la place qui vous est due. Mais tout cela n'est pas pressé. Mon domaine est à votre disposition.

– Oh! merci, s'écria-t-elle. (Pour la première fois, elle regarda autour d'elle et dit :) Cette pièce est bien jolie!

– Je suis heureux qu'elle vous plaise, répondit le

duc d'un ton légèrement sarcastique. Les tapisseries sont du XVe siècle; les sculptures sont de Grinling Gibbons et la plupart des tableaux de Van Dyck.

– L'ennui, murmura la jeune fille, c'est que je suis incapable de vous parler avec compétence de toutes ces choses...

– Je vous sais gré de l'avouer, dit le duc. Généralement les jeunes filles du monde prétendent tout connaître et affectent devant ce qui est beau et... cher une attitude blasée...

Ravella se laissa tomber dans un fauteuil et répondit :

– Dans ces conditions, je ne serai jamais, malgré ma... fortune, une jeune fille du monde!

– Nous en reparlerons... En attendant, n'avez-vous pas faim? Que voulez-vous manger? Il n'y a pas grand-chose, car mon chef nous attendait pour dîner et non pour souper.

– Comment « nous »?

– Mais oui, répondit le duc. Quand vous m'avez rencontré, dans le voisinage de Mildew, j'allais vous faire une visite...

– J'étais à cent lieues de le penser! s'écria Ravella. Je suis si heureuse! Moi qui croyais que nous nous étions rencontrés par hasard! Comme vous êtes gentil!

Le duc, apercevant les prunelles bleues qui le dévisageaient, tourna vivement la tête.

– Voyons, dit-il, que vais-je vous offrir? Une tranche de gibier?

Ravella regarda la table.

– Mon Dieu, que de victuailles! s'écria-t-elle. Il y a là de quoi nourrir plusieurs personnes pendant un an!

– Sur ce point, je ne sais pas calculer aussi bien que vous, dit le duc.

– A ce propos... j'avais pensé à autre chose...

– J'espère qu'il ne s'agit pas encore d'un déguisement?

– Non, répondit la jeune fille. Il s'agit de nos domestiques, le vieil Adam et son fils. Adam, aujourd'hui très âgé, a été au service de mon père pendant plus de trente ans. Il était déjà le valet de pied de mon grand-père... Il nous a accompagnés au pays de Galles. Nous ne pouvions pas lui donner grand-chose à l'époque, et je me demande comment il s'en tire maintenant... Ne pourrais-je pas lui envoyer un peu d'argent? Je veux dire de l'argent prélevé sur ma fortune, et en quantité suffisante pour lui permettre d'acheter un cottage où il vivrait tranquillement avec Ben, son fils?

Le duc, occupé à découper plusieurs tranches dans un quartier de venaison, répondit :

– Je croyais que vous aviez l'intention de rendre votre fortune aux Wroxham?

– Certainement, dès que vous me le permettrez. Mais ne serait-il pas possible, puisqu'elle est si importante, d'en soustraire une petite part à l'intention d'Adam et de Ben? Il ne faudrait pas grand-chose pour les rendre heureux!

Le duc posa le couteau à découper et répondit :

– Il faudra que vous donniez vous-même des instructions à Hawthorn. Ce sera votre première requête, Ravella. J'attends avec intérêt la seconde...

– Oh! cher tuteur, vous êtes le meilleur homme que je connaisse!

– Je vous ai déjà dit, Ravella, que vous vous trompez profondément sur mon compte.

– Non, je ne me trompe pas... Voyez-vous, de temps à autre, je suis fée. C'est du moins ce qu'assurait mon père. Je suis née avec certains dons qui me permettent de comprendre ce qui se passe dans l'esprit de mes semblables. Mais je dois reconnaître que ces dons ne m'ont servi ni au pensionnat ni avec lord Wroxham.

– A propos de lord Wroxham, fit le duc en lançant à la jeune fille un regard étrange, je me suis dit que vous seriez peut-être bien inspirée en l'épousant. Après tout, il faudra bien que vous épousiez quelqu'un! Alister, bien que mal élevé et brutal, sera peut-être en fin de compte un mari aussi convenable qu'un autre...

Ravella devint très pâle. Ses yeux s'étaient brusquement agrandis, ses lèvres tremblaient.

– Vous voulez sans doute me taquiner! dit-elle. Je ne puis croire que vous cherchiez déjà à me marier, surtout à lord Wroxham.

– Etes-vous certaine de ne pas avoir exagéré cette affaire? Wroxham s'est sans doute montré maladroit, mais, au moins, il vous a proposé de vous épouser. Les jeunes filles qui se sauvent la nuit avec des hommes qu'elles connaissent à peine doivent s'estimer heureuses quand elles s'en tirent avec une proposition de mariage!

– Mais quelle autre proposition aurait-on pu me faire? demanda-t-elle surprise.

– Est-il possible que vous soyez à ce point innocente?

– Innocente? Je ne comprends pas...

Le duc alla s'asseoir près de la cheminée.

– Voyons, fit-il enfin, pourriez-vous me dire qui est... Janson?

– Janson? Comment diable avez-vous eu vent de son existence?

– Mon petit doigt me renseigne plus que je ne le voudrais!

– Eh bien! puisque vous voulez le savoir, Janson était mon seul ami au pensionnat.

– Et vous l'aimiez beaucoup?

– Oui, beaucoup... D'ailleurs, tout le monde l'aime. Il est toujours gai, prêt à rendre service, et brave avec tout ça! Vous ne pouvez savoir à quel point il s'est montré courageux après son accident!

– Votre enthousiasme est convaincant! Et quel poste occupe ce Janson au pensionnat? Est-il professeur de dessin ou d'équitation?

– Mais non! s'écria la jeune fille en riant. Janson est notre cordonnier. Il n'a que douze ans. Il est très mal traité par son beau-père, chez qui il vit. Ayant appris qu'il ne mangeait jamais à sa faim, je m'arrangeais, malgré la surveillance impitoyable de miss Primington, pour lui donner une partie de mes repas. Un jour, il s'est blessé avec l'un de ses outils. Privé de soins, il serait mort, si je n'avais, chaque nuit, changé son pansement et si je ne lui avais apporté la nourriture mise de côté dans la journée.

– Voilà donc l'histoire de Janson, fit le duc en étouffant un bâillement et en se levant.

Ravella le regarda quelques instants avec étonnement. Puis, comme il se taisait, elle lui demanda :

– Cher tuteur, étiez-vous sérieux tout à l'heure quand vous disiez qu'il faudrait que je me marie?

– Rassurez-vous. Je ne vous contraindrai jamais à faire une chose dont vous n'auriez pas envie.

Ravella poussa un petit soupir.

– Sur le moment, j'ai eu peur, dit-elle. Au pensionnat, mes camarades ne parlaient que des hommes. Elles se moquaient de moi parce que je ne semblais trouver aucun plaisir à leur conversation. D'ailleurs, pour être franche, je ne comprenais pas la moitié de ce qu'elles racontaient. Pourtant, je ne suis pas un bébé. J'étais aussi âgée, et même plus âgée que la plupart d'entre elles.

– A votre place, je ne jugerais pas tous les hommes d'après votre cousin Wroxham, dit le duc.

– Bien sûr... Mais... mon seul désir est... de rester avec vous.

– Vous me flattez, répondit le duc. C'est là, sans doute, l'un des privilèges de mon âge... vénérable.

Ravella regarda fixement le feu pendant quelques instants, puis elle dit :

– Mes camarades ne parlaient que de se laisser faire la cour. Souvent, je me demandais de quoi il s'agissait. Eh bien, si c'est ce que lord Wroxham a tenté sur moi, j'en ai horreur, oui, franchement horreur! J'espère que vous veillerez à ce qu'on ne me fasse plus jamais la cour.

Elle traversa la pièce, posa sa main sur la manche du duc. Celui-ci regarda cette main, très petite, avec de longs doigts fins. Une tache d'encre noircissait l'extrémité de l'index.

Puis il leva les yeux, examina le visage de Ravella, ce visage sensible où les prunelles d'un bleu intense reflétaient les moindres émotions. Enfin, d'un mouvement presque brusque, il tourna le dos en disant :

– Voyons, que vais-je vous offrir à manger maintenant? Vous devez avoir très faim après cette aventure.

Mais, à ce moment, la porte s'ouvrit. Thistlewaite s'approcha du duc et lui dit, après s'être incliné :

– Mr Gristle désire être reçu par Votre Grâce.

– Gristle? A une heure aussi tardive?

– Oui, Votre Grâce. Il a beaucoup regretté de ne pas avoir été averti plus tôt de l'arrivée de Votre Grâce et il assure qu'il ne restera que quelques minutes.

– Eh bien! faites-le entrer. Mais je ne comprends vraiment pas pourquoi il désire m'entretenir à une heure semblable!

– Qui est ce Mr Gristle? demanda Ravella, pendant que le maître d'hôtel quittait la pièce.

– Mon régisseur, répondit le duc. Un personnage bien ennuyeux. Cependant, je crois qu'il fait son travail consciencieusement.

De nouveau, le maître d'hôtel apparut sur le seuil.

– Mr Gristle, Votre Grâce, annonça-t-il.

Gristle était un homme entre deux âges, grand et maigre, aux pommettes saillantes et aux lèvres épaisses. Il avait un air modeste qui ne convenait pas exactement à son physique.

– Votre Grâce, dit-il, je suis votre humble serviteur. C'est très aimable à vous de me recevoir si tard. Mais je craignais que vous ne partiez dès demain matin, sans que j'aie eu le temps de vous voir.

– Au fait, Gristle, au fait! grommela le duc impatient.

– Eh bien! Votre Grâce, je voudrais vous parler de la ferme tenue par Woodhead.

– Voyons, si j'ai bonne mémoire, Woodhead est l'un de mes meilleurs fermiers.

– Etait, Votre Grâce, était... Woodhead a bien vieilli. Quant à ses fils, ils ne semblent pas avoir autant de cœur à l'ouvrage. Voilà deux ans que je supplie Woodhead de partir. Rien à faire! Cependant, il le faudrait, Votre Grâce. J'ai son remplaçant tout prêt, sous la main, un brave garçon qui jouit, dans tout le comté, d'une excellente réputation. Il est décidé à prendre cette ferme immédiatement. Il ne me manque que votre approbation.

– Il y a longtemps, n'est-ce pas, que les Woodhead cultivent cette terre?

– Selon eux, cent cinquante ans. Mais, selon moi, c'est cent cinquante ans de trop! Ce sont des gens têtus. Je les aurais bien mis à la porte de ma propre initiative, mais ils veulent un ordre écrit et signé par Votre Grâce. (Le régisseur sortit un papier de sa poche et ajouta :) Voici l'ordre d'expulsion. Si vous voulez bien le signer, l'affaire sera réglée en un clin d'œil!

– Un ordre d'expulsion! fit le duc. Est-ce donc vraiment nécessaire?

– Je savais que vous me poseriez cette question, Votre Grâce. Eh bien! oui, c'est nécessaire! Hier encore, le vieux Woodhead m'a dit qu'il ne partirait pas sans avoir vu la signature de Votre Grâce sur un ordre d'expulsion. Comme vous le constatez, Woodhead est un homme difficile et, avec ça, trop âgé pour fournir un travail suffisant.

Un instant, le duc sembla hésiter. Puis il haussa les épaules et dit :

– Je suppose que vous connaissez mieux cette affaire que moi, Gristle. Posez ce papier sur mon bureau.

– Merci, Votre Grâce. Je suis heureux de savoir que j'ai toujours votre confiance. Merci encore, merci!

Le régisseur se dirigea vers le grand bureau placé au centre de la pièce. A ce moment, le duc sentit qu'on tirait sur sa manche et il entendit une petite voix murmurer :

– Ne croyez rien de toute cette histoire! Dites que vous irez demain voir la ferme vous-même.

– Est-ce là une manifestation du don de seconde vue que vous avez reçu en naissant? demanda le duc avec un sourire de dédain.

Puis il s'approcha de son bureau, s'assit dans un spacieux fauteuil doré et prit une plume d'oie fraîchement taillée.

– Si Votre Grâce veut bien signer au bas du papier, dit le régisseur peut-être avec trop d'empressement.

Le duc plongea sa plume dans l'encrier.

– Au bas, avez-vous dit? fit-il.

Puis, brusquement, il leva les yeux, comme si l'expression de son régisseur l'avait arrêté au beau milieu de son geste. De fait, les lèvres épaisses de Gristle étaient entrouvertes et ses yeux avaient un étrange regard.

Le duc posa sa plume.

– J'ai changé d'avis, dit-il. Je vais réfléchir à cette affaire, Gristle, et, si j'en ai le temps, j'irai demain, moi-même, voir Woodhead.

– Mais, Votre Grâce..., commença le régisseur. Je ne vois pas pourquoi vous vous donneriez ce mal...

– Je suis seul juge du mal que je me donne, Gristle! Bonsoir...

– Cependant, Votre Grâce...

– Je vous ai déjà dit bonsoir, Gristle, fit le duc d'une voix cinglante, en se levant.

Le régisseur, comme un chien qui vient de recevoir un coup de fouet, recula d'un pas et dit, en se dirigeant vers la porte :

– Très bien, Votre Grâce... Je comprends, Votre Grâce... Merci, Votre Grâce.

Dès qu'il fut sorti, Ravella se précipita vers le duc et lui prit les mains.

– Vous avez été formidable! s'écria-t-elle. Un instant, j'ai cru que vous alliez signer et chasser ainsi ces pauvres gens. Votre régisseur est un homme qui ne m'inspire aucune confiance. Il y a chez lui quelque chose... sa voix... son regard... Oh! je sais que j'ai raison! J'ai eu peur, très peur qu'il ne vous persuade...

Le duc se dégagea des deux petites mains qui pressaient les siennes.

– Ma chère Ravella, dit-il, vous exagérez cet incident. Voilà des années que j'emploie Gristle, et je n'ai jamais cru devoir mettre en doute son intégrité. Si je n'ai pas signé cet ordre d'expulsion, c'est que je n'aime pas m'occuper d'affaires à une heure aussi tardive. (Il avait parlé d'une voix glaciale. Mais Ravella le regardait avec un sourire admiratif.) Il est près de minuit, reprit le duc après avoir lancé un coup d'œil à la pendule. Il y a sans doute longtemps que vous devriez être couchée, Ravella. Je vous souhaite une bonne nuit.

– Permettez-vous que je vous accompagne demain matin à la ferme de Woodhead?

– Nous verrons cela.

– Non! promettez-moi de m'emmener!

– Je vous trouve bien indiscrète! fit le duc avec un soupir. Eh bien! c'est promis...

– Oh! merci... Et merci encore une fois pour tout le reste!

– Je vous en prie, cessez de m'ennuyer! S'il est une chose que je déteste, c'est qu'on me remercie... Bonsoir, Ravella.

Il s'inclina légèrement et Ravella lui fit une révérence. Quelques secondes, elle demeura immobile, tenant toujours sa jupe soulevée et montrant ainsi le bout de ses souliers. Puis, après s'être redressée, elle se pencha en avant, et le duc sentit se poser des lèvres chaudes sur sa main droite. Il voulut parler. Mais la jeune fille, d'un pas rapide, gagna la porte et sortit de la pièce.

Bien qu'elle se fût couchée beaucoup plus tard que d'habitude, Ravella, le lendemain, ne s'en leva pas moins deux heures avant le duc. Comme il descendait le grand escalier, vêtu d'un habit bleu azur d'une élégance encore supérieure à celle de la tenue de voyage de la veille, la jeune fille entra en coup de vent par la porte d'entrée et s'élança vers lui en criant :

– Oh! je viens de voir...

Elle s'arrêta net et, lorsque le duc eut atteint la dernière marche, elle lui fit une révérence.

– Bonjour, Ravella, dit-il.

– Bonjour, cher tuteur, répondit-elle en se redressant. Puis-je vous parler maintenant? Ce que je viens de voir est si beau! Trois fontaines, trois merveilleuses fontaines! Et le lac semble aussi grand que la mer! Et, dans le petit étang, près de la roseraie, il y a des poissons rouges! J'en ai pris un, à la main, mais naturellement, je l'ai rejeté...

Le duc parut se laisser gagner par cet enthousiasme.
– Je me souviens d'avoir pris à la mouche une truite dans le lac, dit-il. Je devais avoir dix ans... Ce fut le plus grand plaisir de ma vie...
– Oh! dites-moi où vous l'avez prise! Je pourrai peut-être en faire autant. Mon père et moi, nous braconnions beaucoup et, un jour que nous avions très faim, nous avons pris ainsi quatre magnifiques truites dans la propriété de lord Mynyan. Mais je n'ai jamais pêché à la mouche...
– Est-ce vraiment indispensable à l'éducation d'une jeune fille du monde?
– Mais je ne veux pas devenir une jeune fille du monde! s'écria-t-elle. D'ailleurs, si vous m'emmenez dans le monde, je ne ferai que des bêtises et vous serez furieux contre moi...
Sans prendre garde à l'expression désolée de son interlocutrice, le duc regarda sa montre et dit :
– J'ai commandé mon phaéton pour 10 heures. Mon intention était de partir directement pour la ferme de Woodhead, mais, si vous en avez envie... je vous donne une leçon de pêche à la truite...
– Il n'en est pas question! répondit Ravella. Ces pauvres gens! J'ai pensé à eux hier soir, avant de m'endormir. Ils vont être ravis de vous voir!
– Je crois que leur réaction sera très différente..., murmura le duc. Sachez bien, Ravella, que j'ai l'intention de n'être ni sentimental ni charitable.
– Il importe seulement que vous soyez juste!
A ce moment, Thistlewaite, le maître d'hôtel, s'approcha et dit :
– Le phaéton est avancé, Votre Grâce.
– Alors, partons! dit Ravella. Il fait si chaud que je n'ai pas besoin de manteau.
Le phaéton du duc de Melcombe était un véhicule léger et luxueux, décoré en jaune et noir. Il était tiré

par trois chevaux aux robes sombres qui avaient fait bien des envieux l'année précédente, à Londres. Le duc les avait expédiés à Lynke lorsqu'il avait acheté des alezans qui faisaient l'admiration de bon nombre de membres de la société londonienne. Mais maintenant, tout en conduisant lui-même son attelage avec une grande habileté, il se demandait s'il n'avait pas commis une erreur en reléguant à la campagne les trois superbes bêtes qui trottaient devant lui.

Quelques instants, Ravella demeura silencieuse, puis elle dit, avec un petit soupir :

– Quel dommage que mon père ne puisse voir vos chevaux! Il achetait des bêtes médiocres qu'il dressait et revendait. Mais, souvent, nous n'avions pas de chance. Un jour, nous achetons une jument qui se casse une jambe dès son premier saut. Un autre, nous faisons l'acquisition d'un beau poulain de deux ans et nous découvrons, quelques jours plus tard, qu'il a le souffle court...

– Je prévois que vous dépenserez une partie de votre fortune pour faire de l'équitation, dit le duc. En attendant, mettez à contribution les chevaux de mes écuries. Un peu d'entraînement ne leur fera pas de mal. Je suis si peu souvent ici!

– Vraiment, vous m'autorisez à monter vos chevaux? Quelle joie! Je vais avoir l'impression de revivre mon passé. Dans cet affreux pensionnat, il m'est souvent arrivé de désirer faire une simple petite promenade à cheval!

– Je suis certain maintenant que votre fortune vous rendra service. Tenez, vous avez déjà besoin d'une amazone!

– Hélas! oui, répondit Ravella. A moins que vous ne me l'offriez, cette amazone... Ne serait-il pas ridicule de restituer ma fortune avec une note ainsi rédigée : « Les millions de lord Wroxham moins un cottage pour Adam et une amazone pour Ravella »

Le duc éclata de rire et dit :

– Compliments! Je n'avais pas encore constaté que vous aviez de l'humour!

– Je ne sais ce que je ferais pour entendre votre rire! répondit la jeune fille. Alors, vous me la donnerez, cette amazone?

Le duc, un instant, regarda sa compagne et lui fit observer :

– Je n'ai rien dit de semblable. Ne vous a-t-on pas appris, chez miss Primington, qu'une jeune fille bien élevée ne doit pas accepter des vêtements d'un monsieur?

– Bien sûr, on me l'a appris. Mais, pour moi, vous n'êtes pas un monsieur. Vous êtes mon tuteur, et aussi l'homme le meilleur et le plus charmant du monde!

Le duc, apercevant un tournant tout proche, rassembla ses guides et répondit, en fronçant les sourcils :

– Dès que je serai à Londres, je verrai Hawthorn au sujet de votre fortune. Vous avez besoin de beaucoup de choses, Ravella. Aussi, parlons sérieusement. Vous n'utiliserez naturellement que votre revenu, sans jamais puiser dans votre capital. Plus tard, à votre majorité ou après votre mariage, vous ferez ce que vous voudrez.

– Je connais la différence entre le revenu et le capital, dit Ravella, d'une voix lente. Je sais que la chose importante est de ne jamais entamer son capital et de se contenter de vivre sur son revenu.

– Je constate avec plaisir que vous êtes raisonnable au moins sur ce point.

Après un silence prolongé, Ravella reprit :

– Quel plaisir ce sera pour moi d'aider Adam! D'autre part, pourrai-je envoyer quelque chose à Janson?

– Certainement. Mais, si vous êtes trop généreuse,

vous ne tarderez pas à vous endetter. N'oubliez pas que vous allez avoir besoin d'un trousseau complet, et cela va vous coûter très cher!

– Ai-je donc besoin de tant de choses?

– Auriez-vous l'intention de garder indéfiniment la robe que vous portez en ce moment?

Avec une expression humiliée, Ravella regarda sa robe. Elle l'avait fait raccommoder, dès son lever, par une femme de chambre. « Il a raison, se dit-elle, j'ai vraiment l'air misérable... »

Elle n'ouvrit plus la bouche jusqu'au moment où le duc, de la pointe de son fouet, lui montra, en pleins champs, une ferme basse, toute blanche, entourée de granges et d'étables.

– Voici la ferme en question, dit-il.

– Pas étonnant qu'ils ne veuillent pas partir, répondit Ravella.

Le duc quitta la route, s'engagea dans un chemin de traverse et s'arrêta devant la ferme. Un autre visiteur l'avait déjà précédé. Gristle, perché sur une lourde jument rouane, s'entretenait avec un homme âgé, aux cheveux blancs et au visage ridé, mais dont les épaules demeuraient larges et vigoureuses. Derrière ce dernier se tenaient ses deux fils, jeunes et robustes paysans, aux physionomies souriantes.

Dès que le duc parut, le vieillard s'avança et lui dit :

– Bonjour, Votre Grâce. Je suis très honoré de recevoir votre visite, bien que, selon Mr Gristle, vous ayez l'intention de me chasser de cette ferme où ont vécu mes parents et mes grands-parents.

– Je n'ai rien dit de ce genre à Gristle, répondit le duc, d'une voix calme. Je suis prêt à entendre votre défense, Woodhead.

A ce moment, le régisseur poussa son cheval près du phaéton et déclara :

– A votre place, Votre Grâce, je ne discuterais pas

avec cet homme. Je lui donnerais l'ordre de déguerpir avant la fin du mois. Et l'affaire serait ainsi réglée.

– Quand j'aurai besoin de votre avis, Gristle, répondit le duc d'un air furieux, je vous le demanderai... Voyons, Woodhead, qu'y a-t-il?

– Il y a ceci, Votre Grâce, que je ne puis payer un loyer plus élevé que celui que je paie déjà. Bien que la terre de cette ferme soit bonne, nous avons fait une mauvaise saison...

– Je croyais qu'il ne s'agissait pas d'une question de loyer. Gristle vous accuse de ne pas cultiver convenablement.

– C'est un mensonge, Votre Grâce! s'écria le vieillard. Ma ferme est aussi bien cultivée que toutes les autres. Nous avons obtenu des prix à des concours pour nos bestiaux, il y a seulement deux mois, et nos cochons sont les plus gras de votre domaine. Mais cent cinquante livres représentent un loyer trop élevé. Déjà, l'an passé, nous avons eu bien du mal à réunir cent vingt livres. Aujourd'hui, Mr Gristle prétend que vous voulez plus. Mais, cette année, Votre Grâce, c'est impossible!

Le duc se tourna vers son régisseur.

– Pourquoi le loyer a-t-il augmenté? demanda-t-il.

– Cet homme se cherche simplement des excuses, Votre Grâce, répondit le régisseur, soudain gêné.

– Ce n'est pas ce que je vous ai demandé! Pourquoi le loyer a-t-il été augmenté?

– Il ne l'a pas été, répondit le régisseur avec un regard fuyant.

– Oh! bien sûr, Votre Grâce, intervint Woodhead, il n'a pas été augmenté sur le papier. Je paie cent livres ou, du moins, c'est de cette somme qu'on m'a toujours donné un reçu. Le reste est ce que Mr Gristle appelle la « taxe d'habitation ». Et, pas de reçu, pour cette prétendue taxe! A ce sujet, ma situation est d'ailleurs la même que celle de tous vos fermiers. Et nous nous sommes bien souvent demandé s'il vous arrivait parfois de voir la couleur de cette fameuse taxe d'habitation!

– Allez me chercher votre dernier reçu! ordonna le duc.

Le fermier fit un signe à l'un de ses fils qui se dirigea d'un pas rapide vers la ferme.

– Voici ce qui s'est passé, Votre Grâce..., commença Gristle.

– Taisez-vous! fit le duc d'une voix glaciale. (Chacun demeura silencieux jusqu'au moment où le jeune homme revint avec le reçu.) Ce reçu mentionne vingt-cinq livres pour un trimestre, dit le duc. Cela fait donc cent livres par an. Et vous prétendez, Woodhead, avoir payé cent vingt livres l'année dernière?

– Oui, Votre Grâce, ainsi que l'année précédente. Auparavant, je payais cent dix livres.

– Très bien, fit le duc. Cinquante livres seront déduites cette année de votre loyer. Vous paierez dorénavant cent livres par an et pas un penny de plus, comme par le passé. D'autre part, si vous avez des ennuis, venez me voir. Est-ce compris?

– Votre Grâce..., murmura le vieillard avec une expression d'infinie reconnaissance.

Ravella sentit les larmes lui monter aux yeux. De nouveau, le duc se tourna vers son régisseur et lui dit :

– Dès aujourd'hui, vous n'êtes plus à mon service. Vos derniers gages ne vous seront pas payés et je ne vous donnerai même pas un certificat. Enfin, je vous conseille de ne jamais remettre le pied sur mon domaine.

Sur ces mots, il fit tourner son phaéton et regagna la route.

– Oh! cher tuteur! s'écria Ravella. Vous avez été parfait! Si vous saviez combien je suis heureuse!

– Tout cela est très joli, fit le duc en fronçant les sourcils, mais vous venez de me priver de mon régisseur. Vous qui savez tout, dites-moi donc où je pourrai en trouver un autre!

Sans tenir compte du ton ironique de son interlocuteur, Ravella répondit :

– Il vous faut un homme de la région, qui comprenne les difficultés des paysans, qui aime votre domaine et ne songe qu'à le faire fructifier.

– Où trouverons-nous ce modèle des régisseurs?

– Allons voir le pasteur. Ces gens-là sont merveilleux lorsqu'ils possèdent les qualités requises par leur ministère.

– Je me demande où vous finirez par m'entraîner! s'écria le duc avec un rire un peu nerveux. Grâce à vous, je vais faire, au bout de dix ans, ma première visite à mon pasteur!

4

Le révérend Théodose Halliday était à la fois un lettré et un gentleman. Bien que cadet de famille, il était entré volontairement dans les ordres. Son père, très riche, lui aurait volontiers acheté un brevet d'officier dans la garde royale. Mais le jeune homme, après avoir passé à Oxford deux années pendant lesquelles il s'était acquis une solide réputation de théologien, avait brusquement décidé de devenir pasteur. N'était-ce pas le seul état où il pourrait se livrer en toute tranquillité d'esprit à sa passion pour la lecture?

Un moment, les siens avaient espéré qu'il serait

évêque. Mais ils n'avaient pas tardé à comprendre leur erreur, car Théodose, après avoir épousé une jeune fille intelligente et bien dotée, avait accepté de vivre dans une obscure paroisse de campagne où il était au moins certain de pouvoir s'adonner sans remords à ses travaux personnels.

En vingt ans, il avait fait publier trois traités sur des sujets fort ennuyeux. Après quoi, silence total. Chacun avait pensé qu'il était plongé dans de nouvelles recherches. En réalité, il savourait le plaisir d'être libre pour la première fois de sa vie.

Dans sa jeunesse, sa famille l'avait sans cesse obligé à donner des preuves de ses talents. Plus tard, sa femme l'avait harcelé pour qu'il écrivît ses traités et avait pris une part importante à leur rédaction. Mais Mrs Halliday était morte à cinquante ans et, une fois son chagrin dissipé, le révérend Théodose avait envoyé promener tout effort intellectuel et s'était livré de nouveau à sa passion favorite, la lecture.

Cependant, ayant gardé quelques contacts avec le monde, il avait entendu parler des scandales provoqués par la vie privée du châtelain de Lynke. Aussi, lorsque sa bonne lui eut annoncé la visite du duc et de Ravella, il se leva d'un bond du fauteuil où il était en train de lire et adopta aussitôt une attitude pleine de sévérité.

Ravella se trouva en face d'un homme distingué, aux cheveux blancs et aux traits réguliers. Elle lui fit une révérence et, contrairement à son compagnon, ne se rendit pas compte que le pasteur lui répondait d'un signe de tête des plus secs. Le révérend Théodose savait que le duc invitait souvent des femmes à Lynke...

– Miss Shane est ma pupille, dit le duc. En raison de circonstances imprévues, elle a passé la nuit dernière sous mon toit. C'est elle qui a insisté pour que nous venions vous demander votre aide.

Le pasteur parut étonné.
– Mon aide, Votre Grâce? fit-il. (Puis, comme si une explication s'était présentée à son esprit, il ajouta :) Votre Grâce ignore sans doute que ma femme est morte depuis cinq ans.
– En effet, je n'en savais rien. Permettez-moi de vous présenter mes sincères condoléances... Cependant, vous vous trompez sur ce point. Il ne s'agit pas, en l'occurrence, de miss Shane elle-même. Celle-ci, aussi surprenant que cela puisse vous paraître, semble trouver très convenable la protection que je lui accorde.
Il avait prononcé ces derniers mots sur un ton sarcastique, car il en voulait au pasteur de soupçonner le mal là où, justement, il n'y en avait pas. Son ironie mordante aurait ébranlé tout autre interlocuteur, mais le révérend Théodose ne craignait personne, pas même le puissant châtelain de Lynke.
– C'est à miss Shane d'en décider, répondit-il d'une voix très calme.
Ravella, étonnée, regardait tour à tour les deux hommes. Puis, sentant que cet échange de répliques assez vif créait une atmosphère d'hostilité, elle déclara brusquement :
– Je vous en prie, cher tuteur, dites au pasteur pourquoi nous sommes ici! (Et, sans donner au duc le temps de prendre la parole, elle ajouta, à l'intention du pasteur :) Vous comprenez, Sir, mon tuteur vient de découvrir que son régisseur Mr Gristle volait depuis longtemps les fermiers. Il l'a mis immédiatement à la porte. Mais, maintenant, il cherche un autre régisseur!
– Comment, vous avez mis Gristle à la porte? s'écria le pasteur. En voilà une surprise!
– La surprise a surtout été pour Mr Gristle! répondit Ravella en souriant. Nous avons pensé... je veux

dire : mon tuteur a pensé que vous connaîtriez peut-être quelqu'un de bien pour le remplacer.

Après avoir regardé quelques secondes Ravella, le pasteur se tourna vers le duc et lui demanda :

– Vraiment, Votre Grâce, vous avez renvoyé Gristle?... Certes, j'avais entendu parler de sa conduite et je sais qu'il n'était pas aimé. Mais, quant à vous donner un conseil... Pourtant, tenez, il me vient une idée. Voulez-vous me permettre de vous présenter mon fils Adrien? Il vit ici, avec moi. Son refus de faire des études a été pour moi une profonde déception. Mais il aime la campagne et connaît bien mieux que moi les paysans. C'est d'ailleurs par lui que j'ai appris la conduite répréhensible de Gristle.

– Je ne savais pas que votre fils était ici, dit le duc.

– Il doit être en ce moment dans le jardin, à retourner la terre, bien que nous ayons les moyens de payer un jardinier. Voulez-vous me permettre d'aller le chercher?

Le pasteur traversa la pièce, ouvrit la porte-fenêtre et, d'une voix claire, appela son fils.

Ravella, le visage toujours souriant, regarda le duc qui conservait une expression assez maussade. Il montra à la jeune fille un fauteuil près de la cheminée et lui dit :

– Nous n'avons pas été invités à nous asseoir, mais j'imagine que notre hôte ne souhaite pas que vous restiez debout.

– C'est certainement un oubli de sa part, murmura Ravella. Il a été si surpris de vous voir!

A ce moment, le pasteur revint accompagné de son fils, qui enfilait hâtivement une veste.

Adrien Halliday était un homme grand et bien bâti. Il n'avait pas les traits fins de son père, mais son visage bruni par le soleil était fort agréable, et ses yeux bleus avaient un regard franc et honnête. Malgré sa surprise et son embarras, il n'en salua pas moins le duc et Ravella avec beaucoup de grâce.

– Si j'en crois votre père, lui dit le duc, vous connaissez bien mon domaine. Pourriez-vous m'indiquer un homme qui pourrait devenir mon régisseur?

– Vous seriez-vous débarrassé de Gristle, Votre Grâce? demanda le nouveau venu. S'il en est ainsi, voilà la meilleure nouvelle que j'apprends depuis bien longtemps! Cet individu est un bandit! Non seulement il aurait mis vos fermiers sur la paille, mais aurait fini par ruiner votre réputation dans la région.

– Ma réputation? fit le duc avec ironie. Je la croyais fort compromise depuis longtemps!

Adrien Halliday rougit, mais ne baissa pas les yeux.

– Voilà des siècles, Votre Grâce, reprit-il, que les gens de Lynke servent loyalement votre famille. Ils ne changent pas facilement d'opinion et ne croient pas tout ce qu'on leur raconte.

– Vous me rassurez, fit le duc avec légèreté, et je suis heureux de savoir que ma décision au sujet de Gristle a votre approbation ainsi que celle de mes fermiers. Mais il me faut quelqu'un pour administrer mon domaine.

– Bien entendu, Votre Grâce. Et vous voulez quelqu'un qui, en votre nom, ne gruge pas vos fermiers et ne réduise pas à la misère ceux qui, indépendamment de leur volonté, se sont endettés...

– Sans doute, Mr Halliday, répondit le duc. Mais il ne s'agit tout de même pas d'administrer mon domaine comme une institution philanthropique.

– Naturellement, Votre Grâce! fit Adrien avec chaleur. Votre domaine est un des plus beaux de toute l'Angleterre. Mais, depuis cinq ans, il a été très mal exploité car, si l'on a su faire payer vos fermiers jusqu'à leur dernier penny, on n'a rien fait pour les aider. Certains toits laissent passer la pluie. J'ai vu des granges effondrées, des cheminées abattues par le vent. Les travailleurs, Votre Grâce, ont droit à quelques égards...

– Cela suffit, Adrien! intervint le pasteur, comme s'il redoutait que sa propre situation ne fût compromise par l'ardeur un peu naïve et les paroles inconsidérées de son fils. Il faut que vous lui pardonniez, Votre Grâce, ajouta-t-il en se tournant vers le duc. Il aime la campagne à la folie. Je désirais l'envoyer à Oxford, mais il n'a rien voulu entendre. Il préfère l'amitié des fermiers à celle des lettrés, et c'est des paysans qu'il tient ces idées révolutionnaires. J'espère, Votre Grâce, que vous l'excuserez... (Le duc demeurant silencieux, le pasteur s'adressa à son fils :) Excuse-toi, dit-il, ou bien retourne à ton jardinage!

– J'y retourne, père, répondit le jeune homme.

Il s'inclina gauchement devant les visiteurs et reprit la direction de la porte-fenêtre. A ce moment, Ravella se dressa sur la pointe des pieds et murmura quelques mots à l'oreille du duc.

Celui-ci regarda le jeune homme qui allait sortir de la pièce et lui dit :

– Un instant, Halliday!

Adrien fit demi-tour. Ses larges épaules se découpaient sur l'écran lumineux du ciel. Le duc ouvrit lentement sa tabatière, y puisa une prise et rabattit le couvercle avec un bruit sec.

– Ma pupille, dit-il enfin, vient d'avoir une idée qui pourrait vous intéresser. (Puis, s'adressant à Ravella qui se tenait toujours près de lui :) Je vous prie de répéter la suggestion que vous venez de me faire.

Ravella regarda quelques secondes son tuteur. Après quoi, elle se tourna vers Adrien et murmura :

– J'ai dit : « Voici votre régisseur... »

Le jeune homme sursauta.

– Moi ? s'écria-t-il. Moi, votre régisseur, Votre Grâce ?

– Pourquoi pas ? Si cet emploi vous intéresse, naturellement... Ma pupille étant à l'origine du renvoi de Gristle, il me semble normal qu'elle choisisse l'homme qui va le remplacer.

Adrien Halliday dévisagea Ravella, comme s'il la voyait pour la première fois. La jeune fille souriait. Enfin, le jeune homme se redressa de toute sa taille et dit d'une voix ferme :

– Puisque vous voulez bien me confier un emploi aussi important, Votre Grâce, je puis vous assurer que je ferai tout mon possible pour vous donner satisfaction.

– Eh bien, voilà qui est entendu, répondit le duc. Vous entrez en fonction immédiatement.

– Comment vous remercier, Votre Grâce ? intervint le pasteur. En vous présentant mon fils, je n'imaginais pas que l'entretien se terminerait de façon aussi agréable !

– Ce n'est pas moi qu'il faut remercier, dit le duc. C'est miss Shane. (A ces mots, le doute et la méfiance reparurent sur le visage du pasteur.) Espérons, ajouta le duc sur un ton suave, que votre fils donnera satisfaction à ma pupille.

Ravella se demanda pourquoi le pasteur la regardait subitement avec tant de froideur, mais le sourire que lui adressait Adrien Halliday lui sembla rassurant.

Quinze jours plus tard environ, Ravella, faisant une promenade à cheval dans les champs, aperçut au loin Adrien Halliday. Le nouveau régisseur examinait une haie en fort mauvais état. Sans bruit, la jeune fille s'approcha de lui. Dès qu'il la vit, il retira son chapeau.

– Vous semblez très occupé, dit-elle en souriant.

– C'est vrai, répondit-il. Presque toutes les haies ont

besoin de réparations. Il y a beaucoup à faire dans ce domaine!

– Le contraire vous serait certainement désagréable! fit la jeune fille sur un ton malicieux.

Adrien éclata de rire.

– Vous avez raison, dit-il. Mon travail n'en est pas un : c'est un plaisir. J'ai presque honte de recevoir un salaire...

– Je croyais que, selon vous, « les travailleurs ont droit à quelques égards »...

– Décidément, vous avez toujours le dernier mot! Il y a d'ailleurs longtemps que j'ai renoncé à discuter avec vous.

– Bah! cessez de vous faire du souci pour cette vieille haie, dit Ravella, et venez vous promener avec moi. Je voudrais retourner à cette folie – vous savez bien, la petite maison qui se trouve sur la colline. Mais je ne me souviens plus de l'itinéraire.

Adrien remit son chapeau sur sa tête et rassembla ses rênes.

– Je ne devrais pas vous accompagner, dit-il gravement.

– J'espère cependant que vous n'allez pas me laisser faire tout ce chemin seule!

– Non, rassurez-vous, répondit-il en montant sur son cheval.

Adrien et Ravella avaient pris l'habitude de se promener presque chaque jour ensemble. C'était Adrien qui avait rendu ces promenades possibles, car il avait trouvé dans le grenier de son père une amazone ayant appartenu à sa sœur et que celle-ci avait oublié d'emporter lorsqu'elle était partie vivre, après son mariage, dans le Nord de l'Angleterre.

Ayant épousé un baronnet et étant dorénavant châtelaine et propriétaire d'un domaine, elle s'était acheté un trousseau entièrement neuf et avait chargé son père de distribuer ses vêtements aux pauvres de la paroisse. Mais le pasteur n'avait su à qui offrir l'amazone de velours bleu.

Ravella avait trouvé magnifique cette tenue de cheval dédaignée par l'ex-miss Halliday, aujourd'hui lady Burton. La couturière de Lynke avait fait les retouches nécessaires. Le velours bleu faisait paraître la peau de la pupille du duc de Melcombe encore plus blanche, faisant ressortir l'or de ses cheveux.

Ainsi, presque chaque jour, Ravella parcourait les champs et les forêts du domaine en compagnie d'Adrien.

Quelques minutes, les deux jeunes gens galopèrent botte à botte. Puis Ravella poussa un petit soupir de satisfaction et dit :

– Le nom de mon cheval est Comète. Il n'est pas meilleure bête dans toutes les écuries de Lynke.

– Le duc est certainement grand connaisseur en chevaux, répondit Adrien avec une certaine froideur.

– Je voudrais, reprit la jeune fille, qu'il revienne et monte lui-même ses chevaux.

Soudain, elle changea d'expression. Ses yeux se voilèrent.

– Le duc ne vous aurait-il pas donné de ses nouvelles? demanda Adrien.

– Non, répondit Ravella en secouant la tête. Voilà onze jours qu'il est retourné à Londres. Il m'avait promis de revenir... dans une semaine.

Elle se revoyait faisant ses adieux à son tuteur. La voiture était déjà devant la porte et la jeune fille attendait au pied du grand escalier. Lorsque le duc était enfin apparu, elle avait eu l'impression de voir, pour la première fois de sa vie, un homme vraiment élégant.

Il portait un habit fait d'une étoffe grise en tissu très serré, orné de boutons de saphir. Sa culotte était de la même couleur que son habit et ses bottes impeccables mettaient en valeur ses longues jambes. Ravella, fort chagrinée à l'idée qu'il allait la quitter, lui avait pris le bras et s'était écriée :

– Oh! pourquoi... partez-vous?

Il s'était dégagé d'un geste assez sec et avait répondu :

– Ainsi que je vous l'ai déjà expliqué, Ravella, je dîne ce soir avec Sa Majesté, à Carlton House. C'est une invitation qu'il n'est guère permis de refuser.

– Bien sûr... bien sûr, je sais qu'il faut que vous partiez! Mais vous reviendrez bientôt, n'est-ce-pas?

– Vous me reverrez plus tôt que vous ne le pensez, répondit le duc d'un ton indifférent.

– Mais quand? insista Ravella. Demain? Après-demain?

Le duc haussa les épaules et répondit :

– Je n'en ai pas la moindre idée.

– Si, il faut que vous me le disiez! Il faut que je puisse compter les heures! Sinon, les jours me paraîtront interminables!

– Vous vous exprimez d'une façon ravissante, répliqua le duc en se dirigeant vers la porte.

Puis, après avoir pris son chapeau des mains du maître d'hôtel et ses gants sur un plateau d'argent, il demeura quelques instants immobile sur le perron, à regarder sa légère voiture dont les quatre chevaux piaffaient comme s'ils avaient hâte, eux aussi, de partir.

– Au revoir, Ravella, dit-il en s'inclinant.

La jeune fille lui répondit par une révérence. Mais, une seconde plus tard, elle ne put s'empêcher de s'écrier :

– Je vous en prie, dites-moi quand vous reviendrez! (Comme il descendait les marches sans mot dire, elle ajouta, de plus en plus pressante :) Dans une semaine? Promettez que vous reviendrez dans une semaine!

– Eh bien, oui! dans une semaine... si cela peut vous faire plaisir, répondit enfin le duc en s'installant dans sa voiture.

Puis, d'un signe, il donna l'ordre de démarrer, et Ravella, à travers ses larmes, vit le véhicule s'éloigner.

Ensuite, elle s'était mise à compter les jours. Une semaine avait passé, et le duc n'était pas revenu. Maintenant, elle ne pouvait que répéter :

– Il m'a promis... Oui, il m'a promis...

Adrien tira sur les rênes de son cheval.

– Ecoutez, Ravella, dit-il. Je voudrais vous parler.

– Je vous écoute, Adrien, répondit-elle en s'efforçant de sourire, et en arrêtant elle aussi son cheval.

Puis elle attendit. Mais Adrien ne semblait pas trouver ses mots. Ils venaient d'atteindre le sommet d'une petite colline. Légèrement en contrebas, Lynke déployait sur le fond bleu du firmament ses tours et ses tourelles. Le lac, reflétant le ciel, était de la même couleur que la robe de la Vierge du tableau suspendu au-dessus de l'autel or et ivoire de la chapelle. Plusieurs fois, Ravella était venue dans cette chapelle, s'y était agenouillée sur l'un des grands bancs sculptés et avait prié pour le duc.

Mais elle avait découvert bien d'autres trésors à Lynke. A maintes reprises, elle s'était promenée seule dans le vaste château, impressionnée par la beauté des pièces immenses qu'elle traversait. Dans la bibliothèque couverte de livres du plancher au plafond, elle avait fait la connaissance d'un vieillard solitaire, le bibliothécaire, qui vivait à Lynke depuis bientôt trois quarts de siècle.

Il lui avait fait admirer les tableaux de Van Dyck, d'Holbein, de Rembrandt. Il lui avait montré, dans chacune des pièces des meubles Queen Ann, des objets en laque d'une valeur inestimable, les tapisseries de la salle des banquets, les remarquables travaux au petit point du grand salon, les statues que le quatrième duc avait rapportées d'Italie et le butin que le premier duc, compagnon de l'amiral Drake, avait arraché aux galions de la flotte espagnole.

Les premiers jours, Ravella avait été très occupée, sans cesser néanmoins d'éprouver un vague ennui à la pensée que le duc l'avait quittée. On était allé chercher sa malle et ses effets personnels au pensionnat de Mildew. Et elle s'était promenée tristement dans le parc, toujours vêtue de sa pauvre robe d'écolière qui la faisait paraître presque déplacée dans ce cadre somptueux. Cependant, elle avait l'impression que les domestiques et le vieux bibliothécaire la regardaient avec sympathie.

Elle n'avait pas conscience de sa jeunesse et de sa vivacité. Elle ne se rendait pas compte que sa présence et son rire ranimaient ce musée morne et sans vie.

– N'est-ce pas beau? demanda-t-elle à Adrien qui, maintenant, semblait plongé dans la contemplation du château.

Le jeune homme sortit brusquement de sa rêverie. Il regarda Ravella, puis de nouveau Lynke.

– N'est-il pas regrettable, fit-il, que l'homme auquel appartient ce château n'en apprécie pas la beauté?

– Vous parlez sans doute du duc? fit Ravella avec un certain étonnement.

– Oui, dit Adrien sur un ton assez aigre.

– Mais voyons, s'écria Ravella, il possède à Londres un hôtel particulier; il y a des amis, des affaires à traiter... Comment passerait-il plus de temps ici?

– Il ne vient pratiquement jamais à Lynke, et presque toujours accompagné de noceurs qui jouent ou dansent toute la nuit et sont trop fatigués le matin pour monter à cheval. Les écuries sont pleines de bêtes magnifiques qui restent des mois entiers sans être montées!

Ravella demeura silencieuse pendant quelques instants, puis reprit :

– Si, au lieu de le critiquer sans cesse, vous étiez plus accueillant avec mon tuteur, il s'attarderait peut-être plus dans son domaine!

– Etre plus accueillant avec le duc! fit Adrien en riant amèrement. Mais je ne lui avais jamais adressé la parole avant le jour où il est venu, avec vous, voir mon père! Il n'a pas l'intention d'entretenir des relations amicales avec les gens comme nous, ni avec qui que ce soit dans le comté. Il y a, dans la région, une société des plus agréables. Le cousin de mon père, lord Kilbrace, ne vit qu'à douze miles d'ici. Mais il n'a jamais été invité à Lynke. D'ailleurs, même si on l'invitait, il ne viendrait pas.

– Tiens, pourquoi? (Adrien, conscient d'en avoir trop dit, se mordit la lèvre.) Pourquoi? répéta Ravella.

– Je... je ne puis vous le dire...

– Mais c'est absurde! Vous allez me le dire immédiatement. Qu'a pu faire mon tuteur pour que vous parliez de lui sur ce ton? Ce n'est pas la première fois, Adrien, que vous adoptez cette attitude. Au reste, vous n'êtes pas le seul. Votre père, Mrs Mayhew, Mr Banks, le bibliothécaire... Tous ces gens-là font devant moi des sous-entendus... J'exige des explications...

A ce moment, Adrien fit tourner son cheval et regarda fixement Ravella.

Les yeux de la jeune fille, plus bleus encore qu'à l'accoutumée, semblaient lancer des éclairs. Sa petite bouche était serrée. Mais le soleil qui jouait sur son visage la rendait si belle, si désirable, qu'Adrien sentit sa gorge se contracter. Et c'est d'une voix étrange qu'il lui demanda :

– Ravella, voulez-vous m'épouser?

Un instant, elle demeura complètement immobile, puis, très pâle, les yeux assombris, elle murmura :

– Pourquoi... me faites-vous cette proposition?

Comme s'il s'était cru encouragé, Adrien lui prit la main et répondit :

– Parce que je vous aime, Ravella, et aussi parce que je voudrais vous protéger et vous emmener loin... loin de tout ceci.

En prononçant ces derniers mots, il désigna le château.

– M'emmener? répéta Ravella. (Et, sur un ton soudain furieux :) Oh! Adrien, moi qui vous croyais mon ami! Moi qui avais confiance en vous! Je n'aurais jamais cru que vous pousseriez l'indécence jusqu'à me déclarer que vous m'aimez!

– Mais, Ravella, ce n'est pas de l'indécence! répondit le jeune homme avec stupeur. J'aurais attendu, si... si je pouvais supporter de vous savoir à Lynke...

– Je ne comprends pas ce que vous voulez dire! Je ne sais qu'une chose : vous venez de gâcher notre amitié! J'ai beaucoup de sympathie pour vous... Mais le mariage! Et puis, jamais... jamais je ne me marierai! Je le jure!

– Ne comprenez-vous pas qu'il faut que vous m'épousiez le plus rapidement possible? Vous ne pouvez pas rester sous l'empire de cet homme.

– Quel homme? Mon tuteur, sans doute? Pourquoi parlez-vous de lui sur ce ton? Eh bien! sachez ceci : je l'aime autant que j'ai aimé mon père. Il est bon pour moi... Il veille sur moi... Je suis heureuse avec lui!

– Mais, Ravella, ne comprenez-vous donc pas?

– Non, je ne comprends pas, répondit la jeune fille en se redressant de toute sa hauteur.

– Ne voyez-vous pas qu'il vous faut épouser quelqu'un, sans tarder? Je vous aimerai de tout mon cœur, je vous protégerai, je vous maintiendrai à l'écart du danger...

– Quel danger? Pourquoi parlez-vous par énigmes? Je le répète : je n'ai pas l'intention de me marier. Je déteste les jeunes gens. Vous, je vous croyais différent des autres, je vous considérais un peu comme un frère.

– Si j'étais votre frère, répliqua Adrien, je vous emmènerais immédiatement loin d'ici!

– Et vous pensez que je vous suivrais? Personne n'a le pouvoir de me faire quitter mon tuteur contre mon gré!

– Vous êtes folle! Si vous restez ici, vous êtes perdue, perdue à jamais!

C'est vous qui êtes fou! Vous détestez le duc, alors qu'il vous a confié un emploi intéressant et qui vous plaît. Il s'est montré avec vous de la plus grande générosité, et pourtant vous l'insultez! Ce n'est pas là l'attitude d'un gentleman!

Adrien Halliday passa la main sur son front et dit d'un ton désespéré :

– Comment vous faire comprendre?... Le duc n'est pas qualifié pour veiller sur une jeune fille.

– Mais pourquoi à la fin?

– Pourquoi? Parce qu'il est insensible et pervers, et qu'aucune femme respectable ne lui accorderait sa confiance. Ce ne sont pas là de simples commérages de domestiques. Je ne parle que de ce que je sais. J'ai vu le duc amener ici des dames, de vraies dames, et l'on m'a assuré qu'à leur retour à Londres personne n'avait plus voulu les recevoir. C'est ce qui vous arrivera! Les gens ne croiront jamais que vous êtes sa pupille. Vous êtes si jeune, si ignorante du monde! Si vous saviez ce qu'on raconte déjà!

Il s'arrêta pour reprendre son souffle, les yeux étincelants, le visage presque aussi pâle que celui de Ravella.

Celle-ci était immobile comme une statue. Seules ses prunelles demeuraient vivantes. Elles étaient assombries par la colère et aussi par une violente douleur.

– Poursuivez! murmura enfin la jeune fille. Avez-vous encore autre chose à me révéler?

– Non. J'ajoute seulement que je vous épouse dès demain, Ravella, si vous voulez bien de moi. Je jure de vous rendre heureuse. Je regrette de m'être mis en colère. Mais je ne puis supporter la pensée qu'on commence à dire du mal de vous parce qu'un débauché vous compromet! Epousez-moi, Ravella, et vous verrez que tout ira bien!

– Je ne vous épouserais pas, répondit-elle, même si vous étiez le dernier homme vivant. D'ailleurs, ainsi que je vous l'ai déjà dit, je n'épouserai personne. Quant à ma protection, mon tuteur s'en chargera!

– Votre tuteur! s'écria Adrien sur un ton sarcastique. Il vous a sans doute déjà oubliée! Il vous a promis de revenir dans une semaine, n'est-ce pas? Eh bien, je vous prédis que dans six mois, il sera toujours à Londres! Voyons, Ravella, ne vous aveuglez pas, regardez franchement la réalité!

Ravella, encore plus pâle que tout à l'heure, leva soudain sa cravache et frappa son interlocuteur en plein visage en disant :

– Vous êtes un menteur! Un menteur!

Puis, au même moment, elle fit tourner son cheval, l'éperonna furieusement et le lança au galop dans la direction de Lynke.

5

Le duc donnait un dîner dans la grande salle à manger de Melcombe House. Trente invités étaient assis sur des chaises dorées. Derrière chaque chaise se tenait un valet en livrée rouge et argent. La table était chargée de candélabres et de vaisselle d'or dont l'éclat avait la même teinte que celui des tapisseries et des rideaux, également dorés. Les lustres, avec leurs centaines de chandelles allumées, répandaient une lumière éblouissante.

Un orchestre, caché derrière un immense paravent, jouait en sourdine. On avait disposé, aux quatre coins de la pièce, d'énormes gerbes de fleurs de serre. Devant chaque invité se déployait une guirlande de tubéreuses dont l'odeur suave et pénétrante se mêlait aux parfums qui imprégnaient les mouchoirs et les chevelures des femmes.

Deux Noirs, faisant office de pages, étaient placés de chaque côté du duc. Sous leurs turbans à plumes, ils demeuraient impassibles.

Les hommes portaient des noms célèbres et, si leur réputation était souvent fort mauvaise, ils gardaient cependant une distinction qui faisait facilement oublier les bruits fâcheux que l'on colportait sur leur compte.

Quant aux invitées, elles compensaient leur origine roturière par une exceptionnelle élégance. D'autre part, chacune des femmes présentes possédait un charme particulier, auquel elle devait d'ailleurs d'avoir été conviée à cette somptueuse réception.

Il s'agissait pour la plupart, de danseuses appartenant au corps de ballet de l'Opéra; toutes étaient gracieuses et fort désirables.

A la droite du duc était assise une nommée Lotti dont le visage en forme de cœur, les yeux sombres et pénétrants et les lèvres pleines et rouges eussent certainement inspiré un grand peintre. Ses cheveux noirs, partagés par une raie médiane, lui donnaient un air de fausse simplicité qui contrastait étrangement avec son expression voluptueuse et la hardiesse de sa bouche.

Lotti occupait aujourd'hui, dans le corps de ballet, une place qu'elle devait surtout aux attentions que le duc lui avait prodiguées deux ans auparavant. Il était resté son amant seulement quelques mois, mais cette brève liaison avait suffi pour attirer sur elle l'attention des snobs qui hantaient les coulisses de l'Opéra.

Lorsque le duc l'avait lâchée, elle n'avait eu aucune peine à trouver d'autres hommes mais, malheureusement pour ces derniers, elle n'avait cessé de penser au beau Melcombe et de s'en vouloir de ne pas avoir su le retenir. Bien qu'il n'eût pas été le premier homme dans sa vie, elle se demandait parfois s'il ne serait pas le dernier à y tenir une place importante.

Auprès de lui, tous ses autres admirateurs paraissaient insignifiants. Certes, elle avait honte de sa faiblesse et pour une fois elle aurait bien voulu éviter de se soumettre à la loi de son cœur. Mais, en même temps, elle se sentait prête à tout sacrifier pour un seul regard du maître de maison.

Le protecteur de la jeune femme était actuellement un lord vieillissant que ses vastes propriétés retenaient dans le Nord de l'Angleterre. Lotti avait bondi d'excitation au reçu de l'invitation de Melcombe et, pendant quelques jours, elle avait fait de nombreuses visites aux plus célèbres tireuses de cartes. Elle avait dépensé une somme considérable pour s'assurer les bonnes grâces de la chance et, ce soir-là, au plus profond d'elle-même, elle espérait reconquérir le duc.

Ayant constaté, pendant les quelques mois de leur

liaison, que Melcombe détestait les démonstrations d'affection, elle s'était promis de se montrer prudente avec lui et de ne rien faire qui pût trahir ses sentiments. D'autre part, elle savait depuis longtemps que son échec était dû, en majeure partie, à l'amour qu'elle n'avait pu s'empêcher de lui témoigner.

Aussi, ce soir, avait-elle pris la résolution de refaire sa conquête par une indifférence qu'elle était loin d'éprouver. Ne manquant pas d'esprit, elle avait jusque-là réussi à conduire la conversation avec un brio qui s'harmonisait parfaitement avec l'éclat de ses bagues et de sa rivière de diamants.

Néanmoins, elle n'avait pas tardé à s'apercevoir de la présence d'une rivale, nommée Orielle, assise tout près d'elle. Orielle était une nouvelle venue dans le corps de ballet de l'Opéra. Qu'elle assiste à ce dîner n'avait rien d'étonnant, mais ce qui paraissait assez surprenant, c'était que le duc l'avait fait asseoir à sa gauche...

Orielle, petite et gracieuse, n'avait pas encore acquis ce vernis d'audace et de séduction que possédaient presque toutes les danseuses du corps de ballet. Avec sa peau douce comme un pétale de fleur et ses yeux légèrement bridés, elle était d'une beauté très originale. Mince et frêle, elle faisait penser, lorsqu'elle se déplaçait, à une plume emportée par la brise.

Malgré la cour ardente dont l'entouraient plusieurs distingués gentlemen, elle ne semblait pas avoir encore arrêté son choix. Mais Lotti savait que le duc n'aurait eu qu'à lever le petit doigt pour s'assurer les faveurs de la nouvelle venue. Aussi multipliait-elle ses efforts pour retenir l'attention de son ancien amant. Celui-ci, cependant, tout en souriant aux propos qu'elle lui tenait, paraissait ne pouvoir détacher son regard des blanches épaules de son autre voisine.

Se sentant observée, Orielle s'était rapprochée insensiblement de l'extrémité de la table et se penchait en avant le plus souvent possible pour faire valoir, par l'ouverture de sa robe de soie vert olive, la ferme rondeur de ses jeunes seins.

Comme à l'accoutumée, le duc affectait une attitude lointaine et nonchalante. Mais, à l'autre bout de la table, l'atmosphère était différente. Les vins chaleureux empourpraient maints visages. Les langues se déliaient. Les voix devenaient plus aiguës, plus fortes, les rires plus fréquents. En plusieurs endroits, des taches rouges apparaissaient sur la nappe brodée. De temps à autre, une main maladroite laissait tomber un couteau ou une fourchette qu'un valet attentif remplaçait immédiatement.

Lotti sentait que le vin commençait à lui monter à la tête, bien qu'elle se fût gardée d'en abuser. Soudain, presque malgré elle, elle dit :

– Vous n'avez pas changé.

– Vraiment? fit le duc.

– Vous avez toujours l'air d'un dieu fatigué par les prières de ses fidèles. Vous regardez la vie comme un spectacle.

Le duc répondit, avec un sourire :

– Mon ami Shelley a écrit :

> La vie peut changer, mais elle ne s'envole pas.
> L'espoir peut s'évanouir, mais ne meurt jamais.
> La vérité peut se voiler, mais elle ne se consume pas.
> L'amour peut se dérober, mais il revient toujours!

– L'amour peut se dérober, mais il revient toujours! répéta Lotti. Pensez-vous encore à moi?

Le duc porta son verre à ses lèvres, avala une gorgée de vin et répondit :

– Quelle question, ma chère Lotti! Si je ne pensais pas à vous, vous ne seriez pas ici ce soir!

– Ce n'est pas là ce que je veux dire, et vous le savez très bien... En deux ans, j'ai vieilli, j'ai appris beaucoup de choses... Y aurait-il quelque vanité de ma part à vous dire que je suis aujourd'hui plus compréhensive et par conséquent plus... séduisante qu'à l'époque où vous m'avez connue?

– Aucune, bien au contraire, Lotti.

– Alors?

Le duc regarda la jeune femme. Elle attendait sa réponse avec une fièvre intense qui entrouvrait ses lèvres et faisait briller ses beaux yeux.

Mais, au moment où Melcombe allait prendre la parole, son attention fut attirée par une scène qui se déroulait à l'autre extrémité de la table. L'un des invités, lord Rupert Davenport, était en train de soulever sa voisine. Il avait parié cent guinées que celle-ci, une jolie Italienne à la peau très brune, danserait sur un verre.

Lotti, soudain exaspérée, se mordit les lèvres. Ce n'était pas la première fois qu'elle voyait, au cours de ce genre de réunions, une femme, nue ou habillée, danser sur une table, mais à sa profonde déception, le duc, cessant de s'occuper d'elle, n'avait plus d'yeux que pour la belle Italienne.

A l'instant où l'orchestre, sur l'injonction de lord Davenport, se remettait à jouer, la porte s'ouvrit et un valet annonça d'une voix de stentor :

– Miss Ravella Shane, Votre Grâce.

Instantanément, tout le monde se tourna vers la porte. Ravella venait d'apparaître sur le seuil. Elle portait, sur sa robe, un long manteau sombre, mais elle avait retiré son bonnet et le tenait par ses rubans. Ses boucles blondes, en désordre, découvraient son front très blanc. Elle paraissait toute petite et, pourtant, sa présence avait brusquement apporté dans cette immense pièce quelque chose de léger et de vivant. On aurait dit que le soleil, forçant les fenêtres, venait d'éteindre les lustres et de révéler ce que le décor de ce dîner mondain pouvait avoir d'artificiel et de maussade.

Quelques secondes, les invités demeurèrent silencieux, puis, au moment où un violon jouait en sourdine, Ravella s'avança dans la pièce et prononça, d'une voix claire :

– Il fallait que je vienne! Il le fallait!

Elle semblait ne pas avoir remarqué autour de la table les hommes en habits et les femmes couvertes de bijoux, derrière lesquels se tenaient des valets, immobiles comme des statues. D'un pas rapide, elle s'approcha du duc.

– Vous m'aviez promis de revenir dans une semaine, lui dit-elle. Vous me l'aviez promis! J'ai cru que vous étiez malade. Aussi, suis-je venue à Londres... J'ai pris la diligence... J'aurais dû arriver plus tôt, mais nous avons été retardés en route. M'en voulez-vous d'être venue?

Tout en parlant, elle le regardait avec inquiétude. Et, tout à coup, elle se rendit compte qu'ils n'étaient pas seuls. Elle se tourna vers les invités. Ses joues s'empourprèrent. Une expression de crainte agrandit ses prunelles.

– Je... je comprends..., balbutia-t-elle. Vous... vous donnez une réception... Excusez-moi... Peut-être... n'aurais-je pas dû venir!

Le duc se leva et lui répondit, sans se départir de son calme :

– Vous avez fait un assez long voyage, Ravella. Vous devez avoir faim.

De nouveau, elle le regarda, déjà presque rassurée.

– Oui, dit-elle, je n'ai rien mangé depuis ce matin. Il me semble que je pourrais dévorer un bœuf!

Le duc se tourna vers le maître d'hôtel et lui ordonna :

– Une chaise près de moi pour miss Shane.

Lotti, furieuse, vit le maître d'hôtel placer une chaise à la droite du duc. Puis celui-ci annonça d'une voix forte :

– Permettez-moi de vous présenter ma pupille, miss Ravella Shane.

La plupart des invités se levèrent. Certains, déjà à moitié ivres, retombèrent lourdement sur leurs sièges.

Ravella fit une brève révérence polie et gagna sa place. Avant de s'asseoir, elle retira son manteau, révélant ainsi sa simple robe de batiste rayée, déteinte par de trop fréquents lavages et maintenant trop étroite, surtout à la poitrine.

Mais la jeune fille semblait indifférente à sa tenue. Avec étonnement, elle contempla les femmes élégantes assises autour de la table et dit au duc :

– Quelle belle réunion! Et cette dame, là-bas, va-t-elle danser? Comme je voudrais la voir!

Mais lord Davenport avait perdu tout son enthousiasme. Il n'esquissa même pas un geste de protestation lorsque l'Italienne, ayant sans doute compris que la plaisanterie était terminée, sauta à terre.

Bientôt, un valet commença de servir Ravella. La jeune fille se mit à manger avec un bel appétit. Tout à coup, elle s'aperçut que la femme placée à sa droite l'examinait avec curiosité. Elle la regarda en souriant et lui dit :

– Je vois que vous avez tous terminé. J'aurais dû venir plus tôt...

Lotti fut sur le point de répondre : « Vous auriez mieux fait de ne pas venir du tout! » mais aussitôt elle pensa que le duc ne pouvait s'intéresser à une gamine aussi mal habillée...

De fait, les invités regardaient avec surprise la nouvelle venue. Mais le duc de Melcombe, indifférent, se contentait d'observer sa pupille.

Celle-ci, sans cesser de manger, lui racontait son voyage.

– Près de Saint Albans, nous avons accroché au passage une autre diligence, et il nous a fallu près de trois heures pour trouver un charron qui acceptât de faire les réparations indispensables. La plupart de mes compagnons avaient emporté des paniers de provisions. Mais, moi, je n'avais rien, même pas de quoi m'acheter un peu de nourriture. Vous comprenez, j'ai dû emprunter à Kate le prix de mon voyage.

– Kate? Qui est-ce? fit le duc.

– La femme de chambre qui s'occupait de moi à Lynke, répondit Ravella. Elle est d'une famille de seize enfants... Heureusement, on lui avait payé ses gages avant-hier. Sans cela, elle n'aurait rien pu me prêter. Si je m'étais adressée à Mrs Mayhew, elle aurait tout fait pour m'empêcher de partir. Aussi n'ai-je mis que Kate dans le secret; je suis allée toute seule jusqu'à la route et y ai attendu la diligence. (La jeune fille s'arrêta, regarda le duc et éclata de rire.) Je n'ai même pas pu emporter ma malle. Encore une fois, mes vêtements et mon linge sont en vrac et ficelés en un balluchon!

– Vous avez une curieuse façon de voyager, répondit froidement le duc.

– Cette fois-ci encore, reprit la jeune fille, le visage soudain creusé de fossettes, j'ai eu un accident. Mais vous n'étiez pas là pour venir à mon secours...

A ce moment, il y eut, à l'autre extrémité de la table, un nouveau remue-ménage. Une femme que son voisin tentait d'embrasser lança un cri aigu. Comme elle le repoussait avec vigueur, il glissa de sa chaise et tomba sous la table.

– Ce gentleman est-il malade? demanda Ravella, stupéfaite.

Alors, le duc parut soudain se souvenir de ses responsabilités.

– Si vous avez fini de manger, Ravella, dit-il, vous allez monter au premier étage. Je vous verrai plus tard.

L'expression consternée, la jeune fille se leva.

– Seriez-vous fâché contre moi? demanda-t-elle.

Mais, sans lui répondre, le duc se tourna vers l'un des valets et lui dit :

– Conduisez miss Shane jusqu'au boudoir et priez l'intendante de s'occuper d'elle.

– Très bien, Votre Grâce.

– Mais, voyons..., commença Ravella.

Comme le duc, impassible, s'inclinait devant elle, elle lui fit instinctivement une révérence, puis suivit le valet.

Le boudoir était une jolie pièce dont les fenêtres aux rideaux de velours rose donnaient sur le jardin. Mais la jeune fille, insensible au charme de ce cadre, se mit à arpenter le tapis d'Aubusson d'un pas nerveux jusqu'au moment où Mrs Pym, l'intendante, femme d'un certain âge, aux cheveux gris et à la bouche pincée, apparut sur le seuil.

– Désirez-vous quelque chose? demanda-t-elle sur un ton faussement respectueux.

– Non... merci, répondit Ravella. (Puis, se ravisant, elle ajouta :) Eh bien! si. Je voudrais me laver les mains et me peigner.

– Alors, suivez-moi, répondit Mrs Pym en tournant le dos et en s'éloignant d'un pas rapide.

Ravella avait l'impression d'être de nouveau enfermée dans le pensionnat de Mildew...

Cependant, la chambre dans laquelle l'intendante la fit entrer était si belle que la jeune fille ne put s'empêcher de pousser un cri d'admiration. Le lit argenté était posé sur deux cygnes merveilleusement sculptés et entouré de rideaux de soie blanche. Les rideaux des fenêtres étaient bleu pâle. Un grand divan, également bleu pâle, avait été poussé devant la cheminée. Dans une immense glace, encadrée d'argent et fixée à l'un des murs, se reflétaient un petit secrétaire incrusté d'ivoire, deux riches coffrets, l'un pour les bijoux et l'autre pour les châles, ainsi qu'un coin du tapis bleuté qui couvrait la pièce.

– Je n'ai jamais rien vu d'aussi joli! s'écria Ravella.

Mrs Pym versa de l'eau chaude dans une cuvette, plaça sur la table de toilette un savon parfumé et demanda, d'une voix déjà moins sèche, tout en dépliant une serviette bordée de dentelle :

– Etes-vous fatiguée?

– Non, vraiment non, répondit Ravella. Mais je suis un peu ennuyée. Il me semble que je n'aurais pas dû venir ici. Mon tuteur est en colère contre moi...

– D'où venez-vous donc? Avez-vous fait un long voyage?

– Je viens de Lynke. C'est là que je me suis réfugiée après mon évasion du pensionnat. (Elle poussa un petit soupir et ajouta :) Il me semble que je passe ma vie à fuir... Cependant, je tiens à préciser que je n'ai pas quitté Lynke avec plaisir. Ce domaine est si beau! Mais, voyez-vous, le duc m'avait promis de revenir dans une semaine. Je l'ai attendu... attendu... Au bout de quinze jours, j'ai cru qu'il m'avait oubliée.

Mrs Pym émit un étrange sifflement et demanda :

– Seriez-vous cette jeune fille qui vient d'hériter d'une fortune?

– Oui, c'est moi! répondit Ravella en souriant.

– Mon Dieu! Le valet de Sa Grâce me parlait

justement de vous il y a quelques intants. Je n'aurais jamais cru qu'une riche héritière...

– Ce sont mes vêtements qui vous surprennent, n'est-ce pas? fit Ravella en éclatant de rire. Et aussi mon misérable balluchon... A ce propos, je l'ai donné à un valet en arrivant. Qu'en a-t-il fait?

– Rassurez-vous. Votre... bagage m'a été remis.

– J'en suis bien heureuse, car mes effets, si pauvres qu'ils soient, sont tout ce que je possède. Néanmoins, j'espère que mon tuteur, maintenant que je suis à Londres, va me permettre d'acheter quelques jolies choses. Il m'en a d'ailleurs déjà parlé, à Lynke. Mais il ne va peut-être pas m'autoriser à rester ici...

– Cela, je ne puis le dire... Cependant, j'imagine que Sa Grâce va vous installer dans une jolie maison, avec une aimable dame comme chaperon... Tenez, voici une brosse pour vos cheveux.

Ravella fut sur le point de se récrier à la pensée qu'on pourrait l'installer dans une jolie maison, avec une aimable dame comme chaperon. Mais elle se ravisa et demeura silencieuse. Mrs Pym, malgré son attitude déjà plus amicale, lui inspirait encore une certaine méfiance.

Lorsqu'elle eut fini de brosser ses cheveux, la jeune fille se leva de la coiffeuse et dit :

– Je crois qu'il faudrait que je retourne au boudoir. Le duc m'a demandé de l'y attendre.

– Très bien. Si vous avez encore besoin de moi, il vous suffira de m'appeler.

– Merci. Mais, si vous êtes occupée par autre chose, ne vous faites pas de souci à mon sujet.

– Mon devoir n'est pas un souci, répliqua Mrs Pym en reprenant son expression pincée.

Ravella était sur le point de rentrer dans le boudoir, lorsqu'elle aperçut un chien de chasse, tout noir, qui montait lentement l'escalier. Il s'agissait d'Hector, le chien favori du duc de Melcombe. Hector, qui détestait les réunions trop bruyantes, venait de quitter dignement la salle à manger et, d'un pas majestueux, se dirigeait vers le cabinet de toilette de son maître pour s'y coucher dans le panier où il passait ses nuits.

Ravella, qui aimait les chiens autant que les chevaux, s'approcha d'Hector et lui prodigua tant de caresses que l'animal la suivit dans le boudoir et s'assit près d'elle devant la cheminée.

Trois heures plus tard seulement, le duc gravit l'escalier. Sur le palier, il croisa Mrs Pym qui se tenait immobile dans l'ombre, les mains jointes sur son tablier noir, le visage impassible. Sans lui adresser la parole, il ouvrit la porte du boudoir. Il crut tout d'abord que la pièce était vide, puis soudain, à la lumière des chandelles presque consumées, il découvrit Ravella couchée sur le tapis et endormie devant la cheminée. Sa tête reposait sur le corps du chien. Celui-ci, lorsqu'il vit son maître entrer dans la pièce, ne bougea pas, mais se mit à remuer discrètement la queue.

Le duc s'avança et regarda la jeune fille. Elle avait l'air d'une enfant. Ses longs cils sombres projetaient une ombre sur ses joues.

Puis brusquement, il fit demi-tour, revint sur le palier et demanda à Mrs Pym :

– Avez-vous préparé une chambre pour miss Shane?

– Oui, Votre Grâce. La chambre des Cygnes.

– Miss Shane est fatiguée. Il faut qu'elle se couche immédiatement.

– Très bien, Votre Grâce. (Le duc allait s'éloigner lorsque Mrs Pym ajouta :) Il y a quelques instants, j'ai jeté un regard dans le boudoir et j'ai vu que miss Shane était endormie. Dois-je l'éveiller ou aller chercher un valet qui la portera jusqu'à son lit?

Après une brève hésitation, le duc rentra dans le boudoir. Il se pencha et souleva Ravella dans ses bras. Elle bougea légèrement, puis, sans ouvrir les yeux, se blottit contre l'épaule de son tuteur en murmurant :

– Je croyais que vous m'aviez oubliée.

Et, presque aussitôt, elle se rendormit. Le duc, toujours chargé de son fardeau, traversa le palier. Mrs Pym lui ouvrit la porte de la chambre des Cygnes. Le lit était ouvert. Les draps et les oreillers, entourés de dentelles, étaient ornés de couronnes ducales.

Lorsqu'il eut déposé doucement la jeune fille sur le lit, le duc s'aperçut qu'elle se cramponnait aux revers de son habit. Avec d'infinies précautions, il se dégagea.

– Mrs Pym, dit-il d'une voix sèche, vous passerez la nuit dans le cabinet de toilette, avec la porte ouverte.

– Moi, Votre Grâce?

– Oui, vous. Je vous confie miss Shane. Est-ce bien compris?

– Oui, Votre Grâce, répondit l'intendante en faisant une révérence peut-être encore plus respectueuse qu'à l'ordinaire.

Sans se retourner, le duc sortit de la chambre. Dès qu'il eut atteint le palier, il entendit la consciencieuse Mrs Pym verrouiller la porte.

6

Le lendemain, à midi, quatre personnes, silencieuses et raides sur leur siège, étaient assises dans le salon jaune de Melcombe House. La duchesse douairière de Largs, grand-mère maternelle du duc, après avoir observé quelques instants sir George Renhold qui s'agitait nerveusement dans son fauteuil, lui dit sur un ton assez sec :

– Tirez le cordon, George!

Sir George, personnage rougeaud doté d'un tic, particulièrement irritant, celui de toussoter vingt ou trente fois par minute, répondit :

– Tirer le cordon, grand-mère... Mais pourquoi?

– Faites ce que je vous dis et vous ne tarderez pas à comprendre, répliqua la vieille dame.

Avec docilité, son petit-fils par alliance se leva et tira le cordon auquel pendait un énorme gland de soie.

Presque immédiatement, un valet ouvrit la porte.

– Si le duc n'est pas encore rentré, lui dit la duchesse, priez le maître d'hôtel de nous déboucher une bouteille de madère.

– Très bien, Votre Grâce, répondit le valet.

Lady Eléonore poussa un petit cri.

– Voyons, grand-mère, dit-elle, vous savez pourtant que le médecin vous a interdit l'alcool sous toutes ses formes!

– Mon médecin est un imbécile! répliqua la duchesse douairière. L'alcool est l'antidote idéal de la nervosité. Or, je suis persuadée que George est, ce matin, sur des charbons ardents.

– Comment en serait-il autrement? fit lady Eléonore avec un soupir. C'est tout juste si je ne me suis pas moi-même évanouie lorsque George m'a raconté ce qu'il avait entendu dire à son club.

Soudain, la porte s'ouvrit. Un homme entra. Il était grand, maigre, cadavérique. Ses vêtements sombres flottaient autour de son corps et son visage avait une expression d'incommensurable découragement.

– Arthur! s'écria lady Eléonore.

Puis elle se leva d'un bond et courut à la rencontre de son beau-frère.

– Je savais que je vous retrouverais ici, fit lord Naver d'une voix sinistre.
– Nous ignorions votre présence à Londres, répondit lady Eléonore.
– Je suis arrivé hier soir. Dès que j'ai appris ce qui se passait et que je pouvais vous trouver ici, je suis venu.
– Naturellement, vous nous soutiendrez, n'est-ce pas? fit sir George. Nous avons besoin de votre aide, Arthur. Vous ne pouvez savoir à quel point je suis heureux de vous voir!
La duchesse douairière tendit sa main à baiser au nouveau venu et lui dit :
– Mon cher Arthur, vous avez plus que jamais l'aspect d'un cadavre! Aussi pourquoi vivez-vous toute l'année dans votre propriété du comté de Suffolk? Vous devez y mourir d'humidité!... Charlotte est-elle avec vous?
– Elle n'a pas pu m'accompagner.
– Pourquoi cela? Sa santé?
– Au contraire, sa santé est excellente, répondit lord Naver. Mais, voyez-vous, grand-mère, Charlotte n'aime pas Londres. Et puis, tout y est si cher!
– Vous êtes toujours les mêmes! s'écria la vieille dame. Vous ne pensez qu'à l'argent! Pourtant, vous en avez plus qu'il ne vous en faut!
– Quelle erreur, grand-mère! Les temps sont difficiles. Les fermiers paient mal. Un grand domaine comme le nôtre ne rapporte presque rien.
– Mon cher Arthur, vous avez toujours été un prophète de malheur! Dans ma jeunesse, nous étions constamment heureux, avec ou sans argent. Si Charlotte veut jouer toute sa vie les paysannes, cela la regarde. Moi, quand j'avais son âge, il m'aurait fallu un homme un peu plus séduisant que vous pour me rendre supportable une telle solitude!

Lord Naver toussota et s'efforça de prendre une expression un peu moins rebutante. Il éprouvait toujours la plus grande gêne devant la duchesse douairière dont il redoutait de longue date la brusquerie et la franchise.

– Avez-vous vu Sébastien? demanda-t-il pour changer de conversation.

– Non, répondit sir George Renhold. Il est sorti, paraît-il. Mais nous ignorons où il se trouve et, de plus, nous sommes assez étonnés qu'il se soit levé si tôt. Les gens de son espèce restent généralement toute la matinée au lit. Il est vrai que le roi lui-même leur donne sur ce chapitre un bien fâcheux exemple!

– Selon vous, George, à quelle espèce appartient donc Sébastien? demanda la duchesse douairière.

– A une espèce que je ne décrirai pas devant vous, grand-mère, car vous m'inspirez beaucoup trop de respect pour cela!

– Vous vous trompez lourdement, George, si vous croyez que j'ai peur des mots! Durant ma vie, j'en ai entendu de toutes les couleurs. Mais voici mon avis en ce qui concerne Sébastien : ce garçon m'inspire une certaine estime et, quand je considère le prétendu bonheur domestique de mes autres petits-enfants, je ne puis m'empêcher de penser que Sébastien a peut-être eu raison de choisir l'existence que, justement, vous lui reprochez!

– Oh! grand-mère! s'écria lady Eléonore en se levant à demi de son fauteuil. Vous ne devriez pas tenir de semblables propos dans un moment où nous nous apprêtons à avoir un entretien des plus sérieux avec Sébastien!

– Je n'ai pas dit que j'approuvais la conduite parfois déréglée de Sébastien, fit remarquer la vieille dame. Mais cela ne l'empêche pas d'être un homme, réflexion que je me fais bien rarement quand je me trouve devant certains individus dont seuls les vêtements rappellent leur appartenance au sexe fort.

Quelques instants, ses yeux se posèrent avec ironie sur la silhouette maigre de lord Naver et sur le ventre rebondi de sir George.

A ce moment, la porte s'ouvrit et le duc apparut dans l'encadrement, un sourire presque imperceptible aux lèvres. Habillé, comme à l'ordinaire, avec une élégance raffinée, il demeura quelques secondes immobile, puis, à pas lents, il s'avança dans la pièce et dit :

– Quelle charmante surprise! Voilà bien longtemps, grand-mère, que vous n'êtes venue me voir! Quant à vous, George et Arthur, j'en étais arrivé à me persuader que vous vous étiez promis de me priver de votre compagnie. Comme on peut se tromper, tout de même! Bonjour, Eléonore. Tu es bien jolie aujourd'hui!

Sir George s'éclaircit la voix et commença, d'un ton grave :

– Sébastien...

– Un instant, fit le duc en levant la main. Je voudrais tout d'abord faire mes excuses à grand-mère. A ce que je vois, on l'a bien reçue. J'ai rencontré tout à l'heure un domestique qui apportait ici du madère. Je l'ai renvoyé chercher une bouteille d'un vin que je garde pour les grandes occasions. D'ailleurs, le voici! ajouta-t-il comme la porte s'ouvrait de nouveau.

Deux valets entrèrent dans le salon. Le premier, celui auquel la duchesse douairière avait demandé tout à l'heure du madère, portait une bouteille de vieux vin, couverte de poussière. Le second tenait à bout de bras un grand plateau où cliquetaient des verres. Un maître d'hôtel les suivait.

– Vous permettez, grand-mère? fit le duc en remplissant un verre et en le tendant à la vieille dame.

– C'est trop, Sébastien! s'écria lady Eléonore. Je vais vous donner un verre moins plein, grand-mère. Vous savez bien que le vin vous est interdit.

– Ma chère Eléonore, fit le duc d'une voix suave, tu as tendance à attacher beaucoup trop d'importance aux petites choses et à te montrer souvent timorée. Ce vin, je te l'assure, ne peut faire aucun mal à notre grand-mère. Quand apprendras-tu, chère sœur, à prendre la vie avec plus de philosophie?

Sir George accepta le verre que lui tendait l'un des valets et le porta immédiatement à ses lèvres. Mais lady Eléonore et lord Naver levèrent la main dans un geste de refus silencieux.

– Comment, Arthur, vous ne buvez pas? fit le duc. Préférez-vous autre chose? Ma cave est à votre disposition.

– Je ne bois jamais dans la journée, répondit lord Naver. Et le soir, au dîner, je me contente d'un doigt de vin.

– Je parierais n'importe quoi que vous imposez cette règle sévère à Charlotte, n'est-ce pas, Arthur? demanda la duchesse douairière. Vous avez tort, mon cher ami, de faire des économies aussi mesquines. Quand on vit comme vous dans un château humide et glacé, il faut boire du vin si l'on veut se défendre contre les rhumatismes. Et puis, quoi? Comptez-vous donc emporter votre argent dans la tombe?

– Ce n'est pas une question d'économie, répondit lord Naver, mais d'hygiène. Le vin est un poison. Il ne sert qu'à éveiller les passions malfaisantes...

– Quelle erreur! s'écria la duchesse douairière. Les passions n'ont pas besoin de vin pour s'éveiller, n'est-ce pas, Sébastien?

Le duc la regarda en souriant. Mais, au moment où il allait répondre, sir George intervint.

– Venons-en au fait! dit-il d'une voix rude. Nous

sommes venus vous voir, Sébastien, pour vous parler d'une affaire des plus sérieuses.
– Vraiment? fit le duc. Vous m'en voyez profondément déçu. Moi qui croyais que votre présence chez moi était uniquement inspirée par l'affection et l'amitié!
– Vous n'avez jamais rien cru de semblable! répliqua sir George, soudain cramoisi. Vous savez aussi bien que nous pourquoi nous sommes ici!
– Je vous donne ma parole que je n'en ai pas la moindre idée.
– Voyons, voyons, mes enfants, ne compliquons pas les choses! dit la duchesse douairière. Tu sais fort bien, Sébastien, que nous voulons te parler de cette jeune fille...
– J'imagine, grand-mère, que vous faites allusion à Ravella Shane, ma pupille?
– Oui, à votre... pupille! gronda sir George sans laisser à la vieille dame le temps de répondre. Les autres femmes qui jouent un rôle dans votre vie ne nous intéressent pas!
– Oh! Sébastien! intervint lady Eléonore. Comment as-tu pu faire une chose semblable, une chose qui nous a inspiré à tous une telle honte?
– Quelle chose? demanda le duc. Je te jure, Eléonore, que je ne comprends pas!
– C'est assez de sottises comme cela, Sébastien! fit sir George. Cette jeune fille est-elle ou non chez vous?
– A ma connaissance, elle y est, répondit le duc.
– A votre connaissance! s'écria sir George. Vous savez très bien qu'elle est chez vous et qu'elle a même assisté hier soir à l'une de vos réceptions... ces réceptions dont tous les honnêtes gens ne parlent qu'avec dégoût!
– La soirée dont vous parlez fut en effet assez

réussie, dit le duc d'une voix douce. La chère était fine et je m'étais assuré le concours des meilleurs musiciens de Londres.

– Je ne parle ni de la chère ni des musiciens, mais des invités! reprit sir George. Je suis certain que vous ne voudriez même pas les énumérer!

– Mais si, George, puisque vous en exprimez le désir. J'ai une liste de mes invités. Cependant, même si vous la lisiez très attentivement, vous n'y trouveriez pas le nom de Ravella.

– Pourtant, elle a bien assisté à cette réception?

– Oui. Mais elle n'y avait pas été conviée.

– Oh! Sébastien, s'écria lady Eléonore, comment as-tu osé... Une enfant de cet âge parmi ces créatures! Ah! elle est perdue, perdue à jamais!

– N'exagérons rien, Eléonore, dit la duchesse douairière. Lorsqu'une jeune fille est de bonne race, elle peut aller presque partout sans se compromettre. Pour ma part, je crois que Sébastien dit la vérité lorsqu'il assure que cette pauvre Ravella n'était pas invitée à sa réception. D'après ce qu'on m'a raconté, elle serait venue de Lynke en diligence et ne serait arrivée à Melcombe House qu'à la fin du dîner. Est-ce bien ainsi que les choses se sont passées, Sébastien?

– Comme à l'accoutumée, grand-mère, vous avez vu juste, répondit le duc. En effet, Ravella est venue de Lynke par la diligence.

– Mais alors, Sébastien, pourquoi l'as-tu gardée ici? demanda lady Eléonore.

– Que voulais-tu que je fasse? La mettre à la porte? Il était 11 heures du soir! La renvoyer à Lynke par la diligence?

– Non, bien sûr, tu ne pouvais pas faire cela. Mais tu aurais pu peut-être trouver une solution.

– Je l'ai fait manger, puis je l'ai envoyée se coucher.

– Seule, sans personne pour veiller sur elle? demanda lord Naver, prenant la parole pour la première fois.

– Si cela peut vous rassurer, Arthur, répondit le duc, Mrs Pym, mon intendante, femme hautement respectable, a passé la nuit dans le cabinet de toilette attenant à la chambre. De plus, elle a fermé la porte donnant sur le palier. J'ai entendu le bruit de la clef dans la serrure.

– Tout cela est bien joli! intervint sir George. Mais croyez-vous, Sébastien, qu'avec une réputation comme la vôtre une semblable histoire puisse trouver crédit auprès de ceux à qui vous la raconterez?

– Ma foi, répondit le duc, je dois vous assurer qu'il m'importe peu d'être cru ou non!

– Est-il vrai, demanda lady Eléonore d'une voix à peine perceptible, qu'au cours de cette réception une femme a dansé sur la table et que tes domestiques ont apporté un immense plat d'argent sur lequel se tenait une autre femme... nue celle-là?

Le duc éclata de rire.

– Ma chère Eléonore, répondit-il, ton imagination, ou plutôt celle de tes amies, dépasse la mienne!

– Donc, ce n'est pas vrai?

– Vous seriez bien déçus, n'est-ce pas, si je vous disais que cette histoire ne tient pas debout? Malheureusement, Eléonore, il y a quelque chose de vrai dans ce que tu viens de dire.

Lady Eléonore poussa un cri, porta son mouchoir à ses yeux et sembla se recroqueviller dans son fauteuil. Alors, sir George, d'un ton emphatique déclara :

– A titre de mari d'Eléonore et, par conséquent de beau-frère, je crois nécessaire, Sébastien, de vous dire que vous devriez avoir honte!

– Qu'il ait honte ou pas, cela importe peu! scanda la duchesse douairière. Ce qui est certain, Sébastien, c'est que cette jeune fille ne peut pas rester sous ton toit.

– Pourquoi? demanda le duc.

– Voyons, mon enfant, tu es courageux, et c'est une des raisons pour lesquelles j'ai de l'affection pour toi. Cependant, le moment est venu où tu dois cesser de nous résister et te montrer raisonnable. Il faut que quelqu'un s'occupe de la fille de la pauvre Amy. Qui se chargera d'elle ?

– Je suis prêt à la prendre chez moi, dit sir George d'une voix forte. Je serai un père pour elle et je la traiterai comme si elle était de mon propre sang!

– Si vous lui donnez l'hospitalité, vous n'aurez absolument rien de sa fortune, répliqua le duc.

Sir George devint de plus en plus rouge et répondit :

– J'irai devant les tribunaux! En tant que mineure, Ravella Shane a le droit de dépenser au moins ses revenus jusqu'à sa majorité.

– Si vous allez devant les tribunaux, vous m'y trouverez, fit le duc sur un ton glacial.

Sir George se dirigea vers lui avec une attitude menaçante. Mais, d'un geste, la duchesse douairière l'arrêta et dit :

– Voyons, George, calmez-vous! Sébastien est le tuteur de Ravella Shane. Il a donc le droit de désigner les personnes qui s'occuperont d'elle. Sébastien, qui nous conseilles-tu?

Alors lord Naver déclara à son tour, d'une voix totalement dépourvue d'enthousiasme :

– Je suis prêt à la prendre chez moi... à condition qu'on me verse une pension raisonnable.

– Qu'appelez-vous une pension raisonnable? demanda le duc.

– C'est à discuter... Cette enfant est riche, n'est-ce pas?

– Oui, elle est riche, répondit le duc avec un sourire

sarcastique. Et c'est d'ailleurs pourquoi, mon cher Arthur, et vous aussi, mon cher George, vous portez un si vif intérêt à cette... pauvre et innocente orpheline.

– Si vous insinuez, Sébastien..., commença sir George.

– Je n'insinue rien du tout! dit le duc en levant la main. J'expose simplement un fait. Ravella Shane est depuis six mois ma pupille. Comment se fait-il que vous ne vous soyez souciés de son existence qu'à partir du jour où elle a hérité de lord Wroxham?

– Je vous l'avais bien dit, George, et vous Arthur, qu'il vous lancerait au visage cet argument! fit en ricanant la duchesse douairière. Bravo, Sébastien, tu te bats toujours à merveille! Mais cela ne résout pas le problème qui nous préoccupe. Tu sais que je ne suis pas bégueule. Cependant, j'estime qu'il faut que quelqu'un s'occupe sérieusement de cette enfant. Je l'aurais bien prise moi-même. Mais je n'ai pas de place dans ma maison. Et puis, j'ai assez de femmes comme cela sous mon toit...

– Naturellement, grand-mère, je vous aurais confié volontiers Ravella, dit le duc en s'inclinant avec courtoisie devant la vieille dame. Mais, comme vous n'avez pas de place chez vous... (Quelques secondes, il sembla hésiter. Puis soudain :) Il me vient une idée! Si nous consultions Ravella? Peut-être seriez-vous heureux de lui faire tous personnellement vos propositions?

– Eh bien, c'est cela! dit lady Eléonore. De cette façon, elle pourra choisir elle-même.

Tout en parlant, elle avait lancé un coup d'œil à sir George. Celui-ci répondit d'un signe de tête affirmatif. Alors, le duc tira la sonnette et dit au valet qui venait d'apparaître sur le seuil de la porte :

– Priez miss Ravella Shane d'être assez aimable pour venir au salon.

– Très bien, Votre Grâce.

Il s'ensuivit un silence gêné dont le duc profita pour remplir le verre de sa grand-mère.

– Je ne devrais pas boire de cette façon, dit la vieille dame. Mais, que veux-tu, Sébastien, j'ai toujours aimé désobéir! Et puis, quoi! Le bon vin n'est-il pas mon dernier plaisir?

Pour toute réponse, le duc la regarda avec un sourire compréhensif.

Dans sa jeunesse, la duchesse douairière avait été très belle. Déjà à cette époque, on vantait l'audace et la vivacité de son esprit. Après son mariage, le bruit avait couru qu'elle menait son mari par le bout du nez. Elle ne craignait ni Dieu ni diable et gardait, aujourd'hui encore, la nostalgie de la liberté de langage et de morale de sa génération. Quelle différence, se disait-elle, entre ses contemporains, si ardents, si impétueux, et ces individus mous et doucereux au milieu desquels elle était condamnée à terminer sa vie!...

La vieillesse n'avait pas entamé sa forte personnalité. Toujours admirablement habillée et maquillée avec le plus grand soin, elle était très populaire. A quatre-vingts ans, elle éprouvait encore un vif plaisir à voir fréquemment son portrait et même sa caricature dans les journaux. Invariablement vêtue de blanc des pieds à la tête, elle ne manquait jamais de se faire accompagner d'un petit page noir en livrée verte et turban surmonté de plumes écarlates.

Depuis cinquante ans, son salon était le rendez-vous des hommes les plus célèbres et les plus intelligents d'Angleterre. Grâce à ses habitudes raffinées dignes du XVIIIe siècle, à son indifférence à l'égard de l'opinion publique, à son humour et à sa langue acérée, elle était devenue une sorte d'institution. Petits et grands se moquaient d'elle et l'aimaient tout à la fois. Comment n'aurait-elle pas éprouvé un faible pour le duc qui, à son exemple, méprisait profondément toutes les formes de sentimentalité?

L'attente se prolongea encore quelques instants. Toutes les personnes réunies dans le salon demeuraient silencieuses. Quand la porte s'ouvrit enfin, chacun, d'un seul mouvement, se tourna dans sa direction.

Vêtue de sa vieille robe et d'une écharpe du même bleu que ses yeux, Ravella entra d'un pas rapide dans la pièce. Quand elle découvrit le duc, son visage s'illumina.

– Bonjour, cher tuteur! dit-elle d'un ton joyeux. Vous êtes sorti bien tôt ce matin! Et moi, j'ai honte d'être restée au lit si tard! Quand j'ai demandé à vous voir, vous étiez déjà parti.

Au regard que le duc lui lança, elle redevint brusquement grave, rougit légèrement et fit une profonde révérence.

Alors le duc lui prit la main et lui dit :

– Ravella, je voudrais vous présenter à ma grand-mère, la duchesse douairière de Largs. Grand-mère, voici Ravella.

La duchesse tendit à la jeune fille une main couverte de bagues.

– Mon enfant, dit-elle, vous êtes aussi jolie que votre mère. Je me souviens très bien d'elle quand elle avait votre âge.

– Vraiment, madame? fit Ravella avec une expression attentive. Je voudrais tant que vous me parliez d'elle!

– Je le ferai. C'est promis.

– Et voici ma sœur, dit le duc en conduisant Ravella devant lady Eléonore.

Celle-ci serra la jeune fille sur sa poitrine et l'embrassa. Puis, les yeux pleins de larmes, elle s'écria :

– Pauvre, pauvre petite!

Lorsque Ravella, assez étonnée, eut réussi à se dégager, le duc la présenta à sir George et à lord Naver. Puis il prit la parole :

– Ravella, je vais vous prier de m'écouter attentivement. Ma sœur et mes deux beaux-frères assurent que, dans votre intérêt, il vaudrait mieux que vous quittiez ma maison. Ils vous offrent l'hospitalité. Je vous demande donc de faire vous-même votre choix. Ma sœur Eléonore est une femme charmante. Mon beau-frère est, je crois, un homme plein de bonté. Ils habitent le Surrey. Leur domaine est des plus agréables, et ils ont des enfants qui seraient pour vous des compagnons... Si cette première proposition ne vous intéresse pas, je puis vous confier à mon autre sœur, Charlotte. Malheureusement, elle n'a pas pu venir aujourd'hui. Mais elle m'a délégué son mari, lord Naver, que vous voyez ici. Ils ont un château historique dans le Suffolk, que je trouve, personnellement, assez lugubre. Vous voici donc maintenant renseignée, Ravella. Il ne vous reste plus qu'à choisir.

Ravella n'avait pas quitté le duc des yeux.

– Je... je ne comprends pas, répondit-elle. Désirez-vous que je parte?

– Je n'ai rien dit de semblable. Je n'ai fait que vous exposer le désir de mes plus proches parents. Ils estiment qu'il faut que vous quittiez immédiatement ma maison.

– Mais vous, souhaitez-vous que je m'en aille? (Puis, sans laisser au duc le temps de répondre, elle ajouta :) Non, vous ne le souhaitez pas. Je le vois bien! Dans ces conditions, ma réponse est simple. Je reste ici, avec vous! Oh! cher tuteur, vous m'avez fait une de ces peurs! J'ai cru, un instant, que vous vouliez vous débarrasser de moi!

Le duc regarda l'un après l'autre ses parents et dit :

– Il me semble, n'est-ce pas, que miss Shane a fait son choix!

– Voilà qui dépasse les bornes! s'écria sir George sur un ton furieux. Cette enfant ne comprend pas!

– Qu'y a-t-il donc que je ne comprends pas? demanda Ravella.

– Mais tout simplement votre situation à Melcombe House! Vous ne pouvez pas rester dans cette maison avec... avec cet homme!

– Pourquoi? demanda Ravella avec un accent de défi.

Sir George chercha une réponse convenable et ne la trouva pas.

– Eh bien, George, fit le duc, n'hésitez pas à lui dire toute votre pensée!

– Cette plaisanterie me semble un peu douteuse, intervint la duchesse douairière. Tu sais très bien, Sébastien, que cette jeune fille a besoin de quelqu'un pour veiller sur elle!

– Je n'ai jamais dit le contraire, répondit le duc. Au reste, j'ai déjà pris des dispositions dans ce sens.

– Des dispositions dans ce sens? s'écria sir George avec une expression stupéfaite. Mais pourquoi ne nous en avez-vous rien dit?

– Vous ne me l'avez pas demandé, répliqua le duc. Vous étiez tous si préoccupés par vos projets que vous ne vous êtes pas souciés de me questionner sur les miens! (Il s'arrêta, regarda quelques instants ses parents avec lassitude et reprit d'une voix traînante :) En réalité, si grand-mère ne se trouvait pas parmi nous, je crois que je ne me donnerais pas le mal de vous fournir la moindre explication. Cependant, écoutez bien ceci : je suis allé à Chelsea pour y voir une dame d'excellente famille et de mœurs irréprochables qui, j'en suis certain, sera un chaperon idéal pour Ravella. Il s'agit de mon autre sœur, Harriette.

– Harriette! fit lady Eléonore. Mais, bien sûr! Nous l'avions tout simplement oubliée...

– Je n'aurais pas osé vous le dire, murmura le duc, d'une voix suave.

7

Quand lord Naver se fut retiré, les Renhold, à leur tour, prirent congé; sir George ne put cependant s'empêcher de déclarer que le duc regretterait certainement la solution qu'il avait adoptée.

– Voulez-vous, grand-mère, que je vous conduise à votre voiture? demanda le duc de Melcombe.

– Non merci, Sébastien, répondit la vieille dame. Je voudrais m'entretenir un moment avec Ravella.

– Très bien, grand-mère. Seulement, je vous supplie de ne pas aborder n'importe quel sujet devant elle. N'oubliez pas qu'elle a vécu jusqu'ici à l'écart du monde!

La duchesse douairière lança à son petit-fils un regard pénétrant et dit :

– Tu viens de gagner une bataille, Sébastien. Cependant, je voudrais bien savoir pourquoi tu t'es battu avec tant d'adresse et d'ardeur.

Le duc s'inclina, lui baisa la main et répondit :

– Vous êtes trop curieuse, grand-mère. Je vais vous laisser avec Ravella. Parlez-lui de l'ancien temps. Mais ne lui en faites pas un tableau trop attrayant, car elle finirait peut-être par trouver le présent plat et désagréable.

La vieille dame regarda son petit-fils puis la jeune fille, mais ne répondit rien.

– Asseyez-vous, dit-elle à Ravella en lui montrant

un tabouret près du fauteuil qu'elle occupait. Nous allons parler de votre mère.

Le duc quitta le salon, descendit au rez-de-chaussée, traversa la bibliothèque et se dirigea vers l'appartement occupé par Hugh Carlyon. Contrairement au reste de la maison, les pièces où vivait le capitaine Carlyon étaient très simplement meublées. Dans le salon, une grande table disparaissait sous les papiers et les dossiers de toutes sortes. Une bibliothèque couvrait entièrement l'un des murs et la cheminée était surmontée d'un portrait de Wellington, peint quelques années avant Waterloo. Plusieurs fauteuils de cuir étaient disposés autour de l'âtre. Ce décor sobre évoquait dans l'esprit du duc celui d'un bureau de caserne.

La chambre du capitaine Carlyon était encore plus austère que son salon. On aurait dit qu'il s'était efforcé d'y créer l'atmosphère d'une cellule de moine, peut-être parce qu'il craignait de s'amollir dans cette luxueuse demeure où il aurait pu, même sans la permission du maître de maison, s'assurer le plus parfait confort.

Lorsque le duc entra, le capitaine se leva de son bureau et dit :

– Bonjour, Sébastien. Je suis heureux que tu sois venu. Je voulais te parler.

– C'est bien ce que je pensais, répondit le duc. Tu remarqueras que je t'ai donné le temps de préparer ton petit sermon. Maintenant, je t'écoute.

Le capitaine passa plusieurs fois sa main dans ses cheveux.

– Je ne sais vraiment par où commencer, dit-il enfin. Tu sembles, Sébastien, chercher délibérément le scandale!

Le duc éclata de rire.

– Tu te fais bien du souci pour peu de chose, mon cher ami, répondit-il. Tu ressembles à une poule qui aurait découvert un canard dans sa couvée! Je t'en supplie, cesse de t'inquiéter de ma conduite!

– Comment pourrais-je cesser de m'en inquiéter ? Tu sais très bien que tout Londres, ce matin, ne va parler que de toi. Il faut que cette affaire soit arrangée!

Le duc, souriant, se laissa tomber dans l'un des fauteuils.

– Rassure-toi, dit-il, le problème est résolu. Je viens d'avoir la visite de plusieurs de mes parents : ma grand-mère, ma sœur Eléonore, mes beaux-frères George et Arthur. Ils se sont montrés fort indignés par mon écart de conduite.

– Je me doutais que ta famille viendrait te voir, répondit le capitaine. Mais venons-en au fait. Quelle disposition as-tu prise concernant le sort de miss Shane? Vivra-t-elle sous le toit de lady Eléonore?

– Jamais de la vie! Je t'ai déjà dit, je crois, que George ne disposerait de la fortune de Ravella que lorsque je serais mort. Il en va de même pour Arthur. Ce dernier s'est montré tout à l'heure encore plus funèbre et plus cérémonieux qu'à l'ordinaire! Et ce n'est pas peu dire! Mais je ne me suis pas laissé impressionner par ce personnage. Quand je pense qu'il voulait donner à Ravella une hospitalité... payante! Je n'ai jamais vu si bel exemple d'avarice!

– Si je comprends bien, dit le capitaine, tu as refusé les propositions de tes beaux-frères. Dans ces conditions, j'imagine que ta grand-mère va prendre miss Shane chez elle?

Le duc secoua plusieurs fois la tête.

– Non, répondit-il. Ma pupille restera à Melcombe House.

– Tu sais bien que c'est impossible!

– Mon cher Hugh, fit le duc sur un ton las, voilà sept ans que tu vis chez moi. N'as-tu pas remarqué que le mot « impossible » ne figure pas dans mon vocabulaire?

– Bien sûr, mais...

– Hier soir, dans le silence de ma chambre, j'ai passé en revue tous mes parents, et je suis arrivé à cette conclusion qu'ils m'inspirent tous une profonde antipathie. Puis, soudain, je me suis souvenu de ma sœur Harriette! Je suis allé la voir ce matin. Elle m'a reçu de façon charmante et m'a semblé comprendre fort bien ce que j'attends d'elle. Elle entre en fonction ici même, cet après-midi.

– Comment? Lady Harriette?

– Mais oui, Harriette... J'avoue que j'avais presque oublié son existence. Elle s'est améliorée à tel point qu'on la reconnaît à peine. Elle vit à Chelsea, dans une petite maison d'aspect assez misérable. Tu sais, naturellement, qu'elle est veuve?

– Oui. J'ai en effet entendu parler de la mort de sir Gifford.

– Avant de mourir, il a mangé toute sa fortune et la dot d'Harriette. Celle-ci s'est donc vue contrainte de vivre avec sa belle-mère, une vieille mégère d'aspect bien rébarbatif. Harriette ne m'a pas caché qu'elle serait très heureuse de s'occuper de Ravella. J'ai l'impression qu'elle a dû bien souvent envisager de reprendre contact avec moi. Mais on lui avait fait un tel tableau de mon caractère!

Le duc avait parlé sur un ton léger. Quand il regarda son cousin, il s'aperçut que celui-ci, bien loin de sourire, avait une expression presque sombre.

– Pourquoi fais-tu cette tête, Hugh? demanda le duc.

Quelques instants, le capitaine demeura silencieux, puis, d'une voix étranglée par l'émotion, il répondit :

– Si ta sœur vient tenir ta maison, ma présence à tes

côtés ne sera plus indispensable, et je te demanderai de me laisser partir immédiatement.

D'un bond, le duc se leva.

– Mais, ma parole, tu es fou! s'écria-t-il. Harriette ne vient pas ici pour tenir ma maison! Les choses continueront chez moi exactement comme par le passé, à cette différence près que ma sœur s'occupera de Ravella et que je donnerai mes réceptions autre part.

En entendant ces dernières paroles, le capitaine se dérida.

– Oui, je crois que tu auras raison, Sébastien, dit-il. Pour le reste, as-tu vraiment l'intention de présenter ta pupille dans la haute société?

– Ce ne sera pas nécessaire. Les coureurs de dot vont nous livrer un véritable siège. Quant à toi, Hugh, tu auras sans doute plus de travail que jamais. D'ailleurs, comment me passerais-je de tes services, de tes conseils?

Tout en parlant, le duc posa la main sur l'épaule de son cousin, avec un abandon inaccoutumé. Mais le capitaine reprit son expression renfrognée.

– Je ne veux pas qu'on me voie, répondit-il. Si je continue à vivre ici, ce sera, comme toujours, dans l'isolement le plus absolu. Ce n'est pas aux domestiques que je fais allusion. Ils sont habitués à moi. Mais si lady Harriette a quelque chose à me dire, elle devra le faire par écrit.

– Mon cher ami, fit le duc, arrange-toi comme bon te semblera. Il a été convenu, lorsque tu t'es installé chez moi, que tu serais absolument libre de tes actes et de tes relations. L'essentiel n'est-il pas que nous continuions à nous voir, toi et moi? Alors, à quoi bon discuter?

– Sébastien, répondit en riant le capitaine, tu es toujours imbattable sur tous les points. Eh bien! c'est entendu, je reste. Mais j'ai encore quelque chose à te demander. Prends toutes dispositions pour que lady Harriette ne sache pas que je vis sous ton toit. Les domestiques m'appellent le « contrôleur ». Je désire que ta sœur et miss Shane me considèrent, elles aussi, comme une sorte de machine invisible et anonyme.

– Entendu. Cependant, je regrette que tu te prives ainsi de revoir Harriette. Elle a beaucoup changé... en mieux...

– Je n'ai pas le moindre désir de revoir lady Harriette, répondit le capitaine d'un ton résolu.

Le duc demeura silencieux. Il savait, de longue date, que son cousin, défiguré par ses blessures, redoutait par-dessus tout, s'il sortait de sa solitude, de surprendre un éclair de pitié dans les yeux de ses interlocuteurs...

Cependant, après un moment de silence, le duc reprit la parole en ces termes :

– Eh bien! je suis heureux de constater que nous sommes toujours d'accord, toi et moi. Maintenant, je vais retourner près de ma pupille. Pourvu qu'elle n'ait pas fait trop de bêtises! Je l'ai laissée en compagnie de ma grand-mère. Mais leur entretien est certainement terminé...

C'est alors qu'un coup fut frappé à la porte. Le capitaine, croyant qu'il s'agissait d'un domestique, dit :

– Entrez.

La porte s'ouvrit... et Ravella apparut sur le seuil.

– Enfin, je vous trouve, cher tuteur! dit-elle. Voici au moins un quart d'heure que je vous cherche dans toute la maison! Je craignais que vous ne fussiez déjà reparti...

Tout en parlant, elle était entrée dans la pièce. Comme frappé de stupeur, Hugh Carlyon demeura quelques secondes immobile. Puis, soudain, il tourna le dos à la jeune fille, alla se placer face à la fenêtre et dit, d'une voix aigre, à l'intention du duc :

– Emmène-la!

Mais Ravella avait eu le temps de l'examiner et, maintenant, elle l'observait encore, avec une expression où il eût été impossible de déceler la moindre trace de surprise ou de crainte.

– Je sais qui vous êtes, dit-elle enfin sans quitter des yeux le profil mutilé de Hugh. Vous êtes le capitaine Carlyon! (Puis, sans attendre d'y être invitée, elle traversa la pièce en courant et vint se placer près du capitaine.) Je suis si heureuse de faire votre connaissance! s'écria-t-elle. J'ai tant entendu parler de vous, de votre bravoure! Mrs Pym et Lizzie vous admirent beaucoup! Mrs Pym dit que tout le monde, à Melcombe House, est fier de vous et que la plupart des domestiques s'en iraient si vous quittiez cette maison. Ils considèrent comme un honneur de recevoir vos ordres... Je me proposais de demander à mon tuteur de me présenter à vous. Mais c'est le hasard qui nous a mis face à face...

Le capitaine demeurait strictement immobile. Soudain, il se retourna, plongea le regard de son œil unique dans les prunelles de la jeune fille. Allait-elle craquer, serait-elle assez forte pour ne témoigner aucune aversion?... Mais, déjà, Ravella reprenait sur le même ton enthousiaste :

– Il faudra, capitaine, que vous me montriez vos décorations, vos trophées...

Un instant encore, Carlyon continua de la regarder. Puis, tout à coup, une larme brilla dans son œil, et il répondit, d'une voix tremblante :

– Je... je vous les montrerai, si vous le désirez...

– Vous comprenez, ajouta Ravella, tout cela m'intéresse passionnément, car mon père a combattu, comme vous, à Waterloo. Il a eu la chance de faire toute la campagne sans la moindre égratignure. Mais il m'a souvent parlé de cette mémorable bataille, du courage de nos soldats et aussi de celui des Français. N'aurez-vous pas des anecdotes à me raconter?

– Peut-être, répondit le capitaine. (Et, se tournant vers le duc, il continua :) Je suis heureux, Sébastien, que tu aies décidé de garder miss Shane à Melcombe House.

Le duc, qui affectait d'examiner attentivement sa chevalière, répondit avec une feinte indifférence :

– Maintenant que tu connais Ravella, tu auras beaucoup moins de peine à comprendre que ce n'est pas moi qui ai pris cette décision. Elle est venue ici sans avoir été invitée et elle refuse de partir!

Ravella éclata d'un rire jeune et plein de fraîcheur.

– Cher tuteur, dit-elle, je serais morte plutôt que de suivre l'un de vos beaux-frères. L'un est gros et solennel. L'autre fait penser à un cadavre ambulant... Mais j'ai eu très peur que vous ne vouliez vous débarrasser de moi. Maintenant que je suis rassurée, je ne regrette plus d'avoir eu l'audace de m'imposer sous votre toit!

– A ce propos, fit le duc, pourquoi avez-vous quitté Lynke si précipitamment? Jusqu'ici, vous ne m'avez donné aucune raison valable.

Ravella rougit et regarda le plancher.

– Je vais vous prier de m'excuser, dit Hugh Carlyon avec tact. Il faut que je fasse préparer l'appartement de lady Harriette.

– Très bien, Hugh, répondit le duc.

– J'espère vous revoir bientôt, capitaine, fit Ravella. J'ai tant envie que vous me racontiez vos batailles!

– Venez me voir quand vous voudrez, répondit Carlyon, à la seule condition que vous ne fassiez jamais, sauf devant les domestiques, la moindre allusion à ma personne, et plus particulièrement encore devant lady Harriette.

– Si je comprends bien, demanda Ravella, vous ne voulez pas que lady Harriette ait vent de votre identité?

– Non, je ne le veux pas. Dites-lui que je suis le contrôleur. Me promettez-vous de garder mon secret?

– Naturellement! J'imagine que vous avez de bonnes raisons pour ne désirer rencontrer personne, répondit avec innocence la jeune fille. Rassurez-vous : je ne vous trahirai pas.

Le capitaine s'inclina et se dirigea vers la porte. Pour la première fois depuis longtemps, il marchait d'un pas vif, la tête haute, les épaules redressées.

Lorsqu'il fut sorti, le duc s'assit dans un fauteuil près de la cheminée et dit :

– Eh bien! Ravella, j'attends votre explication.

– Je suis désolée de m'être endormie hier soir comme une enfant, répondit-elle. J'ai appris par Mrs Pym que vous aviez dû me porter jusqu'à ma chambre. J'ai fait de vains efforts pour rester éveillée. Longtemps, je me suis amusée avec votre chien. Mais j'étais si lasse que je me suis finalement laissé vaincre par le sommeil.

– Vous n'avez toujours pas répondu à ma question, fit le duc d'une voix froide.

– Est-ce vraiment nécessaire? demanda-t-elle timidement.

– Sans aucun doute!

– Eh bien... si j'ai quitté Lynke... c'est pour ne plus voir Adrien Halliday... Je le déteste!

– Adrien Halliday? Ah! oui, mon nouveau régisseur! J'avais déjà oublié son nom. Mais que vous a-t-il donc fait?

– Il ne m'a rien fait... mais il m'a dit... certaines choses... Oh! je le déteste!

– Vraiment? Vous oubliez cependant, Ravella, que c'est sur votre conseil que je l'ai engagé... Tout cela me paraît ennuyeux... Peut-être désirez-vous que je le congédie?

– Oh! non, il ne s'agit pas de cela! Ce serait une injustice. Adrien est un bon régisseur. Il donne tous ses soins à votre domaine. Les fermiers l'estiment... Ma... dispute avec lui n'a rien à voir avec son travail.

– Affaire personnelle, alors?

– Oui...

– Il vous a fait la cour?

Ravella répondit d'un signe de tête affirmatif. Puis elle se mit brusquement à parler avec précipitation :

– Il m'a demandé de l'épouser... non parce qu'il m'aime... mais parce qu'il... Pour des raisons fausses... Je l'ai traité de menteur et... lui ai donné un coup de cravache en plein visage!

Le duc leva les sourcils.

– Ce geste me semble peu digne d'une jeune fille bien élevée, dit-il.

– Je m'en moque! Il n'avait pas le droit de me tenir de tels propos!

– Quels propos?

– Je ne puis vous les répéter... Au reste, il ne s'agit que de mensonges...

Le duc regarda les joues empourprées de son interlocutrice et demanda :

– Je parie qu'il vous a dit du mal de moi?

Ravella le dévisagea avec stupeur.

– Comment avez-vous pu deviner?... demanda-t-elle.

– Ce n'était pas bien difficile. Ainsi, si je comprends bien, Halliday vous a offert de vous... protéger et, pour le remercier de son obligeance, vous l'avez cravaché!

– Je n'aime pas les menteurs! Ce qu'il m'a dit est faux, j'en suis persuadée. Si les gens disent du mal de vous, c'est que vous leur inspirez de la jalousie!

– Et si ce qu'ils disent était vrai? demanda lentement le duc.

– Mon attitude demeurerait la même, répondit la jeune fille. J'ai de l'affection pour vous et je veux vivre sous votre toit. Personne ne changera les sentiments que je vous porte!

Elle avait parlé d'une voix vibrante. Le duc lui lança un regard, quitta son fauteuil et dit, sur un ton calme :

– Vous avez bien fait de venir à Londres. Vous allez bientôt connaître la haute société et je ne serais pas surpris que, dans quelques semaines, vos sentiments pour moi aient déjà beaucoup évolué...

– Que voulez-vous dire? demanda Ravella avec une expression méfiante. Insinuez-vous que je vais tomber amoureuse du premier venu? Comment pouvez-vous proférer de semblables sottises? Vous savez cependant ce que je pense des jeunes gens!

– Puis-je me permettre de vous rappeler que, jusqu'ici, vous n'en avez pas rencontré beaucoup?

– C'est vrai. Néanmoins, je demeure convaincue qu'aucun jeune homme ne parviendra à me détacher de vous!

– Nous verrons... En attendant, j'ai donné à Harriette des instructions pour qu'elle vous constitue une garde-robe digne de ma pupille et de la riche héritière que vous êtes.

Ravella ne put maîtriser un petit cri de joie.

– Cher tuteur, dit-elle en riant, si vous saviez comme je suis heureuse! Et puis, je vous montrerai mes toilettes, n'est-ce pas? Croyez-vous, ajouta-t-elle après une brève hésitation, que, bien habillée, je serai aussi jolie que les femmes qui étaient à vos côtés pendant la réception d'hier soir?

– Nous verrons cela le moment venu, répondit le duc.

– Evidemment, murmura la jeune fille avec un soupir.

En effet, la veille, Ravella, tout en mangeant, avait remarqué les regards que Lotti lançait au duc et les attitudes languissantes par lesquelles Orielle s'efforçait d'attirer l'attention de son voisin. Elle aurait aimé poser de nombreuses questions concernant ces femmes, mais elle se rendit compte que son tuteur ne semblait pas tenir à poursuivre la conversation sur ce terrain.

Pendant le déjeuner qu'ils prirent ensemble, ils parlèrent surtout de Lynke. Puis le duc déclara qu'il se rendait à son club.

En attendant lady Harriette, Ravella se remit à songer à Lotti et à Orielle. Elle se demandait pourquoi ces femmes étaient différentes des autres. De toute façon, elle savait que son tuteur les admirait. Sinon, il ne les inviterait pas à sa table...

A ce point de sa méditation, elle traversa le salon et s'arrêta devant l'une des grandes glaces fixées contre le brocart doré qui couvrait les murs.

Et, pour la première fois de sa vie peut-être, elle s'examina sérieusement. Elle nota l'ovale étroit de son petit visage, la clarté de son teint, la grandeur de ses yeux ombragés par des cils sombres, la manière dont ses cheveux encadraient son front de leurs boucles, la grâce flexible de son cou. « Bien sûr, se disait-elle, ce sont là des avantages. Mais compensent-ils les minuscules taches de rousseur qui couvrent mon nez, les vagues indisciplinées de ma chevelure, mes mains et mes ongles si peu soignés et surtout la laideur de ma robe?... Certes, je deviendrai peut-être jolie. Mais que d'efforts à accomplir pour atteindre ce but!... »

Elle poussa un profond soupir. Et soudain, elle

éprouva le désir de se retrouver à Lynke, de galoper dans le parc, de sentir le vent sur son visage et les chauds rayons du soleil sur ses joues! Comme elle aurait été heureuse de séjourner là-bas en compagnie du duc et de monter, côte à côte avec lui, l'un de ces magnifiques chevaux noirs qu'il gardait dans ses écuries!

Oui, vivre avec lui à Lynke!... Mais c'était impossible. « Tant pis! se dit-elle. N'est-ce pas déjà un bonheur suffisant que d'être sous son toit? Bien sûr, à Londres il m'échappera facilement et, dans cette grande maison, nous ne serons jamais seuls ensemble. Lady Harriette me suivra partout comme mon ombre. A ce propos, quel genre de femme peut bien être cette lady Harriette? Espérons qu'elle ne sera pas plus impressionnante que lady Eléonore. M'aimera-t-elle?... »

Comme elle se posait cette dernière question, le maître d'hôtel annonça :

– Lady Harriette Berkeley!

Ravella, d'un seul mouvement, se tourna vers la porte. Pendant les premières secondes, elle éprouva une sorte de peur. En effet, la femme qui se tenait sur le seuil était vêtue de noir de la tête aux pieds. Mais, sous le bord de son bonnet couvert de crêpe, apparaissait un visage jeune dont les lèvres souriaient et dont les yeux rappelaient ceux du duc.

Déjà rassurée, Ravella, d'un mouvement impulsif, se dirigea vers la nouvelle venue et lui fit une révérence.

Alors, une voix aux accents gais lui demanda :

– Vous êtes Ravella, n'est-ce pas?

Harriette Berkeley venait d'avoir vingt-sept ans. Née longtemps après ses sœurs et son frère, elle n'avait reçu de sa famille qu'un accueil indifférent. Son père, déçu d'avoir encore une fille, ne lui avait pas accordé la moindre attention, et sa mère, déjà préoccupée de marier ses deux sœurs – d'autant plus difficiles à caser que leurs dots étaient assez maigres – lui en avait voulu de la gêner dans ses distractions et, surtout, de grever son budget dans un moment où elle avait un grand besoin d'argent.

Pour toutes ces raisons, Harriette reçut une éducation négligée. Elle fut élevée par des femmes de chambre mal stylées et par des gouvernantes médiocres. Lorsqu'elle atteignit ses dix-huit ans, sa mère, désirant la marier aussi rapidement que possible, l'amena à Londres dans l'espoir de lui trouver un fiancé.

Mais, quelques jours avant son départ, deux événements de la plus haute importance modifièrent le cours de sa vie. En premier lieu, elle perdit son père et se trouva ainsi plus pauvre que jamais. En second lieu, elle tomba amoureuse.

Aventure brève et triste, car les deux jeunes gens se rendirent bientôt compte qu'on ne les laisserait jamais se marier. Alors, malgré la profonde affection qu'ils éprouvaient l'un pour l'autre, ils se résignèrent à se séparer, non sans s'attacher toujours plus passionnément l'un à l'autre.

Lorsqu'elle se retrouva seule, Harriette comprit qu'elle n'aimerait plus jamais avec cette intensité...

Aussi, pendant son séjour à Londres, montra-t-elle en toutes choses, une indifférence totale. Quand sa mère lui dit que sir Gifford Berkeley pouvait être pour elle un parti sérieux, elle accepta, sans la moindre discussion, d'épouser cet homme sur lequel elle avait à peine jeté les yeux.

Mais, immédiatement après le mariage, elle comprit son erreur. Sir Gifford, son aîné de quinze ans, était dépensier et brutal. Elle ne tarda pas à s'apercevoir qu'elle n'était pour lui qu'une source de plaisir et qu'il la trompait.

Quand il était ivre, il la battait. Mais elle préférait

encore ses brutalités à son écœurante tendresse. Joueur incorrigible, sir Gifford dépensa en cinq ans, non seulement sa propre fortune, mais la modeste dot de sa femme. Ruiné et menacé de prison pour dettes, il tenta en vain de se suicider. Il ne réussit qu'à se perforer un poumon et survécut un an à cette terrible blessure.

Harriette le soigna de son mieux, malgré les reproches dont il l'accablait et tout en luttant sans cesse contre les créanciers qui assiégeaient leur porte. A la mort de son mari, la jeune femme tomba malade... malade de soulagement et même de joie à la pensée qu'elle en avait fini avec les mauvais traitements de cet homme. Elle ne l'entendrait plus lui dire, comme il l'avait fait bien souvent : « Je sors! Je vais me mettre à la recherche d'une femme moins glaciale. »

Lady Berkeley, sa belle-mère, l'installa dans la maison qu'elle habitait à Chelsea. Quand Harriette put quitter son lit, elle s'aperçut que son rôle, dans ce nouveau foyer, serait celui d'une domestique travaillant gratuitement ou d'une dame de compagnie placée dans l'impossibilité de chercher un autre emploi.

Aigrie par la vie, lady Berkeley ne trouva rien de mieux que de reprocher à sa belle-fille la mort de sir Gifford et de critiquer l'attitude de la famille de la jeune femme. Peu après son mariage, Harriette, du fait de la scandaleuse conduite de son mari, se vit repousser par toute la société londonienne. Alors, par fierté et dans la crainte de s'exposer, si elle persistait à aller dans le monde, à des affronts, elle se résigna à vivre dans la plus complète solitude.

Ce ne fut pas la perte de ses amis et relations qui la fit le plus souffrir, mais le détachement progressif des siens. Ses sœurs et ses beaux-frères l'impliquèrent dans l'aversion que leur inspirait son mari. Certes, ils lui envoyaient régulièrement leurs vœux au Nouvel An, mais ils ne l'invitaient jamais chez eux et, après son veuvage, ne se donnèrent même pas la peine de lui faire une visite.

Sébastien, un an après le mariage d'Harriette, avait, à la mort de son oncle, hérité d'un titre de duc et de la fortune considérable des Melcombe.

Harriette avait souvent pensé avec amertume que sa vie n'aurait peut-être pas été la même si, ayant eu la sagesse de résister aux sollicitations de sa mère, elle s'était trouvée célibataire au moment où Sébastien avait fait son héritage. « Mais à quoi bon m'épuiser en regrets stériles? se disait-elle. Gifford est aujourd'hui bel et bien mon mari. Le voici brouillé avec toute ma famille. De plus, avant mon mariage, mes sœurs et mon frère ne m'ont-ils pas maintes fois mise en garde contre cet homme? Je ne suis donc pas fondée à me plaindre... »

Aussi, ce matin-là, lorsque Sébastien était entré dans le salon de lady Berkeley, Harriette éprouva-t-elle une profonde émotion. Elle avait presque oublié l'aspect physique de son frère, sa beauté virile et cette sorte d'autorité qui rayonnait naturellement de sa personne. Lorsqu'il lui expliqua ce qu'il attendait d'elle, elle accepta sur-le-champ, trop heureuse d'échapper enfin à l'enfer où elle était plongée depuis tant d'années. Et, après le départ de Sébastien, elle se sentit si heureuse qu'elle supporta avec patience les aigres commentaires de lady Berkeley.

– Si vous allez à Melcombe House, lui dit celle-ci, votre position dans le monde est à jamais ruinée!

Harriette fut sur le point de répondre qu'il y avait beau temps qu'elle n'avait plus de « position dans le monde » par la faute d'un certain sir Gifford Berkeley. Mais elle préféra se taire.

– Vous n'ignorez cependant pas que la réputation de votre frère est des plus fâcheuses, reprit sa belle-mère. J'imagine que cette fameuse... pupille n'est autre qu'une bâtarde qu'il veut imposer dans la haute société. Personnellement, je n'ai jamais entendu parler de cette Ravella Shane!

– Sébastien assure, répondit timidement Harriette, que lord Wroxham a laissé à cette jeune fille toute sa fortune.

– C'est de l'invention pure! Lord Wroxham était un excellent homme. Je sais qu'il a toujours fait beaucoup de bien aux fondations pieuses. S'il avait décidé de déshériter sa famille, ce n'aurait certainement pas été en faveur de votre frère! Oui, Harriette, vous êtes probablement la victime d'une mystification. Mais je sais très bien que vous ne tiendrez pas compte de mes avertissements. Aussi, ne revenez pas me demander asile. Ma porte vous sera à jamais interdite!

– Je ne reviendrai pas, répondit calmement la jeune femme.

– Vous ferez bien! Puisqu'il en est ainsi, il ne me reste plus qu'à prier pour vous, car je crois de mon devoir de vous le dire, Melcombe House est la maison du diable!

– Je regrette de vous quitter, mais ma décision est prise.

Elle faillit riposter que rien ne pouvait dépasser en horreur l'existence qu'elle avait menée avec son défunt mari. Mais elle savait par expérience qu'il est préférable de ne pas exprimer toutes ses pensées.

Elle était donc extrêmement nerveuse lorsqu'une voiture de louage l'arrêta devant Melcombe House et qu'un valet, descendant précipitamment le perron, vint à sa rencontre. Elle tremblait lorsque le maître d'hôtel la précéda dans le spacieux escalier donnant accès à l'étage supérieur. Mais, dès qu'elle se trouva dans le salon jaune, elle sentit se dissiper toutes ses craintes, car la jeune fille qui se tenait devant elle n'était pas une mondaine, mais une enfant mal habillée, presque une écolière, un petit être aussi simple qu'elle-même...

Un instant plus tard, Harriette serrait dans les siennes les mains de Ravella et disait en riant :

– Moi qui vous imaginais très grande! J'avais peur d'avoir affaire à une fille imposante, froide, distante. Je pensais être insignifiante près de vous!

– C'est moi qui vais me sentir insignifiante à vos côtés! répondit Ravella.

– Sur ce point, vous n'avez rien à craindre! dit Harriette en retirant son bonnet. Et maintenant, nous allons parler toilettes, et d'un tas de choses charmantes dont je n'ai pas vu la couleur depuis des années. Satins, soies, taffetas, batistes, mousselines, plumes, rubans... (Soudain, elle se laissa tomber dans un fauteuil et ajouta :) Que dois-je faire? Rire? Pleurer?... J'ai l'impression, après avoir longtemps séjourné dans l'obscurité, de me trouver tout à coup en pleine lumière!

Elle avait parlé sur un ton si déchirant que Ravella eut envie de la prendre dans ses bras.

– Avez-vous donc été malheureuse? demanda la jeune fille.

– Malheureuse! s'écria Harriette. Ce n'est pas le mot juste. J'ai été misérable, désespérée... Et brusquement, ce matin, Sébastien...

– Il vous a sauvée, n'est-ce pas? Eh bien, moi aussi! il m'a sauvée dans un moment où je désespérais de tout! C'est un homme merveilleux... merveilleux!

Quelques instants, Harriette, oubliant ses propres soucis, observa attentivement son interlocutrice. Puis elle demanda :

– Est-ce là vraiment votre opinion sur lui?

– Oui, répondit Ravella. Je ne crois pas qu'il y ait au monde un homme plus admirable que le duc de Melcombe!

Harriette, une fois encore, demeura silencieuse. A la fin, elle répondit :

– Je n'ai pas vu mon frère depuis des années. Parlez-moi de lui.

Elles étaient encore plongées dans leur entretien lorsque le duc rentra de son club. Ayant ouvert doucement la porte, il vit deux têtes penchées sur des papiers qui couvraient le tapis devant la cheminée. Les cheveux sombres d'Harriette contrastaient avec les boucles brillantes de Ravella.

La première, Ravella leva la tête et aperçut le duc sur le seuil de la porte.

– Cher tuteur! s'écria-t-elle en se redressant et en courant vers le nouveau venu.

– Je vois, Ravella, que vous êtes occupée, dit le duc. J'espère que vous avez eu toutes les deux le temps de faire amplement connaissance.

Tout en parlant, il regardait Harriette. Elle semble satisfaite, pensa-t-il... Et il fut heureux de constater que les traits de sa sœur, s'ils gardaient des traces de souffrance, n'en demeuraient pas moins d'une étonnante beauté.

– Nous étions en train de faire la liste de ce dont nous avons besoin, expliqua Ravella. Demain, nous allons dépenser des centaines et des centaines de livres!

– Oh! je suis tranquille, répondit le duc. Vous n'arriverez pas à me ruiner. (Puis, s'approchant de sa sœur :) Harriette, je viens de prier Hawthorn de te faire payer, pendant ton séjour ici, une pension substantielle.

– Merci, Sébastien, c'est très aimable à toi, répondit la jeune femme en rougissant.

– Inutile de me remercier. Quant à mon amabilité, tu constateras qu'elle se manifeste bien rarement. Mais j'imagine que tu vas avoir, toi aussi, besoin de beaucoup de choses...

– Il prétend toujours qu'il ignore la bonté! fit en riant Ravella. Alors qu'il est en réalité l'homme le meilleur du monde.

– Comme je vous l'ai déjà dit, Ravella, vous vous faites une idée absolument fausse de mon caractère. D'ailleurs, vous aurez bientôt l'occasion de rencontrer des gens qui se feront un plaisir de vous éclairer sur ce point.

– S'ils osent le faire, je les traiterai comme j'ai traité Adrien. Je les cravacherai!

Le duc leva les sourcils.

– Harriette, répondit-il, est justement ici pour vous apprendre que les jeunes filles du monde n'ont pas le droit de se conduire de cette façon!

– J'ai déjà dit à lady Harriette, répliqua Ravella, qu'elle perdrait son temps avec moi, comme vous pourriez être certain de le perdre si vous vouliez vous charger vous-même de mon éducation! Je ne serai jamais une « jeune fille du monde »! Mais j'espère néanmoins que nous allons bien nous amuser tous les trois, car je veux croire, cher tuteur, que vous nous ferez souvent le plaisir de partager nos distractions.

– Voilà une invitation que je serai sans doute obligé de vous rappeler, répondit le duc en souriant. En effet, pendant de nombreuses semaines, vous allez être si occupées que vous ne trouverez même pas le temps de m'accorder cinq minutes!

– Vous savez bien que ce n'est pas vrai! s'écria Ravella. La seule compagnie que je désire vraiment, c'est la vôtre! Dînez-vous avec nous, ce soir?

– Si vous voulez, répondit le duc.

– Quelle joie! Et comme j'aurais voulu avoir une de mes nouvelles toilettes! Vous allez me trouver bien terne auprès des belles dames qui vous entouraient la nuit dernière...

Le duc regarda Harriette.

– Nous ne voudrions pas t'ennuyer, Sébastien, dit celle-ci sur un ton plein d'humilité.
– Sache bien, ma chère Harriette, répondit le duc, que je ne suis pas homme à me laisser ennuyer par qui que ce soit.

8

Dans le hall de Melcombe House, le duc attendait lady Harriette et Ravella. Il tournait le dos à la grande cheminée et ne jetait même pas un regard à la pendule placée devant lui et entourée de deux magnifiques statues représentant Vénus et Mercure.

Seul, Nettlefold, le vieux maître d'hôtel, immobile à l'extrémité d'une longue rangée de valets, paraissait inquiet. Il savait très bien que son maître ne voulait pas être en retard à la réception donnée par le marquis et la marquise de Belchester.

De plus, la première apparition de Ravella dans la haute société provoquait parmi les domestiques une véritable petite révolution. Dans l'office on ne parlait, depuis huit jours, que de ce prochain événement. Et, maintenant, les valets et les femmes de chambre, groupés au dernier étage, se penchaient par-dessus la rampe dans l'espoir d'apercevoir Ravella au moment où elle sortirait de son appartement.

Le duc lui-même était d'une élégance encore plus raffinée qu'à l'ordinaire. Son valet personnel avait eu le plus grand mal à lui nouer sa cravate blanche et à lui passer son pantalon collant.

Mais ce n'était pas le duc qui, ce soir-là, intéressait le plus les domestiques, c'étaient la jeune fille et la jeune femme auxquelles il donnait l'hospitalité. Soudain, poussé par la curiosité, l'un des valets alignés dans le hall tourna la tête vers l'escalier. Mais Nettlefold l'ayant, d'un regard, rappelé à l'ordre, il reprit immédiatement un impeccable garde-à-vous.

Enfin, il y eut un bruit sur le palier. Cependant, il ne s'agissait que de lady Harriette. Celle-ci, lentement, descendit l'escalier, en soulevant sa robe à deux mains. Le duc constata qu'elle ne rappelait en rien l'humble créature en voiles de deuil arrivée chez lui une semaine plus tôt.

Lady Harriette portait une robe de taffetas gris argent parsemée d'étoiles. Un bouquet de roses rouges brillait entre ses seins.

Consciente d'avoir retrouvé sa beauté, elle se tenait très droite et semblait avoir déjà oublié les années sombres qu'elle venait de traverser.

– Je te félicite, Harriette, lui dit le duc.

– Je suis heureuse que tu sois satisfait, Sébastien, répondit-elle en rougissant un peu. Mais le seras-tu autant de Ravella? Voilà ce qui m'inquiète...

– Je ne doute pas un instant de ton goût. (Puis, pour la première fois, il lança un coup d'œil à la pendule et demanda :) Ravella est-elle prête?

– Elle nous rejoint dans un instant, répondit la jeune femme. Elle m'a dit qu'elle désirait se montrer tout d'abord au « contrôleur ». A ce propos, Sébastien, qui est donc ce personnage mystérieux dont je ne parviens pas à faire la connaissance?

Le duc ne répondit pas. Puis, après quelques secondes de silence, il reprit :

– Cette soirée est importante pour Ravella. Il me semble qu'elle réussirait mieux si je ne l'accompagnais pas...

Lady Harriette le regarda avec stupeur.

– Mais, voyons! fit-elle. Tu ne vas pas nous laisser aller à Belchester House sans toi?

– Je suis en train de me demander s'il ne serait pas plus sage de ma part de rester ici. Pour être franc, Harriette, j'ai eu quelque mal à obtenir que la marquise invite Ravella. Il se peut que, par la suite, je rencontre encore certaines difficultés de ce genre... En tout cas, j'ai l'impression que Ravella aura, ce soir, beaucoup plus de chances de faire la conquête de la haute société si je ne suis pas à ses côtés...

– Mais... mais, Sébastien, tu ne comprends donc pas que, si Ravella apprend que tu restes ici, elle est fort capable de ne même pas vouloir aller à cette réception? Et je suis certaine qu'elle n'acceptera jamais de faire sans toi ses débuts dans le monde!

– C'est une plaisanterie!

– Non, je parle très sérieusement!

A ce moment, Ravella cria du haut du palier :

– Vous ai-je fait attendre, cher tuteur?

Et, sans se soucier de sa toilette, elle descendit presque en courant.

Les domestiques, groupés au rez-de-chaussée, poussèrent une exclamation admirative. Comment, en effet, l'écolière mal habillée arrivée une semaine auparavant à Melcombe House avait-elle pu se transformer si rapidement en une ravissante jeune fille?

Ravella portait une robe de tulle blanc constellée de minuscules diamants qui lançaient des feux à chacun de ses pas. Son corsage, très décolleté, révélait pour la première fois la blancheur exquise de ses épaules et de son cou. Ses cheveux dorés découvraient ses oreilles finement ourlées et formaient, autour de son charmant visage ovale, un cadre lumineux.

Pour seuls ornements, elle avait piqué deux roses blanches dans ses boucles blondes.

Mais son expression était encore plus exquise que sa toilette. Ses grands yeux lançaient des éclairs. Ses lèvres s'entrouvraient dans un sourire plein de fraîcheur et tout son visage semblait éclairé de l'intérieur.

Arrivée devant le duc, elle lui fit une révérence et attendit son verdict avec inquiétude. Comme il ne disait toujours rien, elle s'écria :

– Oh, n'êtes-vous donc pas satisfait de moi?

Le duc se tourna vers sa sœur et lui dit :

– Une fois encore, Harriette, je te félicite!

Ravella se releva avec un sourire radieux. Le maître d'hôtel s'avança.

– La voiture est devant la porte, Votre Grâce. La distance est assez longue de Melcombe House à Belchester House. Si vous ne voulez pas arriver en retard, je crois qu'il serait temps de partir.

Ravella regarda autour d'elle et dit :

– J'ai laissé mon manteau dans ma chambre!

– Le voici, dit le maître d'hôtel en lui remettant une cape de velours blanc bordé de cygne.

Il ne leur fallut que quelques instants pour traverser le jardin. Dès qu'ils furent installés dans la voiture, les chevaux partirent au trot dans la direction de Piccadilly.

– Le roi assistera-t-il à la réception? demanda Ravella.

– Il se peut que Sa Majesté fasse une apparition, répondit le duc. N'oubliez pas, Ravella, que ce sont les femmes auxquelles vous devez plaire. Les maîtresses de maison les plus courues de Londres doivent assister au bal qui suivra le dîner. Elles jugeront si vous êtes digne ou non d'appartenir à la haute société.

– Je ferai mon possible pour leur plaire, répondit la jeune fille. Mais tout cela me semble un peu effrayant! J'espère, cher tuteur, que vous ne me quitterez pas?

– Harriette sera là pour s'occuper de vous. Après chaque danse, vous reviendrez près d'elle.

– Mais vous? insista Ravella. Où serez-vous?

– Je me cacherai dans un coin... pour que personne

ne me voie bâiller. Je n'ai jamais aimé les bals. Peut-être jouerai-je aux cartes dans une autre salle...

– Comment ferai-je pour vous rejoindre?

– Ce sera sans doute très facile. Cependant, je crois que vos danseurs seront assez nombreux pour que vous ne pensiez plus à moi...

– Je n'ai pas la moindre envie de danser avec des hommes que je connais pas... Mais vous, danserez-vous avec moi?

– Certainement pas, répondit le duc d'une voix ferme. Je ne danse jamais!

– Alors, vous me tiendrez peut-être compagnie au souper?

– Peut-être... si l'on ne vous a pas fait jusque-là une proposition plus intéressante...

– Vous savez très bien que je ne désire qu'une chose, souper avec vous. A quelle heure le souper sera-t-il servi?

Le duc ne put s'empêcher de rire.

– Avant le souper, il y aura le dîner, puis le bal, répondit-il.

– Je sens qu'une seule chose va m'intéresser, le souper... puisque vous ne voulez pas danser avec moi, murmura la jeune fille d'un ton obstiné.

La conversation s'arrêta, car la voiture, après avoir franchi deux grandes grilles, venait d'entrer dans la cour de Belchester House. Un valet en livrée ouvrit la portière et aida lady Harriette et Ravella à descendre. Puis il les précéda sur le tapis qui conduisait jusqu'au vestibule brillamment éclairé. Là, de nombreux gentlemen se débarrassaient de leurs cannes et de leurs chapeaux, tandis que les dames, après avoir traversé un hall soutenu par des piliers de marbre, entraient dans le vestiaire qui leur était réservé.

Ravella regardait autour d'elle avec stupeur. Ce n'était pas seulement l'atmosphère de cette maison qui lui inspirait une sorte de crainte, mais aussi la foule bariolée, les robes éclatantes des femmes, les habits aux couleurs vives des hommes, leurs pantalons et leurs cravates d'une blancheur immaculée. Elle ne parvenait pas à détacher son regard des bijoux qui couvraient les bras et les gorges des invitées et des couronnes et des diadèmes posés sur leurs cheveux. Des parfums variés et délicats flottaient dans l'air. Les froissements produits par la soie et le taffetas se mêlaient aux bruits feutrés des éventails, aux bourdonnements incessants des voix.

La jeune fille, pâle et les yeux agrandis par la surprise, suivit lady Harriette jusqu'au palier où la marquise de Belchester, réputée pour sa beauté et pour la distinction incomparable de son salon, recevait ses invités.

Le marquis se tenait près d'elle. Il avait mis toutes ses décorations et portait, au-dessous du genou gauche, l'ordre de la Jarretière. Son accueil ennuyé et froid contrastait avec les manières vives et enthousiastes de son épouse. Celle-ci, après avoir embrassé lady Harriette, s'écria :

– Quelle joie de vous revoir, ma très chère Harriette! Je constate que vous êtes toujours aussi jolie!

– Merci, madame, répondit la jeune femme. Puis-je maintenant vous présenter la pupille de mon frère, miss Ravella Shane?

Ravella eut l'impression de subir un examen approfondi. Enfin la marquise lui dit :

– Naturellement, je suis très heureuse d'accueillir la fille de lady Amy. Est-ce votre premier bal, mon enfant?

– Oui, madame, répondit Ravella d'une voix troublée.

Mais, déjà, la marquise s'adressait au duc de Melcombe.

– Tout le monde se demandait si vous consentiriez

à nous amener votre pupille, Sébastien, dit-elle non sans une pointe de malice. Et vous, qu'allez-vous faire? Resterez-vous parmi les douairières? Danserez-vous?

Le duc, après lui avoir baisé la main, répondit :

– Je ferai ce que vous m'ordonnerez. N'en a-t-il pas toujours été ainsi?

Un instant, la marquise le regarda avec une expression étrange, puis elle se tourna pour accueillir les nouveaux venus.

Soixante personnes seulement devaient assister au dîner. Cependant, Ravella avait l'impression que la grande salle à manger blanche et dorée était pleine à craquer. Un peu étourdie, elle se laissa présenter par lady Harriette, fit, sans y penser, maintes révérences et eut plusieurs fois l'impression qu'on l'examinait avec grande attention.

Enfin, le dîner fut annoncé. Ravella dut accepter le bras d'un gaillard presque muet qui semblait aussi gêné qu'elle et s'assit à sa droite.

Mais, elle constata avec satisfaction que son voisin de gauche était un jeune homme fort élégant qui ne tarda pas à lui dire, tout en buvant son consommé :

– Une seule chose au monde m'intéresse, les chevaux. Si vous n'y connaissez rien, je ne sais vraiment pas ce que nous pourrons nous dire.

– Détrompez-vous, répondit Ravella. Je connais très bien les chevaux et je ne demande pas mieux que d'en parler avec vous!

Alors, ils se plongèrent dans une conversation ininterrompue... jusqu'au moment où Ravella s'aperçut qu'elle avait presque oublié son voisin de droite et que la jeune femme placée à gauche de l'amateur de chevaux boudait dans son assiette.

– Nous devrions nous occuper un peu de nos voisins, murmura-t-elle.

Le jeune homme élégant, sans doute peu habitué à se voir dicter sa conduite, parut surpris et demanda :

– Pourquoi?

– Par simple politesse, répondit Ravella en se souvenant que lady Harriette lui avait conseillé de parler alternativement à chacun de ses voisins.

– A quoi cela rime-t-il? demanda le jeune homme. Agissez-vous donc toujours uniquement par politesse?

– Pas toujours, mais le plus souvent possible! répondit en riant Ravella. Cependant, ce soir, voyez-vous, il ne faut pas que j'oublie que je fais mes débuts dans le monde.

– Vraiment? Dans ces conditions, je dois reconnaître que vous êtes infiniment plus intelligente que la plupart des débutantes!

– Merci, fit Ravella avec un sourire. Mon tuteur trouvera certainement très drôle que l'on m'ait fait semblable compliment.

– Votre tuteur?

– Oui, le duc de Melcombe...

– Comment, vous avez pour tuteur le Valet de Cœur? Ça, c'est amusant!

– Le Valet de Cœur? Pourquoi l'appelez-vous ainsi?

– Oh! il s'agit simplement d'un surnom. La plupart des gens en ont un...

– Le Valet de Cœur..., répéta Ravella à voix presque basse. (Puis, le regard soudain brillant :) Mon tuteur n'est pas un valet!

Le jeune homme parut assez gêné.

– Ne le prenez pas ainsi, dit-il. Vous comprenez, quand un homme est beau et qu'il porte un titre magnifique les femmes le pourchassent... Alors, les gens bavardent... A votre place, je ne ferais pas attention à des détails aussi mesquins.

– Vous avez raison! fit Ravella d'une voix ferme.

Puis elle se tourna vers son voisin de droite et

engagea avec lui une conversation qui se prolongea jusqu'à la fin du repas.

Le dîner terminé, elle s'aperçut, à sa grande surprise, que de nombreuses dames désiraient faire sa connaissance. Mais elle ne tarda pas à se rendre compte que ses interlocutrices semblaient moins intéressées par elle-même que par ce qui se passait dans la maison du duc de Melcombe... Alors, méfiante, elle répondit aux questions qu'on lui posait avec une réserve adroite.

Bientôt, de nouveaux invités arrivèrent pour le bal. Longtemps, Ravella attendit le duc. Quand il fit enfin son apparition, elle avait déjà dansé de nombreuses fois avec des jeunes gens plus aimables les uns que les autres...

Elle valsait lorsque le duc entra dans la salle. Il ne lui jeta même pas un regard et se dirigea vers lady Harriette qui lui dit :

– Elle a beaucoup de succès. Les mères de famille s'empressent de lui présenter leurs fils...

– C'est tout de même extraordinaire ce que peut faire la fortune! murmura le duc avec un sourire sarcastique.

– Une jeune fille aussi jolie que Ravella n'a pas besoin de cela pour plaire, répondit lady Harriette avec innocence.

– Si Ravella était pauvre, les gens auraient vite fait d'oublier qu'elle est ma pupille! dit le duc.

Puis, sans un mot de plus, il se dirigea vers la porte.

Ravella le suivit des yeux jusqu'au moment où il sortit de la salle. Alors, elle s'aperçut que son danseur la regardait avec surprise.

– Je vous ai demandé depuis combien de temps vous êtes à Londres, répéta le jeune homme.

– Excusez-moi. Je n'avais pas entendu, répondit-elle. Je ne suis à Londres que depuis une semaine.

– Et où habitez-vous?

– A Melcombe House.
– Avec... avec...
– Bien sûr, avec le duc. Il est mon tuteur.
– Mais... mais alors... vous êtes cette fameuse héritière?...
– Oui, c'est moi la fameuse héritière!
– Dans ces conditions, permettez-moi de m'excuser, miss Shane. Je n'avais pas bien entendu votre nom. Ma mère m'avait dit, sans autre explication, qu'elle désirait me voir danser avec vous. Je dois vous avouer que cette perspective, tout d'abord, ne m'a pas fait un très grand plaisir. Voyez-vous, ma mère a l'habitude de me jeter dans les bras des jeunes filles les plus laides. Mais vous êtes bien différente des autres! Vous n'aurez aucune peine à trouver un mari.
– Je ne cherche pas de mari!
– Mais voyons, vous ne pouvez pas garder toute cette fortune pour vous toute seule! Ce ne serait pas juste! De plus, il va vous falloir quelqu'un pour vous protéger. Si vous saviez ce que Wroxham raconte sur votre compte! Il est fou furieux! Je ne serais pas étonné qu'il paie quelqu'un pour le débarrasser de votre personne!
– Vous voulez dire qu'il chercherait à me faire assassiner?
– Je plaisantais, rassurez-vous. Cependant, il se pourrait fort bien que cette idée lui soit déjà passée par la tête...
Par la suite, Ravella constata que la plupart de ses danseurs lui tenaient presque le même langage. Certains glissaient dans la conversation des propos malveillants sur le duc. D'autres manifestaient franchement à la jeune fille que sa fortune les intéressait. Mais, dans l'ensemble, ils la traitèrent de la manière la plus flatteuse et ne lui cachèrent pas qu'à la première occasion ils lui feraient une visite.

Avec docilité, elle rejoignait lady Harriette après chaque danse. Celle-ci, d'ailleurs, n'avait pas fait longtemps tapisserie. Des amis de vieille date, l'ayant reconnue, n'avaient pas tardé à l'inviter.

A minuit, on annonça que le souper était servi. Ravella chercha des yeux le duc. Comme il ne se trouvait pas dans la salle, elle échappa à l'un de ses danseurs et s'engagea dans un couloir conduisant, lui semblait-il, aux salles de jeu.

Elle traversa ainsi plusieurs pièces. Dans l'une, on jouait au whist, dans l'autre à l'écarté. Dans la troisième, plusieurs dames âgées et un vieux gentleman jouaient à un jeu alors fort à la mode et appelé la mouche.

Mais où donc pouvait bien se cacher le duc? Soudain, la jeune fille éprouva un pressant besoin de le revoir. Elle se sentait si seule, si peu sûre d'elle-même! Elle désirait l'avoir tout près d'elle... lui si fort, si calme!

Elle ne savait pas avec précision ce dont elle avait peur. Mais elle éprouvait une sorte de crainte teintée de méfiance pour tous ces étrangers qui l'entouraient. Se retrouver à Lynke, dans le parc, sur un cheval fougueux... La fraîcheur du vent dans ses cheveux... La caresse du soleil sur son visage... Etre près de quelqu'un en qui on a confiance et qu'on aime... Or, pour Ravella, ce quelqu'un ne pouvait être que le duc...

En s'éloignant des salles de jeu, elle pensait qu'elle n'avait pas désiré la vie qu'elle menait aujourd'hui. Les rires et les voix de tous ces gens lui portaient sur les nerfs. Elle se sentait très seule dans cette foule!...

Elle suivit plusieurs couloirs, entra dans le grand salon. Le duc n'y était pas! Elle revint sur ses pas, descendit l'escalier. Dans le hall, elle avisa un valet et lui demanda :

– Avez-vous vu le duc de Melcombe?

– Je ne l'ai pas vu. Mais je puis me renseigner.

Il se tourna vers l'un de ses collègues.

– Je crois, répondit ce dernier, que le duc de Melcombe a demandé son chapeau il y a déjà un bon moment. Mais le portier est peut-être plus au courant que moi.

– Merci, dit Ravella.

Le valet la conduisit alors vers un homme vêtu d'une livrée dont les boutons dorés étaient ornés de la couronne des marquis de Belchester.

– Le duc de Melcombe? fit le portier qui connaissait depuis de longues années tous les invités de ses maîtres. Il y a une heure qu'il est parti.

– Parti! s'écria Ravella. Croyez-vous qu'il soit rentré chez lui?

– Je ne le crois pas. Je l'ai entendu ordonner à son cocher de le conduire à White House et de revenir ensuite prendre ici les deux dames qu'il a amenées.

– Très bien. Voulez-vous, si elle est revenue, appeler la voiture?

– Certainement. (Le portier descendit les marches du perron et Ravella l'entendit crier, d'une voix de stentor :) La voiture de Sa Grâce le duc de Melcombe!

Ravella, immobile, attendait. L'un des valets lui demanda :

– Voulez-vous que j'aille chercher votre cape?

– Oui, répondit-elle.

L'homme s'éloigna. Quelques instants plus tard, il reparut et posa la cape sur les épaules de la jeune fille. A ce moment, le portier revint du jardin et dit :

– La voiture est devant la porte.

– Je vous remercie.

A son tour, elle descendit les marches du perron. Un autre valet, après l'avoir aidée à monter dans la voiture, lui demanda :

– Faut-il prier le cocher de vous conduire chez vous?

– Non, dites-lui de me conduire à White House.

Les chevaux avaient déjà franchi les grilles de Belchester House lorsque la jeune fille se reprocha de ne pas avoir averti lady Harriette de son départ. « Bah! se dit-elle. Elle ne s'apercevra même pas de mon absence, puisque, dès que j'aurai trouvé le duc, nous reviendrons ici, lui et moi... » Elle jeta un regard par la portière et se demanda à qui pouvait bien appartenir cette maison appelée White House. S'il s'agissait d'une maison où se donnait une autre réception, elle resterait dans la voiture et ferait dire au duc qu'elle l'attendait...

Quelques instants plus tard, elle s'aperçut avec surprise que le cocher s'était engagé dans des ruelles sombres et pauvres. Mais, bientôt, ils traversèrent une large place bordée de beaux immeubles, entrèrent dans une cour et s'arrêtèrent devant un imposant hôtel particulier.

Ravella s'apprêtait à donner des instructions à son cocher lorsqu'un homme descendit les marches du perron et lui dit en ouvrant la portière :

– Soyez la bienvenue à White House, madame. Voulez-vous entrer, je vous prie?

– Mais... je... je ne suis pas attendue!

– Tout le monde est attendu et tout le monde est bienvenu à White House, madame.

Une minute plus tard, Ravella entrait dans un grand hall brillamment éclairé et dont les murs disparaissaient sous des glaces étincelantes.

– Suivez-moi, dit l'homme.

Pour la première fois, la jeune fille regarda son interlocuteur. Assez âgé et de forte corpulence, il était étrangement vêtu d'un habit écarlate aux épaules trop rembourrées et d'une culotte de soie blanche.

Il ouvrit une porte, et Ravella se trouva dans une sorte de salon qui lui parut extraordinaire. Cette pièce, octogonale, était ornée, comme le hall, de glaces entre lesquelles on avait suspendu des tableaux représentant des êtres humains et des animaux. Dans des niches éclairées se dressaient des statues de femmes nues et il y avait de grands divans couverts de coussins.

Comme Ravella regardait autour d'elle avec étonnement, son compagnon, tout en l'observant avec une attention aiguë, lui demanda :

– C'est la première fois que vous venez ici, n'est-ce pas, madame?

– Oui... Je suis à la recherche de quelqu'un, car...

– Ici, madame, une femme aussi charmante que vous n'a pas besoin de se mettre à la recherche de quelqu'un... Ce sont les... autres qui la recherchent et qui, à la fin... l'obtiennent pour prix de leurs efforts... Mais tout d'abord, permettez-moi de vous demander si vous avez soupé?

– C'est que non, justement... Je suis venue chercher...

– Un instant! fit l'homme en levant la main. Il faut que je réfléchisse... Pour une femme aussi jolie que vous, madame, le cadre a une grande importance. Voyons, où vais-je vous installer? Dans la chambre d'or? Dans la chambre d'argent? Dans le boudoir de Perséphone? Oui, c'est cela : dans le boudoir de Perséphone. Vous y serez dans un cadre de rêve : des fleurs, un ruisseau murmurant, un divan jonché de pétales de roses... C'est là qu'on vous découvrira...

Ravella commençait à penser qu'elle était tombée entre les mains d'un fou.

– C'est très aimable à vous, répondit-elle. Mais je suis venue ici pour retrouver le duc de Melcombe. Voulez-vous être assez aimable pour lui dire que je l'attends?

– Le duc de Melcombe?... Voilà qui est délicat. Le duc est un homme difficile et fantasque. On ne peut jamais prévoir ses réactions... Mais il n'est pas seul sur notre planète, madame. Il y en a d'autres... aussi distingués et aussi riches que lui... et... plus faciles à satisfaire. Voulez-vous me faire confiance? Le comte de Dunstable, par exemple... Voilà un homme charmant... et si généreux!

– Je ne vous comprends pas très bien, dit Ravella. C'est le duc de Melcombe que je veux voir. C'est pour lui et pour lui seul que je suis venue ici!

– Vous êtes toutes les mêmes! fit l'homme avec un soupir. Vous repoussez les conseils que vous donnent les gens d'expérience... Eh bien! c'est entendu, je vais voir le duc. Mais il se peut fort bien qu'il préfère jouer aux cartes. Et, revenant à ma première idée, je suis persuadé que le comte de Dunstable eût été beaucoup plus qualifié que lui pour vous rendre heureuse. (Avant de se diriger vers la porte, il ajouta :) Le duc vous attend-il?

– Non, répondit Ravella. Contentez-vous de lui annoncer que je suis ici.

– C'est entendu. Et maintenant, votre nom, madame?

–Miss Ravella Shane.

–Un nom charmant... Eh bien, miss Shane, j'espère que vous ne serez pas déçue. Voulez-vous être assez aimable pour rester dans cette pièce? Je vais aller m'assurer que le boudoir de Perséphone n'est pas occupé et prévenir le duc de Melcombe que vous désirez le voir.

Lorsque l'homme à l'habit écarlate fut sorti, Ravella éprouva une sensation de soulagement.

« Cet individu est certainement fou! » se dit-elle.

Elle regarda autour d'elle et s'arrêta quelques instants devant un tableau représentant Adam et Eve, puis, lentement, elle fit le tour de la pièce. La décoration était vraiment artistique. Cependant, les personnages des tableaux semblaient, dans leur nudité, d'un réalisme peut-être excessif, ainsi que les statues d'ailleurs... « Pourvu que le duc ne me fasse pas attendre! se dit la jeune fille. S'il tarde trop, lady Harriette s'apercevra que j'ai quitté Belchester House, et, naturellement, elle sera fort mécontente. Et moi, je serais désolée de faire du chagrin à cette femme qui m'inspire la plus vive sympathie... »

Enfin, la porte s'ouvrit. Ravella, d'un mouvement brusque, se retourna. Ce n'était ni le duc ni l'homme à l'habit écarlate, mais un gentleman brun aux yeux sombres qui dit en souriant :

– Excusez-moi, madame. Mais je croyais que Mr Hooper était dans cette pièce.

– Mr Hooper? Vous parlez sans doute du petit homme à l'habit écarlate?

– Description parfaite de notre... hôte, fit le nouveau venu, toujours souriant.

– Serait-il le propriétaire de cette maison?

– Oui, madame. Et j'ajouterai que ladite maison lui rapporte une fortune!

– Il est peut-être riche, répondit Ravella. Mais, ce dont je suis certaine, c'est qu'il est un peu fou!

– Oh! non, madame. Il n'est pas fou. Il est au contraire avisé, calculateur, cupide. Je le vois surtout sous l'aspect d'un homme d'affaires de premier ordre.

– Vous semblez ne pas avoir beaucoup de sympathie pour lui. Pourquoi donc, dans ces conditions, acceptez-vous son hospitalité?

– Son hospitalité? Voilà qui est présenté d'une façon charmante, madame! Puis-je me permettre de vous répondre que cette maison est la seule de Londres où l'on ait quelque chance de... rencontrer des femmes vraiment jolies! (Sur ces mots, il s'approcha de la jeune fille, la regarda d'une façon étrange et lui demanda :) Etes-vous seule, madame?

Instinctivement, Ravella recula d'un pas.

– J'attends mon tuteur, répondit-elle.

– Quel homme heureux! Oui, heureux! Est-il jaloux? Vous laisse-t-il quelquefois des moments de liberté?

De nouveau, Ravella recula.

– Je ne comprends pas ce que vous voulez dire, répliqua-t-elle froidement. Mais, je vous en prie, ne vous gênez pas pour repartir à la recherche de Mr Hooper. Vous le trouverez sans doute dans une autre pièce.

– Vous êtes adorable! s'écria l'inconnu. Etes-vous sincère ou merveilleusement adroite? Mais je sens que cette question a quelque chose de présomptueux. Permettez-moi plutôt de prendre votre main et de murmurer des mots doux dans votre délicieuse oreille.

Comme il s'approchait encore, Ravella leva la tête avec une expression de défi et répondit :

– Je n'ai pas l'honneur de vous connaître! Par conséquent, je vous prie de me laisser tranquille!

– Comment pouvez-vous être aussi cruelle? Vous êtes belle, très belle! Pourquoi avez-vous peur de moi? Que craignez-vous?

Il tendit la main. Mais au moment où il allait toucher la jeune fille, celle-ci poussa un cri de terreur et s'enfuit. C'est alors que la porte s'ouvrit de nouveau et que le duc apparut sur le seuil. Ravella se jeta dans ses bras.

– Oh! cher tuteur, emmenez-moi, emmenez-moi! Cet homme... j'ai peur...

Le duc regarda l'inconnu. Bientôt, celui-ci baissa les yeux et dit :

– Excusez-moi, mon cher duc. J'étais en train de taquiner cette jeune dame.

Ravella n'avait pas été sans remarquer que le duc était demeuré de glace. Lorsqu'elle s'écarta de lui, elle s'aperçut qu'il était très pâle.

– Je regrette, murmura-t-elle. Mais... cet... cet homme me fait très peur.

Le duc s'avança vers l'inconnu et lui dit :

– Je vois que vous savez mon nom. Mais vous-même, qui êtes-vous donc?

– Je suis le comte van Fauberg.

– Eh bien! monsieur, je vais vous demander un service. Ma pupille est entrée dans cette maison par erreur. Voulez-vous me donner votre parole que vous ne ferez jamais allusion devant qui que ce soit à sa présence ici cette nuit?

– Vous avez ma parole, répondit le comte en s'inclinant.

– Merci.

Alors que le duc se tournait déjà vers la porte, le comte l'arrêta et ajouta :

– Voulez-vous me permettre de vous faire demain une visite à Melcombe House? J'aimerais que vous me fassiez l'honneur de me présenter à votre pupille.

Comme le duc semblait hésiter, Ravella lui toucha le bras et murmura :

– Non... Ne l'autorisez pas à venir chez vous...

Mais, sans tenir compte de cet avertissement, le duc répondit :

– Je serai très heureux de vous accueillir chez moi.

Puis, sans un mot de plus, il ouvrit la porte et, d'un geste, invita Ravella à sortir de la pièce.

Dans la voiture, il demanda, d'une voix sèche :

– Pourquoi vous trouviez-vous dans cette maison?

– Je venais vous chercher, répondit Ravella. Vous m'aviez promis de souper avec moi. Mais, à minuit, je me suis aperçue que vous aviez disparu. Alors, le portier de Belchester House m'a dit où vous étiez allé.

– Et vous êtes partie sans prévenir Harriette?

– Oui... J'ai oublié de... de la prévenir. Sans vous, j'étais si désorientée! (Le duc demeura quelques instants silencieux.) Mais, cher tuteur, reprit la jeune fille, qu'est-ce donc que cette maison? Le premier homme auquel je me suis adressée, un certain Mr Hooper, m'a paru bien étrange. Je l'ai cru fou. Puis, tout à coup, ce comte van Fauberg est entré dans la pièce. Quelle est donc la nationalité de cet homme?

– C'est un Hollandais, je crois.

Ravella était assise sur le bord de la banquette. De temps à autre, la lumière des réverbères éclairait son charmant visage. Son petit nez se découpait sur le fond sombre de la voiture. Ses lèvres tremblaient et ses grands yeux encore brillants de crainte cherchaient ceux de son compagnon. Mais le duc gardait une expression impénétrable.

– Ecoutez, Ravella, dit-il. Il va falloir que vous appreniez à être obéissante. Personnellement, j'ai toujours obéi et je veux que toutes les personnes vivant dans ma maison plient devant ma volonté!

– Mais vous ne m'avez jamais dit de ne pas aller à White House! En m'y rendant, je ne vous ai donc pas désobéi...

– N'essayez pas de me faire prendre des vessies pour des lanternes! Je comptais, vous le saviez très bien, que vous resteriez avec Harriette. Je le répète, Ravella, il va falloir que vous preniez la décision d'obéir!

– Je la prends, répondit Ravella d'une voix étranglée par les larmes.

De nouveau, le duc demeura silencieux. Puis, tout à coup, il reprit :

– Vous ne direz à personne où vous êtes allée, n'est-ce pas, même pas à Harriette?... Vous n'y ferez jamais allusion, devant qui ce soit, à White House. Si l'on vous parle de cette maison, vous direz que vous n'en avez jamais entendu parler...

– Oui. Cependant, admettons que le comte van Fauberg...

– S'il ne tient pas sa parole, répondit le duc d'une voix menaçante, je le lui ferai payer très cher!

9

L'entrée de Ravella dans le monde avait constitué un succès incontestable. Le duc, après avoir examiné les nombreuses invitations que la jeune fille avait déjà reçues, dit à Harriette, avec son cynisme habituel :

– Vraiment la fortune de lord Wroxham triomphe de ma mauvaise réputation.

– Tu oublies, Sébastien, dit lady Harriette, que Ravella a su plaire à tout le monde.

Le duc sourit et, prenant l'une des invitations auxquelles sa sœur était en train de répondre, lut à haute voix :

– Lady Yeowill... Si j'ai bonne mémoire, Harriette, les biens des Yeowill sont entièrement hypothéqués et il y a, dans cette famille, deux fils à marier...

Lady Harriette arracha la carte à son frère et lui dit :

– Tu es horrible, Sébastien! Quant à moi, je veux croire que les gens aiment sincèrement Ravella et qu'ils n'ont aucune arrière-pensée en l'invitant.

Le duc haussa les épaules.

– Crois ce que tu voudras, chère sœur, répondit-il. Cependant, je suis persuadé que si, demain, Ravella se réveillait pauvre comme Job, nul ne tirerait plus notre sonnette et tout le monde aurait vite fait d'oublier que ma pupille est une charmante jeune fille. (Le duc s'aperçut alors que lady Harriette le regardait fixement, avec une expression étrange.) A quoi penses-tu? lui demanda-t-il.

– Je pense à toi, répondit-elle avec douceur. Je me dis qu'il a fallu que tu sois bien malheureux pour que l'humanité t'inspire une aversion si profonde!

– Je ne te comprends pas très bien, Harriette...

– Moi, je suis certaine que tu me comprends, Sébastien, car j'ai souffert, moi aussi, terriblement... Mais je persiste à croire que tout n'est pas laid dans le monde. Je demeure persuadée que les hommes et les femmes, bien qu'ils fassent souvent preuve de cruauté et de cupidité, ne sont pas absolument mauvais.

– Je souhaite, répondit le duc sur un ton grave, que tu ne sois jamais détrompée et que le paradis dans lequel tu crois vivre ne se dissipe pas en fumée...

– Mais, Sébastien, grâce à toi, je vis, en ce moment même, dans un véritable paradis!

– Ecoute, Harriette, fit le duc d'une voix soudain durcie, je t'ai dit que je n'aimais pas qu'on me remercie! Tu ne me dois rien. J'avais besoin de toi. En te demandant de veiller sur Ravella, je n'ai obéi qu'à un mouvement intéressé!

– Quoi qu'il en soit, Sébastien, je te demeure reconnaissante. Si tu savais comme je suis heureuse d'être chez toi et combien j'aime Ravella!

– Et elle, est-elle heureuse?

– Merveilleusement... surtout quand tu es avec nous...

– J'imagine qu'elle a dû maintenant trouver son équilibre. Elle n'a donc plus besoin que nous soyons deux pour veiller sur elle.

– Puisque telle est ton opinion, Sébastien, dit lady Harriette avec un sourire, je puis fort bien ne plus l'accompagner dans ses sorties. Tu n'ignores pas que la seule présence dont elle se soucie vraiment est la tienne.

– Je n'en crois rien! Les jeunes filles ont de ces caprices ridicules...

– Non, Sébastien, ce n'est pas un caprice. Mais à quoi bon discuter plus longtemps sur ce sujet?

Sans répondre, le duc sortit de la pièce en faisant claquer la porte.

Lady Harriette soupira. Puis, elle s'approcha de la fenêtre et regarda les pigeons voler dans les arbres.

Quelques instants plus tard, Ravella entra d'un pas vif. Elle portait un grand carton à chapeaux.

– Mes nouveaux bonnets sont arrivés! s'écria-t-elle. Je veux les essayer immédiatement. Oh! Lady Harriette, croyez-vous que mon tuteur les aimera?

– Sans doute..., répondit lady Harriette. Mais quelle importance cela peut-il avoir? Bien d'autres hommes que lui vous admireront...

– Quelle importance? répéta Ravella. Mais une importance énorme! Je veux que mon tuteur me trouve jolie. Quant aux autres hommes, je me moque d'eux comme de ma première chemise! Je dois vous avouer que je ne prête même pas l'oreille à leurs stupides compliments!

Lady Harriette regarda un moment la jeune fille avec une expression inquiète et dit à mi-voix :

– Ravella, je voudrais vous poser une question. Avez-vous pensé sérieusement à quelques-unes des demandes en mariage dont vous avez déjà été l'objet?

– Bien sûr que non! répondit la jeune fille avec mépris. Je m'efforce au contraire de décourager les prétendants éventuels. Lorsqu'ils se montrent trop audacieux, je les envoie immédiatement promener, puis je cours me réfugier près de mon tuteur. J'éprouve, près de lui, une si grande impression de sécurité!

– Mais, voyons, Ravella, vous envisagez certainement de vous marier un jour?

– Pas le moins du monde! Je ne veux épouser personne. Je déteste les jeunes gens. Je l'ai déjà dit cent fois, mais vous n'avez pas voulu me croire, ni vous ni mon tuteur! A franchement parler, les jeunes gens ne me font pas peur. Ils m'assomment, voilà tout! De plus, ils me paraissent ridicules avec leur affectation et leur dandysme.

A ce moment, Ravella s'aperçut que lady Harriette avait une expression plus triste que d'habitude.

– Qu'avez-vous? lui demanda-t-elle.

– Vous m'inquiétez, répondit lady Harriette. Ma chère enfant, qu'allez-vous devenir? Il est impossible que vous demeuriez toujours dans votre présente situation.

– Pourquoi pas?

– Parce que, plus tard, le désir vous viendra d'avoir votre foyer et aussi parce que... parce que... Sébastien se mariera... peut-être...

En prononçant ces derniers mots, la jeune femme avait tourné la tête.

– Vous croyez qu'il... qu'il se mariera? demanda Ravella d'une voix tremblante. Y pense-t-il?

– Non, répondit lady Harriette sur un ton rassurant. Voyons, Ravella, calmez-vous! Je vous jure qu'il n'est pas question d'un mariage pour mon frère. De plus, j'ai toutes raisons de penser que Sébastien a le désir de rester célibataire. Mais on ne sait jamais, n'est-ce pas? Il se peut qu'il se résigne un jour à faire le sacrifice de sa liberté. A ce moment-là, je voudrais que vous soyez vous-même mariée et heureuse!

Ravella, sans répondre, demeurait les yeux fixés sur son carton à chapeaux. Alors, lady Harriette prit peur car elle n'avait parlé que dans l'espoir d'épargner les souffrances de la solitude à cette enfant charmante mais impulsive. Et maintenant, effrayée par l'adoration que la jeune fille semblait avoir vouée au duc de Melcombe, elle se sentait aussi coupable que si elle avait délibérément poignardé une créature sans défense.

Désirant à tout prix changer le cours de la conversation, elle dit :

– Voyons, Ravella, essayez ces bonnets. Je serais heureuse de les voir sur votre tête.

A pas lents, Ravella s'approcha de son interlocutrice et lui demanda :

– Franchement, lady Harriette, avez-vous jamais été amoureuse?

Malgré sa surprise, la jeune femme répondit sans hésitation :

– Oui, Ravella. J'avais à peu près votre âge...

– Qu'avez-vous alors éprouvé?

Lady Harriette sourit, fit un petit geste et répondit :

– C'est presque impossible à expliquer. Les choses se sont produites toutes seules... Nous étions tous les deux très jeunes et avons compris tout de suite que notre union était irréalisable. Nous étions aussi pauvres l'un que l'autre et savions que nos parents s'opposeraient à notre mariage. Aussi nous sommes-nous bien gardés de leur dire que nous nous aimions...

– Pourquoi n'avez-vous pas pris la fuite?

– De quoi aurions-nous vécu? De l'air du temps? Cependant, je crois que, s'il m'avait demandé de fuir avec lui, je l'aurais suivi sans hésitation. Mais il m'aimait trop pour me faire une semblable proposition. Plus tard, j'ai épousé un homme que ma mère avait choisi pour moi. J'ai été très malheureuse. Mais je ne m'attendais pas à autre chose...

– Et le premier... l'homme que vous aviez aimé... l'avez-vous jamais revu?

– Non... et cela vaut sans doute mieux. J'espère qu'il est heureux. Je garde de lui un merveilleux souvenir...

Pendant plusieurs secondes, Ravella regarda la jeune femme, puis elle s'écria :

– C'est ainsi que je voudrais aimer! Et je saurais surmonter toutes les difficultés!

– Ma chère enfant, votre sort ne sera sans doute jamais comparable au mien. Vous êtes riche et jolie. La pauvreté ne sera donc pas pour vous un obstacle au bonheur.

Après quelques secondes de réflexion, Ravella répondit :

– Tout cela est très intéressant, mais vous ne m'avez pas encore dit ce que vous éprouviez lorsque vous étiez amoureuse.

– Comment vous expliquer? Etre amoureux, c'est se sentir pleinement satisfait de la seule présence de l'être qu'on aime. Dans ces moments-là, tout le reste devient indifférent... Vous donneriez votre vie pour... l'autre, ne fût-ce que pour lui épargner un instant de souffrance... La joie vous inonde et... (Brusquement, elle s'arrêta et ajouta aussitôt :) Voilà ce que vous éprouverez un jour, Ravella. Alors, vous saurez ce que c'est que d'être amoureuse. Cependant, ma chère enfant, je vous conseille de ne pas repousser les hommes qui recherchent votre compagnie. Ne pensez pas, systématiquement, qu'ils vous assomment. Il se peut que l'amour vous vienne lentement et non pas sous la forme, à vrai dire assez rare, du coup de foudre.

– Voyons, fit Ravella d'une voix calme, vous avez été malheureuse en ménage. Pourquoi voulez-vous à tout prix que je trouve un mari?

– Parce que j'espère que vous aurez plus de chance que moi. Beaucoup de femmes épousent l'homme qu'elles aiment et connaissent avec lui le plus parfait bonheur. Il n'y a aucune raison, Ravella, pour que vous ne trouviez pas celui qui vous convient.

– Mais si cet homme, justement, ne veut pas de moi?

– N'en parlons plus! fit lady Harriette d'un ton sec. Nous n'allons pas rester à bavarder sur ce sujet tout l'après-midi, n'est-ce pas? Il faut que je réponde à ces invitations. Après quoi, nous nous habillerons, car n'oubliez pas que nous dînons ce soir au Ranelagh.

– Est-il vraiment nécessaire que nous sortions? demanda Ravella. Il fait si chaud! Ne croyez-vous pas qu'il serait plus agréable de dîner ici tranquillement avec mon tuteur?

– Il n'a peut-être pas envie de dîner avec nous, répondit lady Harriette.

– C'est vrai... Vous avez raison. Nous dînerons au Ranelagh. Ce sera plus amusant. Et maintenant, il faut que je choisisse une robe.

Lorsque la jeune fille fut sortie de la pièce, lady Harriette eut quelque mal à se remettre à sa correspondance. Il lui semblait voir sans cesse devant elle le visage doux et sensible de Ravella.

« Que va devenir cette enfant? se demandait-elle. Evidemment, si elle se marie, je n'aurai plus ma place à Melcombe House. Mais ne soyons pas égoïste et pensons seulement au bonheur de Ravella. On l'a déjà demandée plusieurs fois en mariage. Cependant, bien qu'elle ait repoussé, avec une franchise presque brutale, tous ses prétendants, il faudra bien qu'elle se décide à créer un foyer. Beaucoup de gens critiquent mon frère de lui donner l'hospitalité. Certains même vont jusqu'à dire qu'il n'a agi de la sorte que pour scandaliser sa famille et exaspérer encore plus le nouveau lord Wroxham. Mais tout cela n'empêche qu'on me recherche maintenant de plus en plus. Surtout les mères de famille. Elles veulent toutes que je présente leurs fils à Ravella, car dans la haute société les héritières ne sont pas tellement nombreuses. De plus, Ravella est belle et d'une irréprochable pureté... »

Parfois, lady Harriette avait l'impression de vivre sur un volcan. Malgré la reconnaissance qu'elle avait vouée à son frère, elle le jugeait avec lucidité. Elle savait que les bruits fâcheux qui couraient sur son compte n'étaient pas sans fondement. « On le dit égoïste, pensait-elle. S'il l'est autant que certains l'assurent, il n'hésitera pas, le jour où il aura pris cette décision, à nous mettre tranquillement à la porte toutes les deux. Que deviendrons-nous? Et surtout, que deviendra sa pupille?... »

Ravella retournée dans son appartement avait déjà oublié son entretien avec lady Harriette. Lizzie, sa femme de chambre, venait d'étaler trois robes sur le lit. Après de longues hésitations, la jeune fille finit par choisir une toilette de soie bleu pâle, ornée de petits bouquets de roses et de rubans de velours d'un bleu plus sombre.

★

Après le dîner donné au Ranelagh par la comtesse de Chevron, Ravella, dès le début du bal, eut une émotion. Elle venait d'apercevoir, parmi les danseurs, le comte van Fauberg.

Dans la crainte d'être reconnue par cet homme qui lui avait fait si peur, elle dit à son cavalier :

– Il fait bien chaud dans cette salle! Je voudrais me reposer un instant.

Le jeune homme lui offrit le bras et la conduisit dans le jardin. Çà et là, de minuscules lanternes éclairaient des fauteuils disposés sous les arbres.

Les deux jeunes gens s'assirent tout près d'un énorme parterre de seringas en fleur. Lorsque Ravella fut confortablement installée, son danseur lui demanda si elle désirait boire quelque chose.

– Oui, répondit-elle, un verre de limonade.

Quand elle fut seule, elle éprouva une véritable sensation de soulagement à la pensée que, pour quelques instants au moins, elle n'aurait pas à sourire ni à répondre aux fades compliments dont l'accablaient les jeunes gens avec lesquels elle dansait. Puis elle se demanda où était passé le duc. Dans la salle de jeux, sans doute. Dans ce cas, cette pièce étant à deux pas de la salle de bal, elle n'aurait que quelques mètres à faire quand elle voudrait le rejoindre...

Elle avait eu le temps de constater que lady Harriette, très jolie dans une robe de satin rose, dansait presque sans arrêt. Puis, soudain, elle se souvint qu'elle venait d'apercevoir le comte van Fauberg. Depuis longtemps, elle avait l'impression que cet homme cherchait à la revoir. Un jour, il était venu à Melcombe House pendant son absence. Un autre jour, il était revenu à la charge, mais le maître d'hôtel lui avait dit que miss Ravella Shane et lady Harriette se reposaient avant le dîner...

Le duc n'avait plus jamais fait allusion à l'affaire de l'étrange maison dirigée par Mr Hooper. Mais Ravella avait conscience d'avoir commis, en cette circonstance, une grave indiscrétion. Aujourd'hui encore, elle s'étonnait de l'attitude bizarre de ce Mr Hooper et de l'audace incompréhensible du comte van Fauberg.

« Cependant, se disait-elle, la coupable dans tout ceci, c'est moi et moi seule. Mon tuteur m'en a voulu de cette aventure ridicule. Il faut donc, ne serait-ce que pour ne pas augmenter sa colère, mettre tout en œuvre pour ne plus rencontrer le comte. Mais comment faire pour quitter au plus vite ce bal? Vais-je dire au duc la vérité et le prier de me ramener à la maison? Ne vaudrait-il pas mieux demander tout simplement à lady Harriette de me reconduire, sous prétexte que je me sens légèrement souffrante?... »

Tandis qu'elle se posait ces questions, elle entendit deux personnes, un homme et une femme, s'entretenir derrière le massif de seringas.

– Que pensez-vous d'elle? demandait la femme.

– Elle me semble très jolie, répondit l'homme. Si jolie qu'elle pourrait même se passer d'être riche!

– Oui, reprit la femme avec une sorte de malveillance, elle est jolie, c'est un fait! Mais quels peuvent être les sentiments qu'elle inspire au duc? Car, enfin, elle n'est pas son type... Il est vrai qu'avec Sébastien il ne faut jamais être trop affirmatif.

– Croyez-vous vraiment que Sébastien soit attaché à un type de femme? demanda l'homme. Quand on pense à toutes celles sur lesquelles il a daigné jeter les yeux : Sophie, Georgina, Clara et, naturellement, cette pauvre Emilie!

– Je vous en prie, n'essayez pas de dresser une liste! Vous n'en finirez pas! Personnellement, je crois que, dans cette affaire, Sébastien n'a qu'un dessein, celui d'ennuyer le nouveau lord Wroxham. La jeune fille en question est bien trop jeune et trop pure pour lui!

– En effet, reprit l'homme, le duc ne porte pas le moindre intérêt à la petite miss Shane. Il est retenu ailleurs...

– Vraiment? Et par qui? Est-ce que je la connais?

– Non, ma chère. Elle n'appartient pas à votre monde. Mais vous l'avez vue et entendue...

– Ne me faites pas mourir de curiosité! Vite, le nom de cette nouvelle sirène?

– Sirène est le mot juste, car cette femme a réussi à séduire le redoutable duc. Il est fou d'elle, paraît-il. Le bruit court qu'il lui a offert un rubis gros comme un œuf de pigeon et une voiture avec quatre chevaux blancs.

– Ce n'est pas possible! Mais, encore une fois, qui est-ce?

– La señorita Deleta!

– Quoi... la chanteuse qui se produit en ce moment au Vauxhall?

– Exactement.

– Tout le monde parle d'elle. Henry m'a dit que c'était une gitane se faisant passer pour une aristocrate espagnole. Je suis tout de même surprise que Sébastien, toujours si difficile, se soit laissé entortiller par une créature de ce genre.

– On voit bien que vous n'avez pas vu la señorita Deleta!

– C'est vrai, je ne l'ai pas vue. Voici des mois que nous ne sommes allés au Vauxhall.

– Quand vous la verrez, vous comprendrez non seulement le rubis, mais aussi les chevaux blancs. Elle est d'une exquise beauté et chante comme un rossignol.

– Vous piquez ma curiosité. Voulez-vous nous accompagner mon mari et moi... samedi soir par exemple? Je voudrais bien m'assurer *de visu* de la perfection de l'élue de Sébastien.

– Je vous accompagnerai avec plaisir et je vous remercie de cette invitation.

– Tiens, voilà Lucy! Il faut que je m'assure que la chère petite a bien un danseur pour la prochaine valse.

A ce moment, les voix s'éloignèrent et, bientôt, Ravella ne les entendit plus. Plusieurs minutes, la jeune fille demeura immobile comme une statue. Ce fut seulement lorsque son danseur revint, portant un verre de limonade, qu'elle s'aperçut que ses ongles étaient enfoncés dans la paume de ses mains.

Elle remercia le jeune homme, puis lui dit :

– Je suis de plus en plus indisposée par la chaleur. Je voudrais rejoindre lady Harriette.

– En effet, vous êtes toute pâle! s'écria-t-il.

Quelques instants après, Ravella, lady Harriette et le duc remontèrent dans la voiture et regagnèrent Melcombe House. Devant le perron, le duc, après avoir aidé sa sœur et la jeune fille à descendre, leur dit bonsoir. Alors, Ravella posa sur lui un regard sombre et lui demanda :

– Allez-vous ailleurs maintenant?

– Oui, répondit-il. Il est encore assez tôt. Dormez bien, Ravella, et toi aussi, Harriette.

Dès qu'elle se trouva dans le hall, Ravella se retourna et vit son tuteur remonter dans sa voiture et elle regretta de ne pouvoir, à cette distance, entendre les instructions qu'il donnait à son cocher...

La porte d'entrée refermée, la jeune fille eut l'impression d'être emprisonnée entre les murs de marbre de Melcombe House. A pas lents, elle gravit l'escalier.

– Si vous n'allez pas mieux demain matin, lui dit lady Harriette, j'enverrai chercher un médecin.

Mais, quand sa femme de chambre se fut retirée et qu'elle se trouva seule dans son immense lit soutenu par quatre cygnes d'argent, la jeune fille se dit qu'aucun médecin ne pourrait soulager sa souffrance...

Il lui semblait que son cœur saignait. Elle aurait voulu pleurer, mais ses yeux demeuraient secs. Elle resta immobile dans l'obscurité, songeant au duc et l'imaginant dans les bras de cette belle gitane qui chantait comme un rossignol...

Le lendemain matin, elle se leva tôt. Des cernes profonds s'étaient creusés sous ses yeux. Avec autant de naturel que possible, elle chercha à dissimuler sa nervosité, passant sans cesse d'une pièce à l'autre.

En réalité, elle attendait avec impatience son tuteur. Lorsqu'il descendit de sa chambre, à midi seulement, ce fut pour annoncer qu'il se proposait d'assister à un combat de boxe.

– Hier soir, au White's Club, ajouta-t-il, j'ai parié une somme considérable sur l'un des boxeurs.

– Vous étiez donc au White's Club hier soir? demanda la jeune fille avec un accent si étrange que le duc ne put s'empêcher de la regarder avec surprise.

– Oui, répondit-il. Comme j'y ai beaucoup perdu aux cartes, j'espère que mon boxeur favori me permettra de me rattraper.

– Je souhaite de tout cœur que cette satisfaction vous soit donnée! s'écria-t-elle avec ardeur.

Lady Harriette se demandait : « Pourquoi s'intéresse-t-elle tant à ce que fait mon frère? Cette petite est décidément incompréhensible! Enfin, il y a au moins ceci de rassurant, elle ne semble plus souffrir de son indisposition... »

– Dînons-nous ensemble ce soir? reprit Ravella, tandis que le duc mettait ses gants.

– Non, répondit-il. J'ai un rendez-vous. Et vous, resterez-vous toutes les deux à la maison?

– Oui, intervint lady Harriette. Cela nous changera. Personnellement je n'ai pas la moindre envie de sortir. Et puis, Ravella a besoin de repos. Hier soir, la chaleur l'a indisposée. L'atmosphère, aujourd'hui, est encore aussi lourde...

– Je me sens dans une forme parfaite! s'écria Ravella d'une voix légère.

– N'empêche que vous vous coucherez très tôt ce soir! répondit lady Harriette avec une feinte sévérité. Eh bien! bonne chance, Sébastien.

– Merci, Harriette.

Le duc se dirigea vers la porte. Au bas du perron, un phaéton l'attendait, attelé de trois magnifiques chevaux. Il s'installa sur le siège et se mit en route. Ravella le regarda s'éloigner. Elle s'imaginait voir Apollon conduire le char du Soleil à travers les nuées...

Elle poussa un petit soupir et rentra dans la maison.

Depuis qu'elle savait que le duc était resté toute la nuit au White's Club, la lumière du jour lui paraissait plus dorée!

Après avoir passé un fort agréable après-midi à regarder Joe Hawkins, son boxeur favori, battre à plate couture le malheureux Bill Gibbs, le duc toucha la somme énorme qu'il venait de gagner et rentra chez lui. Là, il prit un bain et changea de vêtements. Après quoi, il se rendit chez l'un de ses vieux amis, lord Watford.

Celui-ci, rentré deux jours plus tôt de voyage, avait rapporté de France des vins de crus variés qu'il voulait faire goûter au duc de Melcombe, ainsi que différents plats absolument nouveaux dont son cuisinier, assurait-il, avait seul le secret.

Le repas terminé, lord Watford prévint son invité qu'il avait rendez-vous, après le spectacle, avec une danseuse de l'Opéra.

– M'accompagnerez-vous? demanda-t-il.

– Non, répondit le duc. Je commence à être un peu las des danseuses...

– Ma parole, Sébastien, vous vieillissez! s'écria lord Watford. Par votre vitalité vous êtes notre animateur. Qu'allons-nous devenir si vous nous donnez l'exemple de l'austérité?

– Il ne s'agit pas d'austérité. Mais voyez-vous, j'ai besoin de changement, de temps à autre. Pour l'instant, je trouve les danseuses un peu vulgaires...

– Sincèrement, Sébastien, vous me faites peur! Je ne vous reconnais plus. Si vous continuez sur cette voie, vous n'allez pas tarder à vous retrouver au pied d'un autel, près d'une jeune fille dont la famille aura su, au bon moment, profiter de votre faiblesse!

– Sur ce point, rien à craindre, répondit le duc. Aucune jeune fille ne sera assez forte pour me mettre le grappin dessus.

– Méfiez-vous! Un duc, surtout lorsqu'il est très riche, représente, pour les familles pourvues de filles à marier, un gibier de choix!... Eh bien! tant pis! Puisque vous ne voulez pas m'accompagner, je pars. Si je tardais trop à la rejoindre, Mellissa se demanderait ce que je suis devenu.

Après avoir conduit son ami jusqu'à sa voiture, le duc se dirigea à pas lents vers Berkeley Square. Dans l'ombre des rues rôdaient nombre de vagabonds. Cependant, grâce à ses épaules carrées et à la manière peu rassurante dont il faisait tourner sa canne, le duc réussit à atteindre Melcombe House sans être attaqué.

Comme il commençait à gravir les marches du perron, il entendit sonner une horloge. « Pourquoi suis-je rentré si tôt? Si j'allais quelques instants à mon club? Une partie de whist ou d'écarté me changerait les idées. Mais non, soyons raisonnable. La chance, en ce moment, ne m'est pas assez favorable pour que je me remette à jouer avant un certain temps... »

Lorsque deux valets l'eurent débarrassé de sa canne et de son chapeau, Nettlefold, le vieux maître d'hôtel, s'inclina devant lui, puis jeta un regard à l'extérieur, comme s'il s'attendait à voir une voiture devant la porte.

– Apportez-moi du vin dans la bibliothèque, lui ordonna le duc.

– Très bien, Votre Grâce... (Puis, Nettlefold ajouta, inquiet :) Miss... miss Shane rentrera sans doute plus tard?

Le duc, qui se dirigeait déjà vers la bibliothèque, s'arrêta et demanda :

– Miss Shane serait-elle sortie?

– Je croyais... qu'elle... qu'elle retrouverait Votre Grâce...

– Qu'est-ce qui vous a fait penser ça? A quel

moment est-elle partie? Lady Harriette l'a-t-elle accompagnée?

– Non... Votre Grâce... Miss Shane est sortie vers 9 heures...

– Où est-elle allée?

– Au Vauxhall, Votre Grâce.

– Au Vauxhall! fit le duc stupéfait.

– Oui, Votre Grâce. Miss Shane m'a prié d'aller lui chercher une voiture de louage. Je lui ai obéi, pensant qu'elle avait rendez-vous quelque part avec Votre Grâce. Elle a donné l'ordre au cocher de prendre la direction des jardins du Vauxhall. C'est tout ce que je sais...

– Et... elle est partie seule?

– Oui, Votre Grâce.

Le duc demeura silencieux pendant quelques instants, puis il reprit :

– Faites avancer immédiatement mon cabriolet. D'autre part, priez la femme de chambre de miss Shane de venir me parler.

– Très bien, Votre Grâce.

Tandis que le maître d'hôtel s'éloignait d'un pas rapide, le duc entra lentement dans sa bibliothèque. Après s'être versé un verre de whisky, il resta immobile devant le feu, les yeux fixés sur les flammes. Enfin, entendant la porte s'ouvrir, il se retourna. Lizzie, la femme de chambre de Ravella, se tenait sur le seuil. Elle avait une expression effrayée et pressait ses mains l'une contre l'autre pour les empêcher de trembler.

– Si je suis bien renseigné, lui dit le duc, miss Shane est sortie à 9 heures, n'est-ce pas?

– Oui, Votre Grâce, répondit la jeune fille en faisant une révérence.

– Vous a-t-elle dit où elle allait?

– Non, Votre Grâce. Miss Shane a gagné sa chambre un peu avant 9 heures. Dès qu'elle a eu quitté sa robe, elle m'a demandé de lui en apporter une autre, plus élégante, ainsi que son manteau bordé de cygne. Je l'ai aidée à s'habiller. Quand elle fut prête, elle m'a fait chercher sa bourse et m'a recommandé de ne dire à personne qu'elle était sortie! Après quoi, elle est descendue au rez-de-chaussée. Je ne sais rien d'autre, Votre Grâce.

– Vous a-t-elle donné l'impression d'être plus gaie ou plus triste qu'à l'ordinaire?

– Plus gaie, Votre Grâce... Plus gaie en tout cas qu'hier au soir. En effet, lorsqu'elle est rentrée du bal, elle m'a semblé soucieuse. La nuit dernière, elle n'a pas dormi. Ce matin, quand je suis venue dans sa chambre, j'ai eu la surprise de la trouver assise près de sa fenêtre. Son lit n'était même pas défait...

– Merci. Je n'ai plus rien à vous demander.

Après une nouvelle révérence, la jeune fille quitta la bibliothèque. Un instant plus tard, Nettlefold vint annoncer que le cabriolet attendait devant la porte.

Le duc dit à son cocher :

– Jardins du Vauxhall. Vite!

Puis, il s'installa confortablement sur la banquette capitonnée. Toute personne qui l'aurait à ce moment-là observé se serait imaginé que le beau duc de Melcombe somnolait, car ses paupières étaient mi-closes. Mais elle n'aurait pas manqué de remarquer également que ses lèvres étaient pincées et que son visage était plein d'énergie.

Bien que les rues qu'ils parcouraient fussent pour la plupart mal entretenues, les chevaux filèrent bon train pendant tout le trajet. Et ce fut avec un large sourire de satisfaction que le cocher les arrêta devant les grilles. Les trente-sept mille lampes qui illuminaient les célèbres jardins du Vauxhall étaient aveuglantes. Mais, sans même jeter un regard à cet éblouissant décor, le duc sauta de son cabriolet et se dirigea d'un pas rapide vers la Rotonde, évitant ainsi le restaurant où de nombreux convives se régalaient en écoutant un orchestre constitué d'instruments à cordes. Puis, il se fraya un chemin vers les loges, récemment reconstruites derrière la scène.

Plusieurs personnes, auxquelles il ne jeta même pas un regard, s'inclinèrent sur son passage. Arrivé devant une porte sur laquelle brillaient les mots *Señorita Deleta,* il frappa. Presque immédiatement, la porte fut ouverte par une vieille femme aux cheveux teints. Vêtue d'une robe de satin couverte de taches, elle disparaissait littéralement sous une profusion de bijoux de mauvais goût : bagues, broches, colliers... En reconnaissant le visiteur, elle esquissa un sourire servile et s'écria :

– Bonsoir, Votre Grâce! Quel plaisir de vous voir! La señorita se demandait si vous viendriez... Entrez, je vous prie!

Sans lui accorder la moindre attention, le duc pénétra dans la pièce. L'atmosphère y était lourde, presque écœurante : parfums de fleurs, odeurs de crèmes de maquillage... L'unique fenêtre était cachée par des rideaux cramoisis. Le divan disparaissait sous une peau de léopard, semblable à celle qui servait de tapis. Aux murs, des caricatures, des programmes, des fers à cheval, des rubans, des babioles de toutes sortes.

La señorita Deleta était assise à sa table de maquillage et se contemplait dans une grande glace ovale. Devant elle, un fouillis indescriptible : bouquets, coffrets, boîtes, flacons, peignes...

Elle se dressa d'un bond et poussa un cri tout à la fois de joie et de triomphe. Puis, les lèvres entrouvertes en un sourire qui découvrait ses dents très blanches et d'une parfaite régularité, elle s'avança vers le duc, les mains tendues, en faisant cliqueter les nombreux bracelets d'or qui encerclaient ses poignets et ses bras.

Petite et vive, elle avait la grâce d'un animal sauvage, ainsi que la peau brune et les yeux immenses et sombres de ses ancêtres espagnols.

Mais ce qu'il y avait de plus extraordinaire, c'est que cet être minuscule possédait une voix puissante et d'un registre extrêmement étendu. Cependant, était-ce bien sa voix qui lui attirait de si nombreux admirateurs? N'était-ce pas plutôt cette énergie animale et presque primitive qui rayonnait de toute sa personne, cette souplesse, cette séduction instinctive qui jetaient le trouble dans l'esprit de bon nombre d'hommes?

Elle prit l'une des mains du duc et, dans un geste caressant, la porta à sa joue.

– Je croyais, señor, que vous m'aviez oubliée, murmura-t-elle.

– Ma pupille est-elle venue ici? demanda le duc. (La jeune femme, comme si elle était surprise de s'entendre poser cette question, regarda sa vieille habilleuse avec une expression interrogatrice. Mais, au moment où elle s'apprêtait à répondre, le duc ne lui en laissa pas le temps.) Je sais qu'elle est venue, reprit-il. Où est-elle allée?

– Je ne sais vraiment pas de qui vous parlez, répondit l'Espagnole en haussant les épaules. Cher señor, il y a si longtemps que je vous attendais! Asseyons-nous l'un près de l'autre. Voulez-vous?

Elle s'avançait avec une expression infiniment séduisante. Mais, d'une voix toujours aussi calme, le duc reprit :

– Ma pupille, miss Shane, est venue ici. Il y a combien de temps, et où est-elle allée?

De nouveau, la señorita haussa les épaules, puis elle tapa du pied et répondit, d'un ton méprisant :

– Une jeune fille... que je ne connaissais même pas! Elle s'est montrée fort désagréable avec moi... avec la célèbre señorita Deleta! Comme je n'avais rien à lui dire, elle est repartie. C'est tout. Mais à quoi bon vous attarder à de semblables enfantillages?

– Vous n'avez pas la moindre idée de l'endroit où elle est allée?

– Elle ne m'a rien dit. Elle est partie très précipitamment...

Le duc se redressa de toute sa taille et demanda, d'une voix cinglante :

– Que lui avez-vous raconté?

– Rien, répondit la chanteuse avec un regard fuyant. Elle est venue ici pour me poser je ne sais quelles questions, car elle est amoureuse de vous, señor! Mais ce qu'elle ignore, c'est que vous êtes à moi – à moi seule! Cela, je n'ai pu m'empêcher de le lui révéler.

Le duc la contempla quelques instants avec une impressionnante froideur, puis :

– Erreur, dit-il. Je n'ai jamais été à vous.

Il prit dans sa poche une bourse et la lança sur la table de toilette. Elle tomba avec fracas parmi les pots de crème, les flacons, les bouquets.

– Non, c'est impossible! cria l'Espagnole. Vous ne pouvez pas partir ainsi! Vous ne pouvez pas me quitter! Car vous êtes à moi et... et... je vous aime!

Elle se jeta sur sa poitrine et chercha à le prendre dans ses bras. Mais il l'écarta d'un mouvement brusque, sortit de la loge et s'éloigna dans l'escalier, tandis que la chanteuse poussait des hurlements déchirants et de plus en plus aigus.

10

Ravella était bouleversée. Il lui semblait encore entendre les révélations surprises dans les jardins du

Ranelagh. Elle ne comprenait pas bien ce qui se passait en elle. Elle ne savait qu'une chose : quand les deux interlocuteurs inconnus s'étaient éloignés, elle avait eu l'impression de ressentir une violente douleur, comme si une masse d'un poids considérable s'était abattue sur ses épaules.

Maintenant, elle n'avait qu'un désir, celui de se sauver aussi vite que possible et se retrouver seule, afin de pouvoir réfléchir à ce qu'elle venait d'apprendre. Pendant tout le trajet de retour, elle était demeurée silencieuse dans la voiture. Enfin, le départ de Lizzie et de lady Harriette l'avait rendue à cette solitude qu'elle souhaitait de toutes ses forces.

Alors, le visage enfoui dans l'oreiller, elle était restée éveillée toute la nuit, tremblante comme un jeune animal qui sent rôder un grave danger, et s'efforçant de se cacher à elle-même les sentiments qui oppressaient son cœur.

Le lendemain matin, elle réussit presque à se persuader qu'elle avait simplement souffert d'une migraine ou d'un petit accès de fièvre. Mais, tout au long de la journée, elle fut obsédée par les événements de la veille, et elle en arriva à cette conclusion qu'il allait lui falloir agir si elle voulait retrouver la paix de l'esprit.

Sans cesse, elle se répétait : « Qui est cette señorita Deleta? Pourquoi le duc s'est-il laissé séduire par elle? Est-elle seulement belle de visage et de corps? Est-elle charmante, séduisante? Me serait-il possible de l'imiter?... »

En voyant apparaître Ravella pâle et les yeux cernés, lady Harriette s'écria :

– Mais, ma chère petite, vous êtes malade! Il faut envoyer chercher un médecin.

– Je suis seulement un peu fatiguée, répondit Ravella. J'ai passé une assez mauvaise nuit. Mais, la nuit prochaine, si je dors mieux, je ne garderai pas trace de cette indisposition.

– Eh bien! puisque vous êtes fatiguée, nous ne sortirons pas aujourd'hui. Nous allons passer la journée bien tranquillement à la maison.

– Avec le plus grand plaisir! répondit Ravella.

Mais elle ne tarda pas à s'apercevoir qu'il lui était impossible de goûter un seul instant de repos. Lady Harriette s'était installée dans le boudoir et y avait fait transporter son métier à broder. Ravella, après avoir, pendant plusieurs minutes, arpenté le plancher d'un pas nerveux, déclara :

– Je vais aller chercher un livre dans la bibliothèque.

– C'est cela, répondit lady Harriette. Vous me ferez la lecture. J'adore cela! Il me semble d'ailleurs qu'il n'y a rien de meilleur pour calmer les nerfs.

– Mais je me demande, fit la jeune fille, s'il y a des romans intéressants dans la bibliothèque de mon tuteur... J'ai bien l'impression que tous ses livres doivent être fort ennuyeux... et choisis uniquement pour la beauté de leurs reliures!

– Eh bien! s'écria en riant lady Harriette, voilà qui n'est guère aimable pour mon frère! De plus, vous vous trompez lourdement, Ravella! Tout enfant, Sébastien lisait déjà énormément, des romans d'aventures, des tragédies classiques, des poètes latins! S'il n'a pas changé au cours de ces dernières années, je suis certaine que vous trouverez dans sa bibliothèque autant de romans passionnants que de livres ennuyeux, sélectionnés comme vous dites, uniquement pour la beauté de leurs reliures!

– Je vais m'en assurer immédiatement, dit Ravella.

Elle sortit du boudoir. Mais, lorsqu'elle se trouva dans la bibliothèque, elle examina avec attention les objets familiers du duc de Melcombe. Avisant le cachet d'or, incrusté de pierreries, qui se trouvait sur la table, la jeune fille le prit et se demanda combien de fois il s'était servi de ce cachet pour sceller des lettres d'amour. Que dit-il, quand il écrit à une femme qu'il aime? Cet homme froid, comme il est difficile de l'imaginer expansif, ardent!...

Ravella reposa le cachet sur la table et se tourna vers le grand fauteuil de velours placé près de la cheminée où le duc s'asseyait souvent pour lire. Près de ce fauteuil, il y avait, sur une seconde table, plus petite que la première, un coupe-papier en ivoire et une loupe ornée d'une poignée richement sculptée. D'un geste rêveur, elle caressa tour à tour le coupe-papier et le verre bombé de la loupe. Puis, soudain, comme si elle venait de prendre une décision, elle quitta la bibliothèque et se dirigea vers la grande porte d'acajou qui donnait accès à l'appartement du capitaine Carlyon.

Sans frapper, elle entra. Hugh Carlyon était en train d'écrire. Lorsqu'il vit la jeune fille, il se leva et lui dit en souriant :

– Je vous croyais sortie. N'est-ce pas généralement à cette heure-ci que vous faites vos visites ou que vous vous promenez lentement dans Bond Street pour faire admirer votre dernière toilette?

– Eh bien! voyez-vous, répondit Ravella sur un ton gracieux, je ne suis pas sortie aujourd'hui. J'étais fatiguée. Nous sommes donc restées à la maison, lady Harriette et moi... Je voudrais avoir un entretien avec vous, capitaine.

– Dans ces conditions, asseyez-vous, je vous prie, répondit Hugh Carlyon en montrant à la jeune fille l'un des fauteuils de cuir.

Ravella disposa autour d'elle les plis de sa robe de soie verte, serrée à la ceinture par un large ruban rouge. Hugh Carlyon s'installa en face d'elle, sur une chaise, et lui demanda :

– Puis-je me permettre de vous dire que vous êtes très jolie?

– Non, je ne vous le permets pas, répondit Ravella avec une expression souriante qui corrigeait ce que ce refus pouvait avoir d'un peu brutal. J'attends de vous autre chose que ces compliments un peu fades dont m'accablent presque tous mes danseurs.

– Je n'ai pas voulu vous faire un compliment, dit le capitaine, mais exprimer une simple vérité.

– Est-ce vraiment là ce que vous pensez?

– N'en doutez pas! D'ailleurs, n'avez-vous pas remarqué que je m'efforce de dire toujours ce que je pense? La franchise est une des rares qualités que nous possédons tous ici, à Melcombe House.

– Mon tuteur ne m'a jamais dit que je suis jolie...

– Vraiment? Peut-être ne le lui avez-vous jamais demandé?

– J'imagine que son admiration va à des femmes très différentes de moi, murmura la jeune fille avec une expression si pensive que Hugh Carlyon se sentit soudain furieux contre son cousin.

– A votre place..., dit-il (sans se faire illusion sur l'éventuelle influence qu'il pouvait avoir sur le sentiment d'adoration que Ravella avait manifestement voué au duc de Melcombe), à votre place, je ne me soucierais guère de ce que pense Sébastien. Il y a tant d'autres hommes par le monde! Sébastien, ainsi que je le lui ai souvent dit, vieillit beaucoup en ce moment et devient de plus en plus cynique.

– Il admire d'autres femmes..., murmura Ravella avec tristesse.

– Mon cousin est un homme étrange, reprit le capitaine. Je l'aime beaucoup, mais je ne cherche pas à le comprendre. C'est un original. Quand on veut le juger, il ne faut pas lui appliquer les principes ou plutôt les règles convenant à la plupart de nos semblables.

– Oui, je le sais, fit Ravella admirative, il est différent des autres hommes!

Après un court silence gêné, Hugh Carlyon ajouta :

– J'espère que vous êtes heureuse ici, miss Shane?

– Ne pouvez-vous pas m'appeler Ravella?

– Je le ferai volontiers, puisque vous m'en donnez la permission. Mais vous n'avez pas répondu à ma question...

– Si je suis heureuse ici? Mais naturellement je le suis! Il faudrait que je sois bien ingrate pour ne pas me sentir heureuse à Melcombe House. Cependant... Mais ne parlons pas de ça! Depuis ce matin, je n'ai cessé de me tourmenter pour des choses qui n'en valent pas la peine. Au lieu de me mettre martel en tête, je devrais remercier le ciel de m'avoir donné pour compagnons deux êtres aussi charmants que vous et lady Harriette.

Hugh Carlyon se leva, s'approcha de la fenêtre et, sans se retourner :

– Lady Harriette est-elle heureuse, elle aussi?

– Oui. Elle me paraît même de plus en plus heureuse. J'ai l'impression qu'elle oublie petit à petit les épreuves qu'elle a subies ces dernières années. Plusieurs fois, elle m'en a parlé, et je me demande comment on peut avoir traversé cet enfer et ne rien avoir perdu de sa douceur et surtout de sa fermeté d'âme.

– Lady Harriette a toujours eu du caractère, murmura Hugh Carlyon.

– Parfois, il me semble qu'elle souffre de la solitude...

– Cependant, je suis persuadé qu'elle a beaucoup de succès, maintenant qu'elle fréquente de nouveau le monde auquel elle appartient, reprit le capitaine avec une intonation hésitante. Elle doit avoir nombre d'admirateurs.

– Certes, ce ne sont pas les danseurs qui lui font défaut. Parfois, je la taquine, lui disant que c'est moi qui devrait la chaperonner! Mais, cela saute aux yeux, les hommes lui sont indifférents. Voyez-vous, elle n'en a aimé qu'un seul dans sa vie...

– Un seul? fit Hugh Carlyon en se retournant.

– Oui. Avant son mariage, elle a profondément aimé quelqu'un. Mais ce quelqu'un est parti... Et depuis, elle n'a plus aimé personne, et elle n'aimera jamais plus!

Hugh Carlyon demeurait aussi immobile qu'une statue.

– Tout cela appartient au passé, dit-il enfin. Une jolie femme comme Harriette redeviendra certainement amoureuse...

– Je crois, au contraire, qu'elle restera fidèle toute sa vie à l'homme auquel elle a donné son cœur, lorsqu'elle avait dix-sept ans. (Puis, soudain après avoir examiné quelques instants le capitaine Carlyon, elle s'écria :) Mais cet homme, c'est vous, n'est-ce pas? Je comprends maintenant pourquoi vous ne voulez pas que lady Harriette sache que vous êtes ici! C'est vous qu'elle aime!

Hugh Carlyon fit un pas en avant.

– Je vous en prie, ne trahissez pas mon secret! dit-il. Mon intention n'était pas de vous le révéler... Je veux qu'on m'oublie. Ne parlez jamais de moi... jamais! C'est promis?

– Oui... Mais pourquoi ne faites-vous rien pour donner à lady Harriette le bonheur auquel elle a droit?

– Pourquoi?... Vous ne m'avez donc pas regardé? Ne voyez-vous pas que je suis défiguré, infirme? Je ne suis plus, si j'ose m'exprimer, qu'une moitié d'homme. Dans ma jeunesse – je puis le dire maintenant sans fausse modestie – j'étais beau. Croyez-vous qu'une femme, surtout une femme belle et courtisée, puisse encore vouloir de moi dans l'état où je suis?

Il avait parlé avec une amertume profonde. Ravella se dressa d'un bond, et, dans un geste spontané, le prit par le cou et posa ses lèvres sur la cicatrice qui zébrait l'une de ses joues. Puis, les yeux pleins de larmes, elle recula et dit, d'une voix tremblante :

– Toute femme, digne de ce nom, ne peut avoir que du respect pour le héros que vous êtes! A quoi bon vous enfermer dans la solitude, alors que lady Harriette souffre à la pensée qu'elle ne vous retrouvera peut-être jamais?

Le capitaine Carlyon porta la main à sa joue.

– Comment... comment avez-vous pu? demanda-t-il d'une voix étranglée par l'émotion. (Il se laissa tomber dans le fauteuil de son bureau, cacha son visage dans ses mains et reprit :) Que dire?... Que faire?...

– Eh bien, moi, je le sais! répondit Ravella avec une intonation pleine de gaieté.

D'un pas rapide, elle quitta la pièce. Quelques secondes plus tard, elle entrait dans le boudoir. Lady Harriette leva les yeux.

– Avez-vous trouvé un livre? demanda-t-elle.

– Non, répondit Ravella d'une voix haletante. Mais il y a quelque chose que je voudrais vous dire, lady Harriette.

– De quoi s'agit-il? Pourquoi êtes-vous si essoufflée? Avez-vous couru?

– Oui, j'ai couru. Mais cela n'a pas d'importance. Je vais vous poser une question... à laquelle je vous prie de répondre avec la plus absolue franchise.

– Eh bien, Ravella, je vous écoute, fit lady Harriette en regardant la jeune fille avec surprise.

– Voici. Si vous aviez aimé profondément un homme... l'aimeriez-vous encore si vous le retrouviez infirme et défiguré?

– Quelle étrange question! Mais, naturellement, je l'aimerais tout autant, sinon plus. Dans de semblables circonstances, l'amour, en général, s'enrichit d'un sentiment qui lui fait, hélas souvent défaut, la pitié.

– Mais, si cet homme avait été beau... si vous l'aviez aimé en partie pour sa beauté... que penseriez-vous en le retrouvant enlaidi par une blessure reçue à la guerre?

– Il m'est difficile d'imaginer quelle serait ma réaction, répondit lady Harriette en souriant. Tout ce que je puis dire, c'est que ce... changement n'aurait pas la moindre influence sur mon cœur. Le véritable amour ne dépend pas de l'aspect physique de l'être que nous aimons.

– Je savais que vous diriez cela! Je le savais! s'écria Ravella. Eh bien! maintenant, venez avec moi... Venez immédiatement.

Elle saisit la main de lady Harriette.

– Venir avec vous, Ravella. Mais que signifie?...

– Ne me posez pas de questions! J'ai promis de ne rien dire, mais je n'ai pas promis de ne pas vous montrer... Allons, venez!

Et, d'un mouvement brusque, elle obligea la jeune femme à se lever, lui fit descendre rapidement l'escalier, traverser la bibliothèque, suivre un long couloir. Puis, devant la porte de Hugh Carlyon, elle s'arrêta et demanda, à voix basse :

– Etes-vous vraiment sûre d'aimer encore... quelqu'un... quelles que soient ses infirmités?...

– Absolument sûre! répondit lady Harriette. Mais, voyons, Ravella, où m'emmenez-vous?

Sans un mot de plus, Ravella ouvrit la porte. Hugh Carlyon était toujours assis à son bureau. En entendant du bruit, il se leva et se tourna vers la porte, la tête droite, les épaules redressées, comme s'il faisait face à un ennemi.

Lady Harriette s'était arrêtée sur le seuil, le visage décomposé, les yeux agrandis par la surprise. Tout à coup, elle poussa un cri si joyeux que Ravella sentit les larmes gonfler ses paupières.

– Hugh!... Oh! Hugh!...

Puis, elle traversa la pièce en courant, prit Hugh Carlyon par le cou, tandis que celui-ci, de son unique bras, la serrait sur sa poitrine.

Alors, la jeune fille referma doucement la porte et s'éloigna dans le couloir. Quand elle entra dans le boudoir, elle s'aperçut que son visage était ruisselant de larmes.

– C'est là ce qu'on peut appeler un amour vraiment partagé! murmura-t-elle.

Machinalement, elle mit de l'ordre dans les objets dont lady Harriette s'était servie pour travailler à son métier à broder. Et, soudain, la pensée qui l'obsédait depuis la veille, retraversa son esprit : Quels sont les sentiments que le duc a voués à la señorita Deleta?...

Et, de nouveau également, elle ressentit la même douleur qu'au moment où elle avait surpris la conversation entre les deux inconnus dans les jardins du Ranelagh. Et, pour la centième fois, elle se demanda comment pouvait être cette señorita Deleta? Est-elle amusante? A-t-elle un secret pour séduire les hommes?...

Alors la jeune fille se rendit compte que, si elle voulait retrouver la tranquillité, il lui fallait voir la chanteuse. Elle décida donc de trouver un moyen de se rendre aux jardins du Vauxhall, d'assister au spectacle et, si possible, de s'entretenir avec cette mystérieuse créature.

L'après-midi touchait à sa fin lorsque lady Harriette,

le visage rayonnant, rejoignit Ravella et, la prenant dans ses bras, lui dit à mi-voix :

– Comment vous remercier, Ravella? Si vous saviez combien je suis heureuse! Je me demande si je ne rêve pas...

– Vous allez sans doute vous marier? demanda Ravella.

– Oui.

– Cela ne vous fait rien qu'il soit infirme et défiguré?

– Au contraire! Je ne l'en trouve que plus beau! Je lui ai dit : « Mais vous avez été ridicule de vous cacher ainsi pendant des années! Vos cicatrices et vos infirmités sont seulement la preuve éclatante de votre conduite héroïque... »

– Comment se fait-il que je n'aie pas deviné plus tôt la vérité... que le capitaine Carlyon était l'homme que vous aviez aimé avant votre mariage? Mais, voyez-vous, il m'avait fait promettre de ne révéler à personne son identité.

– Les hommes sont parfois bien puérils! fit lady Harriette avec un sourire.

– Votre... fiancé dîne-t-il avec nous?

– Je le lui ai demandé. Mais il a refusé. Il estime que Sébastien doit être, avant toute autre personne, averti de nos projets. Puis il a ajouté que si, ce soir, après sept ans de réclusion volontaire, il sortait brusquement de son appartement, les domestiques jaseraient et toute la maison ne tarderait pas à être au courant de notre bonheur. Il veut que tout soit fait dans les règles. A ce propos, il a ajouté qu'il y avait déjà eu assez de scandales comme cela dans notre famille et qu'il ne voulait pas en ajouter un nouveau...

– Comme tout cela paraît solennel! fit Ravella avec un sourire amusé.

– En effet, répondit lady Harriette. Cependant, je suis décidée à laisser Hugh prendre seul toutes les décisions qui lui paraîtront convenables. Et je dois vous avouer que je suis vraiment heureuse d'avoir maintenant quelqu'un pour veiller sur moi jusqu'à la fin de mes jours.

– Et moi, j'en suis ravie pour vous! s'écria Ravella.

Ce soir-là, elles dînèrent très tôt. A plusieurs reprises, Ravella ne put s'empêcher d'éprouver un peu de jalousie au spectacle de ce bonheur qui avait fait de lady Harriette une femme absolument différente de la veille.

Le repas terminé, le maître d'hôtel remit à cette dernière une enveloppe cachetée. Lady Harriette, le visage illuminé de joie, tint un instant l'enveloppe dans ses doigts tremblants. Puis, elle se leva de table, souhaita le bonsoir à Ravella et se sauva jusqu'à sa chambre pour lire tranquillement sa première lettre d'amour!

Maintenant que le moment était venu d'agir, la jeune fille était épouvantée de la décision qu'elle avait prise. Cependant, elle savait bien qu'elle ne pourrait pas rester plus longtemps dans le doute. Tout, plutôt que de prolonger le supplice moral qu'elle venait de subir pendant vingt-quatre heures!

Elle changea donc de robe, jeta sur ses épaules un manteau de velours bordé de plumes de cygne et, après avoir recommandé le silence à Lizzie, elle descendit dans le hall. Là, sur un ton aussi naturel que possible, elle donna à Nettlefold l'ordre d'aller lui chercher une voiture de louage. Le vieux maître d'hôtel la regarda un instant avec surprise, comme s'il s'étonnait de la voir sortir sans lady Harriette, puis il s'exécuta.

Dès qu'elle fut installée dans la voiture et que les chevaux se furent mis en marche, Ravella se demanda comment elle allait faire, dans quelques heures, pour rentrer sans que lady Harriette s'aperçoive de son absence.

Le voyage, de Melcombe House au Vauxhall, fut assez long, car les chevaux étaient vieux et le cocher ne paraissait pas vouloir les presser. Quand la voiture s'arrêta devant les grilles monumentales, la jeune fille regarda les myriades de lumières et les promeneurs qui allaient et venaient dans les allées, et elle se sentit soudain prise de panique.

Mais, comme il était trop tard pour revenir en arrière, elle descendit de la voiture et pria le cocher de l'attendre, ajoutant :

– J'espère être de retour dans une heure.

Après quoi, elle s'approcha des grilles, paya les trois shillings représentant le droit d'entrée et se dirigea d'un pas rapide vers la Rotonde, avec un grand nombre d'autres promeneurs. La jeune fille fut heureuse de constater qu'elle passait inaperçue dans cette foule.

Un moment plus tard, elle atteignit la grande colonnade de la Rotonde, éclairée par des girandoles de lampions. Là aussi, les promeneurs étaient nombreux. Ils tournaient à pas lents autour d'un orchestre qui jouait en sourdine. Un peu plus loin, apparaissaient plusieurs bâtiments, parmi lesquels Ravella reconnut le théâtre du ballet d'après les descriptions qu'elle en avait lues dans diverses gazettes.

Autour de la Rotonde, les petites loges commençaient à se garnir de dîneurs curieux de savourer les célèbres spécialités culinaires du Vauxhall. Autour d'eux, circulaient des marchands de fruits, chargés de paniers pleins de fraises et de cerises.

Pendant un moment, Ravella s'absorba dans la contemplation de ce spectacle débordant de couleurs et de gaieté. Néanmoins, elle se demandait si la señorita Deleta avait déjà chanté, et à quelle heure commençait le concert. Apercevant une grosse femme qui se tenait assez près d'elle et s'éventait avec un programme, elle s'approcha et attendit quelques minutes. Enfin, la grosse femme cessa de s'éventer. Alors, la jeune fille put déchiffrer la liste des attractions : un jongleur indien, un avaleur de sabres, une famille d'acrobates spécialistes de la corde raide. Au moment où elle désespérait de ne pas encore avoir trouvé ce qu'elle cherchait sur cette liste, un personnage en frac s'avança sur la scène et annonça :

– Et maintenant, mesdames et messieurs, la señorita Deleta va interpréter devant vous une chanson espagnole et une chanson bohémienne.

Ravella constata alors que toutes les conversations avaient cessé et que de nombreux spectateurs accouraient de toutes parts.

Les violons de l'orchestre attaquèrent vigoureusement et, tout à coup, la señorita Deleta apparut et vint s'appuyer des deux mains sur la balustrade brillamment éclairée. Puis, pour répondre aux applaudissements, elle s'inclina plusieurs fois et commença à chanter.

Elle était très différente de toutes les femmes que Ravella avait eu l'occasion de rencontrer. Très petite, elle avait une poitrine étonnamment étroite pour une chanteuse. Ses cheveux, d'un noir de jais, étaient durement tirés en arrière sur son front carré; elle portait d'énormes boucles d'oreilles incrustées de pierreries. Quel était exactement le caractère de cette femme dont l'expression, à mesure que se déroulait sa chanson, se modifiait sans cesse?

Toute sa personne dégageait une force et une vivacité peu communes. Sa voix, franche et vibrante, avait un registre des plus étendus, mais ce n'était pas le timbre de cette voix qui surprenait, c'était la manière dont la chanteuse en faisait usage.

De Deleta émanait un charme étrange qui semblait agir sur tous les spectateurs. Les paroles qu'elle prononçait, et dont presque personne ne saisissait le sens, éveillaient néanmoins dans les esprits des images de ciel clair, de danses passionnées, des images d'amour et de désir.

Lorsqu'elle eût terminé, la foule éclata en applaudissements et en acclamations vibrantes.

Alors, après quelques instants de silence, la señorita Deleta entonna sa seconde chanson, une mélodie gitane si évocatrice que toutes les spectatrices présentes se pressèrent un peu plus contre leurs cavaliers et que ceux-ci se tournèrent vers leurs compagnes et posèrent sur elles des regards où la tendresse se faisait plus lourde, plus insistante...

Gênée, Ravella aurait voulu trouver la force de se sauver, d'échapper à l'envoûtement de cette voix trop chaude, trop sensuelle.

De nouveau, les applaudissements éclatèrent. La señorita s'inclina plusieurs fois, attrapa au vol quelques bouquets, lança deux ou trois baisers à la foule et quitta enfin la scène d'un pas léger. A ce moment, le personnage en frac reparut.

– La señorita Deleta, dit-il, chantera de nouveau pendant la seconde partie du spectacle. Et maintenant, mesdames et messieurs, vous allez pouvoir, pendant l'entracte, admirer le feu d'artifice!

La plupart des spectateurs s'éloignèrent à pas lents. Se trouvant presque seule devant la scène vide, Ravella contourna la Rotonde et, avisant un surveillant, lui demanda où se trouvaient les loges des artistes. Celui-ci lui montra une porte devant laquelle se tenait un gardien vêtu d'une resplendissante livrée verte. Celui-ci entraîna la jeune fille dans un couloir étroit et sombre et s'arrêta devant une porte où brillaient les deux mots : *Señorita Deleta.* Il frappa à plusieurs reprises, sans obtenir de réponse. A ce moment, Ravella entendit un petit pas rapide à l'autre extrémité du couloir. C'était la señorita! Tout en marchant, elle gesticulait gaiement et répondait aux plaisanteries que lui lançait une personne restée dans l'escalier qu'elle venait de descendre.

Lorsqu'elle se trouva à quelques mètres de sa loge, elle s'arrêta et regarda Ravella en fronçant légèrement les sourcils. La jeune fille rougit et esquissa une révérence.

– Vous désirez me voir? demanda l'Espagnole.

– Oui, madame, si cela ne vous dérange pas.

– Eh bien! entrez.

Elle ouvrit la porte. Ravella lui emboîta le pas. Immédiatement, elle fut sensible à l'atmosphère suffocante qui régnait dans la loge.

– Mon habilleuse est partie me chercher quelque chose à boire, expliqua la chanteuse. J'ai toujours soif quand je sors de scène. M'avez-vous écoutée?

– Oui, madame.

– J'ai beaucoup de succès, n'est-ce pas? Mais vous ne m'avez pas encore dit votre nom...

– Je m'appelle Ravella Shane. Je suis la... pupille du duc de Melcombe. J'avais... envie de faire votre connaissance...

Avec une expression brusquement changée, l'Espagnole répondit :

– En effet, j'ai entendu parler de vous. Mais pourquoi êtes-vous venue me voir?

– C'est... c'est assez difficile à expliquer. Je désirais faire votre connaissance.

– Mais enfin pourquoi?

– Je ne vous connaissais que de réputation... Mon tuteur vous admire...

– Oui, je sais qu'il m'admire beaucoup! répliqua la chanteuse avec complaisance. (Elle alla s'asseoir devant la glace de sa coiffeuse et, tout en lissant ses cheveux sur ses tempes, elle ajouta :) Le duc sait-il que vous êtes venue me voir?

– Non, répondit Ravella, car je n'ai pris cette décision que cet après-midi.

– Et maintenant que vous m'avez vue, que pensez-vous de moi?

– Que vous êtes très belle.

Brusquement, la señorita se retourna. Ses sourcils étaient plus froncés que jamais. Sa bouche avait une expression cruelle.

– Je sais pourquoi vous êtes venue, dit-elle. Vous vouliez savoir pour quelles raisons le duc est amoureux de moi. Je ne me trompe pas, n'est-ce pas? Inutile de me répondre! Votre visage est plus éloquent que toutes les paroles! Je vous connais. Je sais que vous êtes venue rejoindre votre tuteur à Londres et que vous êtes tombée au beau milieu d'un dîner où votre présence a fait scandale! Oh! oui, je vous connais! Vous êtes la riche miss Shane! Mais sachez bien ceci : je n'ai rien à craindre de vos charmes puérils! Quand un homme me plaît, il reste avec moi aussi longtemps que je le veux! Or, le duc est à moi – corps et âme! Et maintenant, êtes-vous satisfaite? Est-ce là ce que vous désiriez entendre?

Elle avait prononcé ces derniers mots avec tant de violence que Ravella, d'instinct, avait reculé d'un pas, les mains légèrement levées, comme si elle s'apprêtait à repousser une attaque. Ce n'était plus une délicieuse chanteuse qu'elle avait devant elle, mais une femme sauvage et dure, une créature passionnée dans sa volonté de défendre ce qu'elle considérait comme son bien!

– Ex... excusez-moi, balbutia Ravella.

– Vous excuser de quoi, petite sotte? demanda l'Espagnole avec mépris. Retournez dans votre monde stupide et ne vous mêlez plus de mes affaires! Sachez-le une fois pour toutes, le duc est à moi, et je n'ai pas l'habitude de supporter des rivales!

Pas à pas, Ravella reculait vers la porte. Elle n'avait

jamais imaginé qu'il pût exister des femmes semblables à celle-ci, ni que quelqu'un lui parlât sur ce ton. Au moment où elle allait sortir, l'Espagnole lui lança un dernier regard et ajouta, sans le moindre ménagement :

– Hors d'ici, petite Anglaise froide et pâle! Je n'ai pas peur de vous!

Puis, rejetant la tête en arrière, elle éclata d'un grand rire de gorge, ironique et cruel, qui résonna longtemps aux oreilles de Ravella, tandis que celle-ci se sauvait dans le couloir.

Bientôt, la jeune fille se retrouva au cœur même de la foule. Elle était comme abasourdie, et elle avait en même temps l'impression que l'on venait de lui jeter une poignée de boue au visage. Elle aurait voulu regagner directement la sortie des jardins. Mais elle se trouva entraînée malgré elle vers la partie antérieure de la Rotonde. A l'instant où, arrêtée, elle luttait pour recouvrer son sang-froid, une voix mordante se fit entendre :

– Mais, ma parole, c'est ma jolie cousine!

Elle se retourna et se trouva face à face avec lord Wroxham.

– Je... je m'en allais, balbutia-t-elle.

Il se plaça devant elle, comme pour lui barrer la route.

– Vous partez déjà? reprit-il. Et... seule?

– Oui, répondit-elle d'une voix plus ferme. Je pars.

– Mais, voyons, où sont les personnes qui vous accompagnaient? Vous êtes-vous querellée avec elles? Car, enfin, vous ne pouvez pas partir seule!

– C'est pourtant bien mon intention! répliqua Ravella avec autant de dignité que possible.

A ce moment, elle se sentit envahie par une brusque faiblesse. Etaient-ce les émotions ou simplement la chaleur?... Il lui semblait que tout tournait sous ses yeux : les lumières, les promeneurs, la colonnade de la Rotonde... Presque instinctivement, elle saisit la main que lui tendait lord Wroxham.

– Eh bien! fit celui-ci d'une voix changée, vous êtes en train de vous évanouir! Venez. Quand vous aurez bu quelque chose, tout ira mieux.

Ravella aurait voulu protester, mais elle n'en avait pas la force. Alors, d'un pas hésitant, elle suivit lord Wroxham et se laissa tomber sur la chaise qu'il lui avançait.

– Buvez ceci, lui dit-il un instant plus tard.

Elle porta le verre à ses lèvres. L'eau-de-vie lui brûla la bouche, puis la gorge. Mais, presque instantanément, son malaise se dissipa.

– Merci, dit-elle en posant le verre. Je vous prie de m'excuser...

– Avec cette chaleur, répondit lord Wroxham, il n'est pas étonnant que vous ayez failli vous évanouir.

Ravella constata alors avec surprise que le sombre visage de son interlocuteur était empreint d'une expression amicale.

– Merci, répéta-t-elle. Et maintenant, il faut que je m'en aille.

– A quoi bon vous presser? Etes-vous vraiment seule?

– Oui... Est-ce très... mal?

– Il faut que Melcombe soit fou pour vous laisser venir en ce lieu sans vous faire accompagner! On m'a pourtant dit que vous aviez un chaperon...

– On ne vous a pas trompé, répondit Ravella. Mais, je vous en prie, ne dites rien à personne! Le duc et lady Harriette ne savent ni l'un ni l'autre que je suis ici!

– Tiens, tiens, s'écria lord Wroxham avec un rire

joyeux, on fait l'école buissonnière, à ce que je vois! J'ai toujours pensé que vous étiez énergique et indépendante. Tenez, le jour où vous avez profité de mon accident pour me laisser tomber et partir avec Melcombe...

– Je vous en supplie, ne parlez pas de cela!

Quelques secondes, lord Wroxham parut hésiter, puis il reprit :

– Très bien. Cependant, il y a une chose que je voudrais vous dire, c'est que je regrette de m'être conduit si... mal avec vous. J'aurais dû me rendre compte que vous n'étiez, après tout, qu'une toute petite fille, une pensionnaire en somme... L'affaire terminée, j'ai eu très honte et je m'en suis voulu à mort. Mais sur le moment... J'étais ivre... J'espère que vous vous en êtes aperçue. Vous comprenez, le chagrin de savoir que mon père m'avait complètement déshérité... Bref, je vous demande de m'excuser.

Lord Wroxham avait parlé sur un ton de profonde sincérité.

– Pas un mot de plus à ce sujet! dit Ravella avec un sourire. Je comprends le chagrin que vous avez eu lorsque vous avez appris que votre père avait laissé sa fortune à une étrangère. A ce propos, il y a quelques temps que je voulais vous dire...

Mais elle s'arrêta brusquement, car la silhouette d'un homme de haute taille venait d'apparaître à son côté. Elle tourna légèrement la tête et leva les yeux. Le duc se tenait près d'elle et la regardait avec une expression qui la fit frissonner.

– Excusez-moi de vous déranger, Wroxham, dit-il sur un ton glacial.

– Cher tuteur! s'écria Ravella en se dressant. Comment avez-vous fait pour me trouver ici?

Mais, sans lui accorder la moindre attention, le duc de Melcombe ajouta :

– Je n'ignore pas que vous êtes mal élevé, Wroxham, mais vous devriez savoir au moins que les jardins du Vauxhall ne sont pas un endroit où l'on amène une jeune fille.

Lord Wroxham rougit jusqu'aux oreilles et répliqua avec une sourde violence :

– Si vous vous imaginez, Melcombe, que j'ai pris l'initiative d'amener ici cette jeune fille, vous vous...

Mais, d'un geste, Ravella l'interrompit.

– Oui, vous vous trompez, dit-elle. Lord Wroxham a été aimable avec moi. Ne le traitez pas de cette façon. Ce n'est pas lui qui m'a amenée ici, pour cette simple raison que je suis venue seule. Au moment où j'allais m'évanouir, il s'est trouvé près de moi, par le plus grand des hasards et, pour me remettre, il m'a fait boire quelques gorgées d'eau-de-vie.

– Puisqu'il en est ainsi, répondit le duc sur un ton toujours aussi froid, je vous prie de me suivre jusqu'à ma voiture, Ravella. Lady Harriette est certainement inquiète de votre absence.

– Très bien, répondit la jeune fille avec docilité.

Le duc s'inclina devant lord Wroxham et lui dit :

– Je vous souhaite le bonsoir, Wroxham.

Ravella tendit la main au jeune homme en murmurant :

– Merci mille fois.

Puis, elle rejoignit le duc. En silence, ils suivirent côte à côte l'allée conduisant aux grilles. Sur leur gauche, les fusées du feu d'artifice explosaient dans le ciel et retombaient en gerbes multicolores. Mais Ravella regardait droit devant elle. Elle sentait la fureur du duc. Cependant, elle demeura silencieuse jusqu'au moment où elle fut dans la voiture. Alors, joignant les mains, elle dit d'une voix suppliante :

– Je vous en prie... Ecoutez-moi! Je suis désolée... navrée de ce que j'ai fait!

– Nous parlerons de tout cela chez moi, répondit le duc d'un ton glacial.

Pendant le long trajet des jardins du Vauxhall à Melcombe House, la jeune fille chercha en vain une explication plausible à son escapade. « J'aurais dû réfléchir un peu plus avant d'agir, se disait-elle avec désespoir. J'ai eu tort d'aller au Vauxhall. J'ai eu tort de faire cette ridicule visite à la señorita Deleta. Mon tuteur m'en veut tellement qu'il ne m'a même pas jeté un regard depuis le moment où il est apparu près de moi... »

Un petit sanglot lui échappa. Elle se mordit les lèvres et se blottit dans un coin de la banquette, tandis que les chevaux trottaient à vive allure dans les rues de Londres.

11

Dès que la voiture fut arrêtée devant Melcombe House, le duc, après avoir gravi le perron, traversa sans hâte le hall et se dirigea vers la bibliothèque. Ravella remit son manteau à l'un des valets et suivit son tuteur.

Cependant, avant d'entrer dans la bibliothèque, la jeune fille se regarda dans l'une des grandes glaces fixées au mur et constata que son visage était tout pâle. Malgré sa robe et sa coiffure élégante, elle avait l'air... d'une gamine qui vient d'être prise en faute...

Elle ferma derrière elle la porte de la bibliothèque. Le duc se tenait immobile à l'autre extrémité de la pièce. Ravella se demanda s'il lui en voulait vraiment. Et elle dut se maîtriser pour ne pas courir à lui, le prendre par le cou et lui demander pardon. Placé le dos au feu, il paraissait encore plus grand et plus beau qu'à l'ordinaire. Quelques instants il la regarda avec dureté, puis lui dit :

– Voulez-vous vous asseoir, Ravella?

Tout en parlant, il montra un siège placé près de la cheminée. D'un pas rapide, Ravella s'avança et se laissa tomber dans le fauteuil, heureuse de ne plus sentir ses genoux trembler sous elle. Il y eut un long silence. Bientôt, le duc s'assit à son tour sur le fauteuil de velours à dossier élevé qu'il occupait généralement. Il croisa ses jambes et parla enfin :

– J'attends.

– Qu'attendez-vous, cher tuteur?

– Que vous m'expliquiez votre conduite de ce soir.

– Je... je regrette de vous avoir mécontenté.

– Ce n'est pas là ce qui m'intéresse. Je veux savoir pourquoi vous êtes allée au Vauxhall... seule.

Ravella joignit les mains.

– J'y ai été pour une raison... spéciale.

– Quelle raison?

– J'aimerais autant ne pas vous la révéler.

– J'insiste, Ravella.

La jeune fille serra ses mains l'une contre l'autre de toutes ses forces et répondit, d'une voix à peine perceptible :

– Je... voulais voir la... señorita Deleta.

– Vraiment? Et pourquoi cette brusque curiosité?

– J'avais entendu dire que cette... Espagnole chante très... très bien.

– Si vous désiriez simplement l'entendre chanter, pourquoi vous êtes-vous rendue secrètement au Vauxhall dans une voiture de louage?

Ravella ne répondit pas. Il lui semblait, tant sa gorge était contractée, qu'elle ne pourrait jamais plus parler.

– Eh bien? reprit le duc sèchement.

– C'est... c'est tout, balbutia Ravella.

En levant légèrement la tête, elle s'aperçut que les lèvres de son interlocuteur étaient pincées.

– Il y a une chose que je déteste, dit le duc après un silence. C'est qu'on refuse de me dire la vérité!

– Mais je vous l'ai dite! s'écria Ravella. Je voulais entendre la señorita et la... voir.

– Et aussi vous entretenir avec elle?...

La jeune fille sursauta.

– Vous êtes donc au courant?

– Oui. Et maintenant, je vous ordonne de me dire pourquoi vous avez fait cette démarche... déplacée!

– Je regrette... Je suis désolée... J'ai eu tort...

– Tort! Ne pouviez-vous pas deviner plus tôt qu'en agissant ainsi vous commettiez une grave indiscrétion?

– Je ne croyais pas...

– Ignorez-vous donc qu'une jeune fille de votre monde n'a pas le droit de fréquenter des actrices?

– Mais... pourquoi? demanda Ravella avec stupeur. La señorita Deleta est une de vos amies...

– Qui vous a dit cela?

– Je l'ai entendu dire, murmura Ravella en rougissant.

– Maintenant, je comprends tout! Vous vouliez espionner mon... mon amie.

– Non, non! Ce n'est pas vrai! Je vous jure que ce n'est pas là ce que je voulais!

– Alors, pourquoi êtes-vous allée la voir? (De nouveau, Ravella ne répondit pas.) Je présume, reprit le duc sur un ton sarcastique, que vous étiez poussée par la curiosité – la vulgaire curiosité! (Ravella, la tête basse, s'efforçait de retenir ses larmes.) Puisque vous ne répondez pas, dit le duc, j'en conclus que la curiosité, dans cette affaire, a été votre unique mobile.

Il ne me reste plus qu'à prendre toutes mesures pour qu'il vous soit impossible de renouveler un exploit aussi lamentable. Vous savez que je veux qu'on m'obéisse. Harriette devait vous surveiller. Mais elle ne semble pas avoir, pour cela, une autorité suffisante. Par conséquent, de deux choses l'une : je vais ou bien vous envoyer chez l'une de mes sœurs mariées, ou vous reconduire à votre pensionnat.

En entendant ces mots, Ravella poussa un cri, se dressa d'un bond et alla s'agenouiller près du fauteuil du duc. Les larmes inondaient son visage.

– Non! s'écria-t-elle. Dites-moi que vous ne parlez pas sérieusement! Punissez-moi de la manière que vous voudrez... Mais ne me chassez pas, ne m'éloignez pas de vous! Ce n'est pas pour espionner que je suis allée au Vauxhall... Ce n'est pas par curiosité...

Le duc était aussi immobile qu'une statue. Il regarda la jeune fille avec indifférence et lui demanda :

– Alors, pourquoi y êtes-vous allée?

– Je vais vous le dire... si vous me promettez de ne pas me chasser.

– Je n'aime pas ce genre de marchandage! Une seule chose m'intéresse, la vérité.

Toujours agenouillée, Ravella baissa la tête un peu plus et bredouilla :

– J'y suis allée... parce que... parce que j'avais surpris quelque chose...

– Une conversation?

– Oui... Mais je vous assure que je n'ai rien fait pour cela... C'est tout à fait par hasard que je me suis trouvée là.

Et d'une voix hésitante, entrecoupée de sanglots, elle raconta toute la conversation entendue dans les jardins du Ranelagh. Quand elle eut terminé elle demeura tête baissée, le visage décomposé, les épaules tremblantes, sans oser lever les yeux sur son interlocuteur.

– Je crois savoir qui vous avez surpris, dit enfin le duc. Néanmoins, vous ne m'avez toujours pas expliqué pourquoi vous êtes allée voir la señorita. Est-ce vraiment par simple curiosité?

– Non, répondit vivement Ravella. Non, je vous le jure!... Je vous en supplie, ne me chassez pas!... Voici la raison pour laquelle j'ai fait cette démarche : j'avais peur qu'un jour vous ne vouliez vous débarrasser de moi... Je me disais que puisque vous admiriez cette femme... c'est qu'elle exerce sur vous un attrait spécial... c'est qu'elle possède le secret de vous rendre heureux... Je me disais encore que si je la voyais et pouvais m'entretenir avec elle, peut-être réussirais-je à percer son secret... Je vous en supplie, cher tuteur, comprenez-moi! Si j'ai commis cette faute, c'est que je voulais être aussi intelligente... aussi séduisante que vos amies!

De grandes larmes brillaient à l'extrémité de ses cils. Ses lèvres frémissaient.

– Levez-vous, Ravella, fit soudain le duc.

Pour toute réponse, elle s'approcha encore, ses petites mains cramponnées au bras du fauteuil.

– Je ne me lèverai que lorsque vous m'aurez promis de ne pas me chasser, dit-elle après un long silence. Pardonnez-moi... Je ne croyais pas vous mettre en colère... Si vous me chassez, je crois que... je crois que j'en mourrais!

Le visage du duc était aussi inexpressif qu'un visage de marbre. Alors, avec spontanéité, la jeune fille posa sa joue sur le bras de cet homme impassible et donna libre cours à son chagrin. Les sanglots la secouaient de la tête aux pieds. Pour elle, plus rien ne comptait que la crainte d'être renvoyée.

Un moment plus tard, le duc prononça ces paroles :

– Je vous en prie, Ravella, n'abîmez pas mon habit! Il est neuf. Le tailleur me l'a remis ce matin. Si vous devez continuer à pleurer de cette façon, je vais vous donner mon mouchoir. Mais, vraiment, ce déluge de larmes n'est pas justifié...

La jeune fille leva la tête.

– Vous ne voulez donc plus me chasser? demanda-t-elle.

– Non.

Un sourire éclaira le visage de Ravella, mais les larmes continuaient à couler sur ses joues. Elle regardait attentivement le duc, comme si elle avait voulu qu'il ajoutât à ce non un peu sec quelques mots d'explication. Il sortit un mouchoir de sa poche. Elle le prit dans ses mains tremblantes et commença de s'essuyer les yeux.

– M'en voulez-vous toujours? demanda-t-elle.

– Vous êtes une petite personne insupportable, répondit-il. Mais je ne vous en veux plus.

– Cher tuteur... (De nouveau, elle voulut lui prendre le bras. Mais, au lieu d'agripper le tissu, elle s'efforça d'en effacer les plis du bout de ses doigts.) Je chercherai à devenir meilleure, dit-elle avec humilité. Mais je voudrais savoir comment il faut faire...

Le duc se leva de son fauteuil.

– Ma chère Ravella, dit-il, savez-vous que rien n'est plus fastidieux qu'une femme qui manque de naturel ou qui veut imiter une autre femme?

– Non, je ne le savais pas, répondit la jeune fille avec franchise. Dois-je en déduire que vous m'aimez un peu telle que je suis?

– Un fait est certain, c'est que je ne vous aimerais pas du tout si vous cherchiez à ressembler à quelqu'un d'autre...

– Voilà qui me fait plaisir! dit la jeune fille. Voyez-vous, j'ai tellement peur de vous ennuyer!

– Vous me portez parfois sur les nerfs, Ravella.

Mais vous ne m'ennuyez jamais. Cela, je puis vous l'assurer!

– C'est peut-être mieux ainsi, murmura-t-elle. Vous comprenez, quand j'observe les grandes dames que j'ai l'occasion de rencontrer depuis mon arrivée à Londres, je comprends pourquoi elles vous ennuient. Elles sont affectées et ne disent jamais ce qu'elles pensent. Et, si elles ont affaire à un interlocuteur franc et direct, elles poussent des cris horrifiés et se cachent derrière leurs éventails. Il existe cependant une autre catégorie de femmes... Je veux parler de celles qui assistaient à votre dîner, le soir de mon arrivée. La señorita Deleta appartient à cette catégorie... Ces créatures sont différentes des autres... d'une façon que je ne puis expliquer. Elles sont plus simples, plus vivantes. Elles n'ont pas honte, si elles vous aiment, de le montrer.

Le duc tourna le dos, s'approcha de son bureau, prit son cachet et s'amusa à le faire tourner dans ses doigts. Immobile, Ravella le regardait. Enfin, il dit :

– J'ai des amies de toutes sortes, Ravella. J'ai pour elles de la sympathie ou de l'affection, et je trouve du plaisir avec elles. Mais cela ne veut pas dire que je souhaite vous voir les imiter ou rechercher leur compagnie...

La jeune fille réfléchit pendant quelques instants puis répondit :

– Je crois que je commence à comprendre. Pardonnez-moi d'avoir été si stupide. Je vais m'appliquer à me mettre à la page...

Brusquement, le duc laissa tomber son cachet et se retourna.

– Il n'est pas question de vous mettre à la page! dit-il sèchement.

– Mais, voyons, fit Ravella en ouvrant de grands yeux, ma seule intention est de devenir assez habile pour ne plus faire de faux pas!

– Tant pis pour les faux pas! Ah! comment pourrais-je vous expliquer?.. Au nom du ciel, Ravella, où avez-vous donc été élevée?

– Je vous l'ai dit plusieurs fois, répliqua la jeune fille.

– C'est vrai. Eh bien! si j'avais en ce moment votre père sous la main, je crois que je lui tordrais le cou!

– Qu'a-t-il donc fait de si mal? demanda Ravella avec une stupeur grandissante.

– Rien... rien... Maintenant, je vous conseille d'aller vous coucher. Et pas un mot de cette escapade à qui que ce soit, n'est-ce pas?

– Naturellement, fit Ravella en se levant. (Puis, après avoir regardé la pendule de la cheminée :) Il n'est pas très tard. Puis-je... rester encore un peu avec vous?

– Non. Je voudrais pouvoir réfléchir tranquillement.

– Comme vous avez l'air sérieux! A quoi, Grand Dieu, voulez-vous donc réfléchir?

– Je vais certainement vous faire plaisir en vous répondant que j'ai l'intention de réfléchir à vous et peut-être à moi-même.

Ravella s'approcha tout près de lui.

– J'espère que vous ne penserez que des choses agréables! lui dit-elle. Et merci de me permettre de rester dans votre maison!

Puis, comme le soir où ils avaient fait connaissance, elle esquissa une petite révérence et, se relevant, frôla de ses lèvres la main droite du duc.

Celui-ci la regarda comme s'il s'apprêtait à dire quelque chose, mais, déjà, elle avait atteint la porte.

– Bonsoir, cher... très cher tuteur! murmura-t-elle.

Lorsqu'elle eut disparu, le duc poussa une exclamation qui pouvait exprimer tout aussi bien l'impatience que la surprise. Puis, avec énergie, il tira sur le cordon suspendu au mur. Un instant plus tard, il priait Nettlefold de lui apporter une bouteille de whisky. Le vieux maître d'hôtel, au moment de se retirer, se ravisa et dit :

– Je me souviens seulement maintenant, Votre Grâce, que lorsque vous êtes rentré, j'aurais dû vous faire une commission de la part du capitaine Carlyon. Je me demande comment j'ai pu oublier...

– De quoi s'agissait-il?

– Et bien, le capitaine désire vous voir le plus tôt possible.

– S'il n'est pas déjà couché, allez lui dire que je l'attends ici.

– Très bien, Votre Grâce.

De nouveau seul, le duc remplit son verre et le porta plusieurs fois à ses lèvres. Puis, il le posa et, les sourcils froncés, se mit à arpenter la pièce à grands pas.

Soudain, il s'arrêta. Hugh Carlyon se tenait sur le seuil. Son visage balafré exprimait un bonheur inaccoutumé, un bonheur rayonnant!

Le lendemain matin, le duc envoya chercher sa sœur Harriette. Quand elle s'avança vers lui, il se dit qu'elle était rudement jolie!... Puis, à haute voix, il lui fit remarquer :

– Tu es amoureuse, et cela se voit! Est-il nécessaire que je te souhaite tout le bonheur qu'une femme peut rêver?

Elle embrassa son frère sur la joue et répondit :

– Non, Sébastien, ce n'est pas nécessaire, car ce bonheur, je le possède déjà! As-tu vu Hugh?

– Non seulement je l'ai vu, mais il m'a entretenu jusqu'à l'aube, me répétant sans cesse qu'il était le plus heureux du monde.

– Oui, nous sommes tous les deux merveilleusement heureux. Et quelle chance, finalement, nous avons! Je croyais que nous ne nous retrouverions jamais. A certains moments, je pensais qu'il avait dû être tué à la guerre.

– J'étais à cent lieues d'imaginer qu'il pût y avoir... quelque chose entre vous..., commença le duc.

– Personne n'a jamais eu vent de notre amour. Mais je n'ai cessé de penser à Hugh, et il m'assure que j'ai toujours été la seule femme de sa vie.

– Et tu le crois?

– Naturellement, répondit-elle avec simplicité. Nous donneras-tu ta bénédiction, Sébastien?

– A quoi bon? Le succès de votre union est certain...

Quelques instants, lady Harriette examina son frère, puis lui prenant la main :

– Je souhaite chaque jour que tu finisses par trouver toi aussi le bonheur, Sébastien, dit-elle. Je suis d'ailleurs certaine que tu le découvriras!

– C'est là un optimisme que je ne partage pas, répondit-il avec un petit rire sarcastique. Contente-toi d'être heureuse, Harriette. Et ne te soucie pas de moi.

– Mais, voyons, Sébastien, pourquoi ne serais-tu pas heureux? Tu as de grandes qualités. N'as-tu pas été très bon avec Hugh et avec... Ravella?

– Ravella! répéta le duc.

– Pourquoi prononces-tu son nom sur ce ton?

– Cette enfant... m'inquiète... Que vais-je faire d'elle lorsque vous serez partis, Hugh et toi?

– Mais, Sébastien, répondit lady Harriette en riant, nous n'avons pas l'intention de te quitter! A moins que tu ne le désires... nous pouvons très bien rester chez toi. La seule différence est que nous serons mariés.

– En somme, si je comprends bien, dit le duc avec malice, vous voulez, par votre présence, garder à ma maison un certain caractère de respectabilité...

– Peut-être, répondit lady Harriette. Mais en souhaitant rester ici, ce sont tes intérêts que nous avons en vue.

– Et ceux de Ravella...

– Bien sûr.

– Si nous continuons sur ce ton, Harriette, je suis persuadé que tu ne vas pas tarder à me faire la morale! Un dernier mot : ne quittez pas la maison. Rien ne pourra me faire plus plaisir.

– Merci mille fois, Sébastien! répondit la jeune femme en embrassant de nouveau son frère sur la joue.

Dès qu'il fut seul, le duc fit venir Nettlefold et le pria de préparer son cabriolet.

– Je vais assister à un combat de coqs, ajouta-t-il. Je ne rentrerai que pour dîner. Il flotte dans cette maison une odeur de fleur d'oranger qui m'est insupportable...

– Une odeur de fleur d'oranger, Votre Grâce? répéta Nettlefold avec surprise.

– Oui. Je trouve cela écœurant.

Le vieux maître d'hôtel, de plus en plus surpris, regarda son maître descendre l'escalier.

Un moment plus tard, le duc, souriant, montait dans sa voiture et fouettait ses chevaux. Quand Ravella apprit que son tuteur était déjà parti, elle s'écria :

– Mais pourquoi ne m'a-t-on pas avertie avant son départ? Moi qui désirais tellement le voir!

– Le duc était ce matin d'une humeur bizarre, lui répondit Nettlefold. Il a peut-être mieux valu que vous ne le voyiez pas. Il m'a dit qu'il ne rentrerait que pour dîner.

– Il a donc l'intention de dîner avec nous?

– Sans doute, miss Shane. J'espère néanmoins que vous n'avez pas oublié que vous allez ce soir chez lady Hannan?

– C'est vrai! Merci, Nettlefold. Il faut que je choisisse une robe.

Elle monta précipitamment l'escalier et passa un bon moment à décider de sa toilette. Mais elle se disait sans cesse que la journée allait être bien longue jusqu'au retour de son tuteur!

Cependant, que de choses à faire! Elle sortit pour acheter des gants, des rubans assortis à sa robe, un bonnet qu'elle avait aperçu quelques jours auparavant à la devanture d'une boutique. Elle fit également des visites et termina une bourse au petit point qu'elle voulait offrir, deux jours plus tard, à lady Harriette, pour son anniversaire. Il était 5 heures. Le temps avait tout de même passé assez vite. Lady Harriette, qui venait de terminer une lettre, posa sa plume et dit en rougissant :

– Il faut que j'aille voir Hugh pour lui demander une adresse. Je ne serai absente que quelques minutes.

– A quoi bon vous presser? répondit Ravella. Nous avons encore au moins une heure devant nous. Et puis, le capitaine Carlyon doit avoir le plus grand désir de vous voir!

– J'ai l'impression que je ne l'ai pas vu depuis une éternité! soupira la jeune femme.

– Alors, allez immédiatement le rejoindre... d'autant plus qu'il ne sort pas avec nous ce soir, n'est-ce pas?

– Non, il n'est pas invité. Notre mariage ne sera annoncé que demain matin dans *la Gazette* et le *Morning Post.* Mais Hugh m'a promis, dès que nous serons officiellement fiancés, de quitter sa retraite volontaire. Je suis fière de ses blessures et je veux qu'il le soit lui aussi!

– Vous avez raison, dit Ravella. Mais, n'hésitez pas à le brusquer un peu. Sinon, il est très capable de se cacher encore pendant sept nouvelles années!

– Soyez tranquille, répondit lady Harriette. Cela ne se reproduira pas!

Elle prit sa lettre et, d'un pas rapide, sortit du boudoir. Ravella se pencha, caressa le chien Hector couché devant la cheminée, puis sortit à son tour de la pièce, traversa le palier et se dirigea vers sa chambre. A ce moment, Lizzie la rejoignit et lui dit :

– Voici, miss Shane, ce qu'un valet m'a chargée de vous remettre.

Ravella prit, sur le plateau que lui tendait sa femme de chambre, une feuille de papier grossier, pliée en quatre et fermée par un pain à cacheter. Elle fit sauter le pain, lut ce qui était écrit sur le billet et demeura immobile, les yeux fixes.

– Quelque chose... d'ennuyeux? demanda Lizzie sur un ton inquiet.

– Non... rien.., répondit Ravella d'une voix hésitante. Je voudrais être seule pendant quelques instants, Lizzie. Quand j'aurai besoin de vous, je sonnerai.

– Très bien, miss Shane. Mais vous n'êtes pas malade au moins? Vous êtes si pâle!

– Non, Lizzie, je ne suis pas malade. Merci...

Elle entra dans sa chambre, ferma la porte et, lorsqu'elle eut entendu Lizzie s'éloigner dans le couloir, elle relut le billet.

Que signifiaient ces quelques lignes qu'elle savait déjà presque par cœur, mais dont le sens véritable lui échappait encore?...

Elle lança, tout autour de la pièce, un regard de bête traquée, puis courut à sa garde-robe, l'ouvrit et y prit un manteau sombre à capuchon qu'elle jeta sur ses épaules. Après quoi, elle s'approcha de la coiffeuse et s'assura que sa bourse, placée dans son réticule, contenait un peu d'argent – quelques guinées et un billet de cinq livres...

Maintenant, elle était prête. La main sur la poignée

de la porte, elle se demanda comment elle allait faire pour sortir de la maison sans être vue. Il y avait certainement, comme à l'habitude, deux valets dans le hall. D'autre part, impossible de passer inaperçue par l'entrée de service, puisqu'il lui faudrait traverser tout d'abord le sous-sol où, à cette heure, étaient rassemblés presque tous les domestiques. Il ne lui restait qu'une solution, celle d'emprunter la porte personnelle de Hugh Carlyon qui donne sur Charles Street; généralement, aucun valet ne la surveillait...

A pas de loup, elle descendit l'escalier et suivit le couloir qui donne accès à l'aile de la maison occupée par le capitaine Carlyon. Elle eut la chance de ne croiser personne, car la plupart des domestiques étaient en train de dîner. En arrivant à proximité du salon, elle entendit un bruit de voix. Le capitaine et lady Harriette bavardaient tranquillement, et ils étaient sans doute bien trop absorbés par leur conversation pour prêter l'oreille à ce qui se passait à l'extérieur de la pièce où ils étaient enfermés. Ravella, toujours sur la pointe des pieds, poursuivit donc son chemin, descendit quelques marches et arriva devant une petite porte fermée. Elle tira promptement le verrou, tourna la poignée, franchit le seuil et referma la porte derrière elle.

Le ciel était encore clair et ensoleillé comme il l'avait été toute la journée. Mais les ombres des immeubles commençaient à s'allonger sur la chaussée.

L'atmosphère était chaude et sèche.

La jeune fille se trouvait dans Charles Street. « Voyons, pensa-t-elle, si j'ai bien lu, le billet dit Hill Street. Cette rue doit se trouver après la gare... » Pour plus de sûreté, elle ouvrit son réticule.Il contenait bien sa bourse, son mouchoir et le petit flacon de sels dont elle ne se séparait jamais. Mais le billet était resté dans la chambre!...

Un moment, elle hésita à remonter... Puis, elle se souvint qu'elle ne pouvait plus rentrer par la porte qu'elle venait d'emprunter pour sortir. Et, si elle passait par la façade, les domestiques ne manqueraient pas de la voir...

D'un pas rapide, elle s'engagea donc dans la rue et tourna à droite, dans la direction de Hill Street. Tout en marchant, elle regardait, sur les trottoirs, les carrosses ornés d'armoiries et de lampes d'argent que leurs cochers étaient en train de fourbir. Çà et là, elle apercevait aussi, par les portes entrouvertes, des palefreniers qui pansaient des chevaux en sifflotant.

A tout autre moment, la jeune fille aurait ralenti le pas, car, depuis son enfance, elle n'avait jamais pu voir un cheval sans s'arrêter pour le caresser. Mais, tout au contraire, elle se mit à marcher de plus en plus vite. Son cœur battait à grands coups et ses mains étaient glacées.

Elle avait peur, non pour elle-même, mais pour le duc. Que s'était-il passé? Dans quelle terrible aventure allait-elle s'engager... pour lui? Elle n'avait pas hésité une seconde. Le duc avait besoin d'elle. Elle souhaitait tellement lui être vraiment utile!...

Enfin, elle venait d'atteindre Hill Street! Au coin de la rue, une voiture attendait – une sorte de voiture de louage, tirée par un seul cheval. Sur son siège, le cocher paraissait somnoler. Près de la portière se tenait un homme, sans doute un valet de pied...

La jeune fille courut vers la voiture. Le cocher leva la tête. Le valet se retourna...

– Je suis miss Shane, dit Ravella d'une voix haletante. Est-ce moi que vous attendez?

Pour toute réponse, le valet ouvrit la portière. La jeune fille regarda à l'intérieur de la voiture. A cet instant, elle sentit qu'on la prenait sous les bras et qu'on la soulevait. Elle poussa un cri perçant. Mais, sans ménagements, on la porta sur le siège. Puis, on ferma la portière à toute volée. Et la voiture se mit en route!

Encore stupéfaite, Ravella demeura quelques secondes immobile. Puis, elle se redressa sur la banquette... et poussa un second cri – un véritable cri de terreur cette fois – car deux bras jaillissant de l'obscurité, venaient de l'enlacer! Elle lutta de toutes ses forces pour se dégager. Puis, une main se posa rudement sous son menton. Sa tête fut rejetée en arrière, et l'on appliqua quelque chose contre ses lèvres...

Elle se mit à lutter encore plus fort que la première fois. Mais tous ses efforts demeuraient vains. On la contraignit avec brutalité à ouvrir la bouche. Un liquide épais, doux, écœurant coula dans sa gorge. Suffoquée, elle dut en avaler plusieurs gorgées. Lorsque la fiole fut vide, elle crut qu'elle allait pouvoir crier de nouveau.

Cependant, elle se rendit compte qu'il lui était de même impossible de parler. De grandes vagues sombres traversaient son cerveau, le submergeaient graduellement...

Elle fit un suprême effort pour demeurer à la surface. Mais elle comprit que les vagues l'avaient recouverte. Alors, elle céda, se laissa sombrer...

Bien des heures plus tard, elle ouvrit les yeux, puis les referma presque aussitôt. Elle tendit l'oreille. Au-dessous d'elle, des roues tournaient en grinçant.

Elle avait l'impression que ses membres étaient aussi lourds que du plomb. Puis, petit à petit, elle retrouva sa lucidité. Elle se revit sortant à la dérobée de Melcombe House, s'approchant de la voiture arrêtée au coin de Hill Street. Les deux bras qui l'avaient saisie dans une étreinte de fer... La fiole qu'on avait appliquée contre sa bouche...

Elle leva la main, toucha ses lèvres écorchées, meurtries... Où était-elle? Que s'était-il passé? Les souvenirs lui revinrent en foule. Son tuteur était en danger! Elle avait voulu le rejoindre, mais avait échoué dans cette entreprise... Après tout, était-ce bien certain? La voiture dans laquelle elle se trouvait n'était-elle pas en train de la conduire vers lui?

Elle rouvrit les yeux. Comme ses paupières lui faisaient mal! Devant elle, une sorte de mur blanc... vide, nu... En guise de plafond, un mur en tout point semblable... Elle eut peur. Ne l'avait-on pas enfermée dans un cercueil? Puis, à sa droite, elle perçut une vague lumière. Lentement, douloureusement, les paupières clignotantes, elle se tourna vers cette lumière et demeura immobile, en se demandant si elle ne rêvait pas.

Elle était dans une roulotte! L'espèce de chambre minuscule dans laquelle elle se trouvait oscillait et se balançait sans cesse, à mesure que les roues progressaient sur un chemin raboteux. Au-dessus d'elle, il devait y avoir une couchette semblable à celle sur laquelle elle était allongée.

Le centre de la pièce était occupé par une petite table en bois à peine dégrossi. Sous la table, deux tabourets et, suspendus aux cloisons, des casseroles, des balais, des chiffons de couleurs diverses, des bouquets d'herbes sèches, des chapelets d'oignons... Une lanterne contenant une chandelle était accrochée au toit. Mais la lumière venait de deux hublots percés à droite et à gauche de la roulotte et garnis de rideaux rouges.

– Comment ai-je bien pu arriver ici? murmura Ravella.

La migraine martelait ses tempes. Néanmoins, il lui semblait que le moment n'était pas éloigné où elle aurait recouvré entièrement l'usage de ses muscles et de son esprit. « Pourquoi m'avoir fait absorber un soporifique? » se demandait-elle.

Elle voulut se lever et constata que ses pieds et ses jambes étaient nus, et qu'elle portait une simple jupe... déchirée et sale. Qu'étaient devenus sa robe... son jupon... sa chemise? Et cette blouse dont elle était maintenant vêtue, cette blouse sans manches et d'un rose délavé?...

D'un bond, elle sauta de sa couchette. Non, elle ne rêvait pas! Sous ses pieds nus, elle sentait les aspérités d'un plancher grossier et sur son corps, le frottement des étoffes rudes de ses nouveaux vêtements. Elle porta la main à sa tête. Plus de peignes! Plus de rubans! Ses cheveux flottaient sur ses épaules...

Elle se dirigea, d'un pas chancelant, vers la porte. Elle leva le loquet, mais ne tarda pas à se rendre compte qu'un verrou avait dû être poussé à l'extérieur. Alors, elle se rua vers l'une des fenêtres. Mais celle-ci, percée très haut dans le flanc de la roulotte, ne permettait de voir que le ciel brillant de soleil et la cime des arbres. De plus, elle ne comportait aucun dispositif d'ouverture et était formée d'une plaque de verre très épais.

Ravella revint à la porte et cria :

– Au secours! Au secours!

Sa voix était rauque et grinçante, sa gorge sèche. La jeune fille n'avait jamais eu aussi soif de sa vie. Cependant, tout en martelant de ses poings le panneau de la porte, elle se remit à hurler :

– Au secours! Au secours!

Mais les roues tournaient toujours, avec une régularité monotone, implacable.

Soudain, Ravella crut entendre un bruit... et s'aperçut qu'il s'agissait des battements de son propre cœur! Elle tendit l'oreille, dans l'espoir de surprendre une réponse à ses cris... Rien, toujours rien... que les craquements maintenant familiers de cette prison mouvante!

12

Plusieurs heures passèrent de la sorte. Puis la roulotte s'arrêta. Ravella entendit des voix s'exprimer dans une langue qu'elle ne connaissait pas. Il y eut aussi des éclats de rire, auxquels se mêlaient les gémissements d'un petit enfant.

La jeune fille se répétait sans cesse qu'il lui fallait être brave et surmonter avec courage les épreuves qui l'attendaient.

Au début, elle avait été furieuse à la pensée qu'on ait pu l'enlever ainsi, en plein jour et au cœur même de Londres. Comme personne ne répondait à ses cris, elle avait fini par s'allonger de nouveau sur la couchette, laissant le chagrin et la crainte envahir son esprit.

D'ailleurs, comment aurait-elle pu jouer la dignité offensée avec ses pieds nus et les vêtements déchirés et trop grands dont on l'avait affublée?

Plus de cent fois, elle s'était demandée pourquoi on l'avait enlevée et attirée dans ce piège? Pourquoi lui avait-on fait prendre un soporifique et emmenée si loin?...

Soudain, elle se redressa. Une idée venait de surgir dans sa tête. Comment ne lui était-elle pas venue plus tôt? Mais, naturellement, le responsable ne pouvait être que lord Wroxham! Son voisin, au dîner de Belchester House, ne l'avait-il pas avertie que lord Wroxham chercherait par tous les moyens à la supprimer? Comme elle avait été sotte de ne voir dans ce propos qu'une simple plaisanterie!...

Maintenant, elle avait très peur. Et pourtant, elle cherchait des raisons de se rassurer. Dès que le duc se serait aperçu de son absence, il ferait faire une enquête serrée. Il lancerait des policiers à la poursuite de tous les Bohémiens du royaume. Il se pouvait même que les recherches aient déjà commencées...

Cette perspective lui permit, lorsque la porte s'ouvrit, de quitter sa couchette et de se tenir immobile, la tête droite, le regard illuminé par une lueur agressive.

Pourquoi s'était-elle imaginée que son premier visiteur serait un homme? La femme qui venait d'entrer dans la pièce était vieille et grosse. Elle avait le teint basané et des cheveux sombres coiffés en tresses qui s'enroulaient autour de sa tête. Elle portait une blouse écarlate et une jupe noire, constellée de taches. Ses pieds étaient chaussés de gros souliers. Elle marchait d'un pas lourd, comme si elle avait de la peine à lever les jambes.

Elle posa sur la table une écuelle pleine de ragoût et un pichet tout craquelé contenant de l'eau. Puis, les poings sur les hanches, elle considéra la jeune fille.

– Qui êtes-vous? lui demanda Ravella d'une voix claire. Et pourquoi suis-je ici?

La femme la toisa de la tête aux pieds. Ses yeux noirs avaient une expression sournoise.

– Mange! se contenta-t-elle de dire d'un ton guttural en montrant la nourriture.

Puis, de son pas traînant, elle sortit et ferma la porte à toute volée derrière elle.

– Attendez! Attendez! hurla Ravella.

Trop tard! Déjà, la clef tournait dans la serrure. Et, sur le devant de la roulotte, l'escalier de bois craquait sous le poids de la bohémienne.

Ravella eut envie de lancer de nouveaux appels. Mais un coup d'œil jeté sur l'écuelle posée sur la table lui rappela qu'elle mourait de faim. Il était presque midi, à en juger par la hauteur du soleil, et elle n'avait pas mangé depuis vingt-quatre heures...

Elle s'approcha de la table, huma le contenu de

l'écuelle. Il s'agissait d'une sorte de ragoût épais qui dégageait un parfum agréable. Ravella retira la cuiller plantée dans le plat, la porta à ses lèvres, goûta une première bouchée.

Une minute plus tard, le récipient était vide. La jeune fille avait essayé, à plusieurs reprises, de déterminer la nature de ce qu'elle mangeait. Il s'agissait, à n'en pas douter, de morceaux de lapin. Mais il lui avait semblé que ce ragoût contenait également des blancs de faisan et de pigeon... Elle se dit que le braconnage implique sept ans de travaux forcés; cependant, un enlèvement doit coûter encore plus cher...

Rassasiée et désaltérée, elle se sentait déjà plus brave. Ces Bohémiens se trompaient s'ils croyaient qu'elle allait se laisser enlever sans protester! Et, même si lord Wroxham les avait bien payés, ils regretteraient amèrement ce qu'ils étaient en train de faire lorsqu'ils comparaîtraient devant les juges!

Un peu plus tard, elle plaça un tabouret sous l'une des fenêtres et monta dessus. Puis elle essuya la poussière qui brouillait la vitre et regarda à l'extérieur. La première chose qu'elle vit fut un certain nombre de personnes assises autour d'un feu de camp. A quelque distance, étaient éparpillées une douzaine d'autres roulottes, pour la plupart vieilles et délabrées. Le long de leurs parois extérieures pendaient les habituels objets à vendre : paniers d'osier, balais, etc. La caravane s'était arrêtée au centre d'une grande clairière.

Autour du feu de camp, il y avait des hommes aux cheveux noirs et aux visages sinistres; des femmes de tous âges et des enfants, vêtus de haillons et qui couraient pieds nus dans l'herbe.

Au bout d'un moment, Ravella quitta la fenêtre et alla se rasseoir.

Ne disait-on pas que les Bohémiens, voleurs et

braconniers, étaient des gens auxquels il valait mieux ne pas avoir affaire? Ne racontait-on pas qu'ils ne manquaient jamais de se venger des propriétaires qui les empêchaient de séjourner sur leurs terres? On chuchotait aussi qu'ils se déplaçaient par tribus entières et empruntaient, pour voyager, des itinéraires qu'ils étaient seuls à connaître...

La jeune fille, les mains pressées l'une contre l'autre, se demandait : « Est-ce possible qu'ils m'entraînent au loin sans que l'on puisse me retrouver? Comme j'ai eu tort de sourire parfois lorsqu'on racontait des histoires de rapts d'enfants, de disparitions mystérieuses! Mais ces rapts et ces disparitions étaient toujours explicables d'une façon ou d'une autre – espoir d'arracher une rançon, désir de transformer en mendiant l'enfant volé – alors que la raison de mon enlèvement demeure obscure... »

Elle se leva du tabouret et se mit à arpenter la pièce minuscule cherchant ce qu'elle pouvait faire. Certes, son tuteur, lorsqu'il apprendrait la vérité, saurait tirer de lord Wroxham une vengeance éclatante. Mais, pour l'instant, elle était absolument impuissante à agir d'une façon quelconque contre ses ravisseurs...

De nouveau, la porte s'ouvrit, livrant passage à la vieille bohémienne. Elle alla prendre sur la table le pichet et l'écuelle, lança un étrange coup d'œil à Ravella et fit demi-tour. Cette fois, la jeune fille se montra plus prompte. En deux pas rapides, elle alla se placer devant la porte.

– Pourquoi suis-je ici? demanda-t-elle. Je vous ordonne de me le dire!

La vieille femme la regarda fixement quelques instants et répondit enfin d'une voix grave :

– Défendu de parler.

Mais, déjà, Ravella avait pris sa décision. Ayant remarqué que son interlocutrice, dont les deux mains étaient occupées par l'écuelle et le pichet, se déplaçait difficilement, elle se retourna, ouvrit la porte, la referma derrière elle à toute volée, sauta les quatre marches de bois et fila vers la forêt, composée en majeure partie d'immenses sapins dont les aiguilles couvraient le sol.

La jeune fille n'avait jamais couru à une allure aussi folle. Elle ne jeta même pas un coup d'œil derrière elle. Soudain, elle entendit la vieille femme pousser des cris, d'autres voix lui répondirent, la voix d'un homme et celle, plus aiguë, d'un enfant.

Ravella commençait à se rendre compte que les aiguilles de pin déchiraient la peau tendre de ses pieds nus. Mais son désir de recouvrer sa liberté était si grand qu'au lieu de ralentir elle força encore l'allure!

Cependant, à mesure qu'elle s'écartait de la clairière, la végétation devenait plus dense, les fourrés plus épais. Des branches, au passage, lui égratignaient le visage. Elle se faufilait entre les troncs des arbres, s'efforçant de s'éloigner toujours plus du camp des Bohémiens.

Tout à coup, elle se rendit compte que les cris avaient cessé. Avait-on renoncé à lui donner la chasse? Comme elle était épuisée et qu'une douleur lancinante dans son côté gauche l'empêchait de respirer, elle ralentit progressivement l'allure, tout en tendant l'oreille et en se demandant pourquoi ses ravisseurs n'avaient pas montré plus de persévérance à la poursuivre.

La forêt était sombre. Le soleil ne pénétrait que difficilement dans la masse des arbres. Néanmoins, çà et là, le tapis d'aiguilles de pin était semé de taches lumineuses.

– Il importe que je ne perde pas un instant! murmura la jeune fille.

Puis, elle se dit : « Il faut que je fasse attention!

Quand on se trouve dans une région qu'on ne connaît pas, il arrive fréquemment qu'on revienne à son point de départ. Je dois donc, avant tout, bien veiller à marcher en ligne droite. Peut-être vais-je découvrir une maison ou une ferme où l'on acceptera de me donner l'hospitalité... »

Elle se remit donc en route. Pourtant, bientôt, elle dut de nouveau ralentir, car elle se trouvait devant des buissons de ronces et de mûriers qui l'empêchaient de progresser. Elle recula donc de quelques pas, dans l'intention de les contourner. Mais à ce moment, elle entendit une branche craquer, comme si on avait marché dessus...

Elle eut l'impression que son cœur s'arrêtait, puis qu'il se remettait à battre avec violence. Elle demeura immobile, tremblante comme un lièvre surpris au gîte. Il lui sembla percevoir, venant d'une autre direction, le craquement d'une autre branche. Elle voulut se remettre à courir. Mais comment se serait-elle frayé un passage à travers ces ronces qui lui déchiraient les mains et les bras et achevaient de lacérer ses vêtements?

Un autre bruit, cette fois devant elle... Un pas sur les aiguilles de pin... Le glissement d'un corps entre les feuillages... L'envol d'un oiseau effrayé...

Elle comprit que ses ennemis avaient réussi à l'encercler. En silence, ils l'avaient suivie, puis dépassée et s'étaient enfin rabattus sur elle. Maintenant, derrière elle, devant elle, à droite et à gauche, elle les entendait se rapprocher, peu à peu...

Elle chercha des yeux une cachette. Autour d'elle, le sol était plat. Un seul refuge : quelques arbres abattus et recouverts de ronces. Elle se laissa tomber près d'un arbre, chercha à se glisser dessous. N'y parvenant pas, elle demeura blottie à cet endroit, espérant encore qu'un miracle lui permettrait de s'enfuir.

Mais au fond d'elle-même, elle savait déjà que ses efforts étaient vains. Les pas se rapprochaient toujours avec une lenteur inexorable. Encore quelques secondes... puis un coup de sifflet... La jeune fille leva les yeux.

Un adolescent, de seize ans environ, se dressait tout près d'elle, les yeux brillants comme un chasseur qui vient enfin de mettre la main sur sa proie. Un instant plus tard, une douzaine d'hommes apparurent, surgissant de toutes les directions. Lentement, Ravella se remit debout et, d'instinct, croisa les mains sur sa poitrine.

En effet, elle se sentait à demi nue. Sa blouse en lambeaux dévoilait sa gorge. Sa jupe déchirée révélait la ligne gracile de ses cuisses.

En silence, les Bohémiens la regardaient. Avec leurs peaux sombres et leurs cheveux gras et raides, ils faisaient penser à des hommes primitifs échappés de leurs cavernes.

Malgré sa volonté de cacher sa frayeur, Ravella tremblait de la tête aux pieds.

– Laissez-moi tranquille! dit-elle d'une voix forte et vibrante de colère qui se répercuta dans la forêt.

A ce moment, un autre homme apparut. Il était grand et assez âgé. Ses sourcils broussailleux, gris comme ses cheveux, voilaient de petits yeux aussi noirs que des grains de jais. Il marchait d'un pas majestueux, avec une expression pleine d'autorité. Les autres Bohémiens s'écartèrent sur son passage.

Il s'avança vers Ravella.

– Rentre au camp! lui dit-il.

La jeune fille devina qu'il ne lui restait plus qu'à obéir. Immédiatement, plusieurs Bohémiens se placèrent devant elle, pour ouvrir la marche. Les autres, rassemblés, formèrent l'arrière-garde. Bien que ces hommes ne l'eussent pas touchée et que chacun semblât maintenant mettre une sorte de point d'honneur à ne plus la regarder, elle avait l'impression d'être entraînée malgré elle, comme si on l'avait chargée de chaînes invisibles.

Ses pieds étaient ensanglantés et ses bras, égratignés en maints endroits, lui faisaient très mal. Néanmoins, elle réussit à marcher du même pas rapide que ses gardiens, et elle fut surprise d'atteindre si vite la clairière. Avait-elle donc parcouru si peu de chemin dans sa fuite? Bientôt, elle aperçut, entre les arbres, la première roulotte, puis les flammes du feu de camp. Le soleil maintenant se glissait entre le feuillage moins dense et baignait toutes choses d'une belle lumière dorée.

La vieille femme que Ravella connaissait déjà se détacha d'un groupe et s'approcha du vieillard qui se tenait en tête de la petite colonne. Elle échangea avec lui quelques paroles incompréhensibles et sourit, comme une personne venant d'obtenir une permission qui lui est agréable. Après quoi, elle se tourna vers Ravella, la regarda entre ses paupières mi-closes et lui montra la roulotte d'un geste impérieux. Les Bohémiens qui avaient formé l'escorte de la fugitive étaient déjà en train de reprendre leur place autour du feu de camp.

– Je veux savoir pourquoi je suis ici! cria Ravella, désespérée.

Mais pour toute réponse, la vieille femme lui désigna la roulotte et tendit la main, comme si elle avait voulu aider la jeune fille à monter les marches. Pour ne pas être touchée par cette créature qui lui inspirait un profond dégoût, et aussi parce qu'elle ne voyait pas ce qu'elle aurait pu faire d'autre, Ravella gravit docilement le petit escalier de bois et rentra dans la roulotte.

Découragée, car elle sentait qu'elle venait de manquer une occasion peut-être unique de prendre la fuite, elle refoula un sanglot et se détourna pour que sa gardienne ne vît pas les larmes qui baignaient son visage.

Elle entendit la porte se fermer. Que faisait donc la femme? On aurait dit qu'elle fouillait parmi les objets entassés dans un coin de la pièce... « Il faut que je lui parle! pensa Ravella. Il faut que je parvienne à éveiller sa sympathie. Cette situation ne peut plus durer!... »

Alors, elle tourna la tête et se rendit compte que la femme s'approchait d'elle. Puis, une main de fer, étonnamment vigoureuse, la fit tomber à plat ventre sur la couchette et déchira sa blouse. Presque en même temps, une baguette s'abattit sur sa chair nue. La jeune fille poussa un cri.

Combien de fois la baguette traversa-t-elle l'air en sifflant et s'abattit-elle sur le dos de Ravella? Longtemps, celle-ci poussa des cris de douleur et de désespoir. Enfin, il lui sembla qu'un voile obscurcissait graduellement son esprit, et elle perdit connaissance.

Quand elle revint à elle, elle était toujours allongée sur la couchette. La vieille femme allait et venait dans la roulotte.

Petit à petit, Ravella sentit la douleur l'envahir, redevenir cuisante et intolérable. Ses mains étaient glacées. Mais une sueur brûlante ruisselait sur son front. Elle essaya de changer de position.

La vieille femme s'approcha d'elle, regarda ses blessures, puis, après avoir poussé un grognement satisfait, sortit de la pièce et verrouilla la porte derrière elle.

Dès qu'elle fut seule, Ravella donna libre cours à son chagrin. Elle toucha son dos, et lorsqu'elle vit ses doigts couverts de sang, de nouveaux sanglots lui nouèrent la gorge.

Etait-ce possible? Mais non! Il s'agissait d'un cauchemar! Une pareille aventure ne pouvait arriver à une jeune fille comme elle, élégante, riche, comblée de tous les dons de la nature et... pupille du puissant duc de Melcombe...

Elle cacha son visage dans ses mains. Pleurer encore? A quoi bon? D'ailleurs, ses yeux étaient secs maintenant. Mais la douleur qui lui torturait le dos était assez forte pour la persuader qu'elle ne rêvait pas...

Elle entendit des voix à l'extérieur. Un pas fit craquer les marches de bois et la porte s'ouvrit. D'un bond, la jeune fille s'assit sur le bord de la couchette. Devant elle, se tenait le vieux Bohémien que tous ses compagnons semblaient considérer comme un chef.

– Je voudrais te parler, dit-il.

Ravella leva fièrement la tête et répliqua :

– Dites-moi tout d'abord pourquoi je suis ici!

– Je vais te le dire, répondit-il avec lenteur.

Il était si grand qu'il devait se courber pour ne pas toucher le plafond de sa tête. La vieille femme, qui l'avait suivi dans la roulotte, avança l'un des tabourets. Il s'y laissa tomber et demeura immobile, les jambes écartées, les coudes sur les genoux.

Ravella, malgré les brûlures et les tiraillements causés par ses blessures, s'efforçait de rester très droite.

– Tu as voulu t'échapper, reprit le vieillard. Mais tu as eu tort, car c'est impossible.

– Où m'emmenez-vous? demanda la jeune fille.

– Dans le nord de l'Angleterre. On ne te fera pas de mal, à moins que tu ne tentes encore une fois de t'enfuir. La femme qui est en ce moment avec nous s'occupera de toi, et tu devras lui obéir.

– Mais à quel endroit exactement m'emmenez-vous? insista la jeune fille.

– Tu le sauras bientôt. Mais puisque tu sembles courageuse, je vais te dire la vérité, nous avons l'intention de te vendre.

– Me vendre! Mais enfin, vous ne savez donc pas que je suis la pupille du duc de Melcombe? Vous m'avez enlevée. Vous m'avez fait prendre un narcotique et, contre ma volonté, vous m'avez entraînée jusqu'ici! Le duc va me faire rechercher et il me retrouvera. Alors, vous serez condamnés aux travaux forcés ou à la potence!

Ravella avait parlé avec hauteur et mépris. Mais ses paroles ne provoquèrent aucune réaction de la part du chef.

– Non, répondit-il d'une voix ferme. On ne te retrouvera pas. Les itinéraires que nous empruntons ne sont connus de personne. Et maintenant, je te conseille de te montrer docile. Sinon...

Il avait prononcé ces derniers mots d'une voix moins forte, mais sur un ton menaçant.

– Vous dites que vous voulez me vendre, reprit Ravella avec une expression de défi; je crois plutôt que votre intention est de me tuer!

– Non, répondit le vieillard en hochant la tête. Nous ne sommes pas des assassins. Les hommes de notre peuple exercent adroitement un art dont tu n'as pas la moindre idée. Nous allons modifier ton visage... en enlevant l'un des cartilages de ton nez. Puis nous agrandirons ta bouche et nous teindrons tes cheveux... Personne ne pourra plus te reconnaître, personne ne pourra imaginer que tu es la même créature que celle qu'on m'a amenée...

– Qui m'a amenée à vous? Qui est responsable de ma présence ici? (Comme le vieillard ne répondait pas, la jeune fille ajouta :) Est-ce lord Wroxham?

– Lord... Wroxham? répéta le Bohémien. C'est la première fois que j'entends ce nom.

Puis... il se tourna vers la vieille femme qui s'était tenue silencieuse derrière lui pendant toute la conversation et s'entretint avec elle dans cette langue étrange dont Ravella ne connaissait pas un seul mot. La vieille femme éclata de rire. Alors, le vieillard, s'adressant de nouveau à Ravella :

– Tu lui obéiras, dit-il en se levant. Si tu ne lui obéis pas, tu seras fouettée comme tu viens déjà de l'être. Et sais-tu ce qui la fait rire? C'est qu'elle a eu, en te corrigeant, l'impression qu'elle te punissait de ce que tu as fait à sa fille.

– A sa fille? fit Ravella en le regardant avec stupeur. Mais, depuis que je suis ici, je n'ai vu personne d'autre que cette vieille femme!

– Sa fille n'est pas ici. Au reste, ta gardienne, si elle a jadis épousé un homme de notre tribu, n'appartient pas à notre race. Elle est espagnole.

Puis, sans un mot de plus, il sortit de la roulotte, suivi de la vieille femme. Une seconde plus tard, on tournait la clef dans la serrure de l'extérieur.

– Sa fille..., murmura plusieurs fois Ravella.

Et, tout à coup, elle comprit!

La vieille femme n'était autre que la mère de la señorita Deleta! Malgré la lourdeur de ses traits noyés dans la graisse, ne lui ressemblait-elle pas vaguement?

Quelques instants, Ravella demeura immobile, comme incapable de bouger. Il lui semblait encore voir les yeux flamboyants de la señorita, le rictus de ses lèvres rouges, et elle entendait résonner dans ses oreilles les dernières paroles de la chanteuse! Comme elle devait aimer le duc pour avoir commis un semblable méfait!

« Voilà ce qu'il en coûte de se mêler de ce qui ne vous regarder pas! » pensa la jeune fille... Elle se laissa tomber sur la couchette, les yeux secs, le cerveau obsédé par des idées plus folles, plus incohérentes les unes que les autres. Qu'allait-il lui arriver? Comment se terminerait cette terrible aventure?

Dans la soirée, la vieille femme lui apporta son dîner. Ravella mangea en silence, puis retourna se coucher. Mais, à sa grande surprise, elle constata que sa gardienne, après avoir verrouillé la porte de l'intérieur et glissé la clef dans son corsage, se hissait jusqu'à la couchette placée au-dessus de la sienne.

Longtemps, la jeune fille demeura les yeux ouverts. Lorsqu'elle sentit le froid de l'extérieur pénétrer dans la roulotte, elle se couvrit de son mieux avec les couvertures sales et déchirées roulées en boule au pied de sa couchette et dont elle ne s'était pas servie jusque-là. Deux heures plus tard seulement, elle sombra dans un sommeil traversé de cauchemars.

Le bruit des roues l'éveilla. La caravane s'était donc remise en route? Elle leva les yeux. La couchette placée au-dessus d'elle était vide et la nuit régnait à l'intérieur de la roulotte. De temps à autre, par l'étroite fenêtre, elle apercevait, dans le ciel sombre, une étoile brillante. « C'est donc ça! se dit-elle. Les bohémiens voyagent la nuit et se reposent le jour. En ce moment, nous nous dirigeons sûrement vers le nord. Dans combien de temps arriverons-nous à l'endroit où je dois être vendue? Oh! cher tuteur, je vous en supplie, venez à mon secours!... »

Elle pleura longuement dans l'ombre. Puis elle se rendormit. Quand elle sortit de son sommeil, il faisait grand jour et la roulotte était arrêtée. En montant sur l'un des tabourets, la jeune fille vit les autres roulottes rassemblées autour d'un feu. Cette fois, les Bohémiens n'avaient pas fait halte dans une clairière, mais près d'un taillis au-delà duquel se déployait un vaste champ de blé.

La journée passa sans incident. Ravella se félicitait que la vieille femme ne manquât jamais de se retirer après lui avoir apporté ses repas. Elle avait peur en effet de cette gardienne aux yeux cruels qu'elle savait prête, ne fût-ce que pour venger sa fille, à lui infliger une nouvelle correction.

Les gens qui, au bal du Ranelagh, parlaient de la señorita Deleta, avaient eu raison de dire que c'était une gitane. Mais qui aurait imaginé que cette créature brillante pût être originaire de cette misérable tribu? « Ce qui lui donne un air civilisé, pensait Ravella, ce sont les robes et les bijoux que lui ont procurés sa beauté et son talent. Mais, sous ce vernis, elle demeure une bête sauvage, prête à tout pour satisfaire ses désirs... »

Dans la soirée, la jeune fille regarda les Bohémiens préparer leur dîner. Les femmes coupaient en morceaux les oiseaux et les animaux que les hommes leur apportaient, puis elles les jetaient dans une grande marmite environnée de flammes. Dans un coin, une petite fille plumait un poulet. Un peu plus loin, plusieurs hommes dépouillaient des lapins et suspendaient leurs peaux pour les faire sécher.

Lorsque le repas fut prêt, les femmes remplirent les écuelles et les distribuèrent à la ronde. Ravella vit sa gardienne se saisir d'une d'entre elles et se diriger vers la roulotte où elle était enfermée. Elle s'apprêtait à sauter de son tabouret pour regagner sa couchette lorsque, de l'autre côté du campement, un détail étrange attira son attention.

Dissimulé dans le taillis, un homme observait les Bohémiens. La jeune fille sentit son cœur bondir dans sa poitrine. S'il s'agissait d'un chasseur elle allait lui faire des signaux et il viendrait peut-être à son secours...

Mais, même à cette distance, il était facile de juger que cet homme était, lui aussi, un Bohémien. Son visage, ses cheveux, sa peau sombre... Soudain, il tourna les talons et disparut dans le taillis...

Ravella sauta du tabouret. Il était temps! La vieille

femme venait de pousser la porte, tenant dans sa main droite l'écuelle fumante.

Son dîner terminé, la jeune fille remonta sur le tabouret. Le guetteur de tout à l'heure ne reparut pas. Elle se dit qu'elle avait dû se tromper et qu'il ne s'agissait probablement pas d'un Bohémien, mais d'un fermier du voisinage. D'ailleurs, comment aurait-elle fait pour attirer son attention?...

A cette pensée, elle quitta le tabouret et examina la roulotte. Tout à coup, elle découvrit, suspendue à l'une des cloisons, une vieille hache, et elle s'imagina fracassant la porte ou la fenêtre et criant « Au secours! Au secours! » Mais aurait-elle la force de manier convenablement cet instrument dont le poids devait être considérable?

Un peu plus tard, en entendant sa gardienne faire craquer, avant de se coucher, les lames du plancher, il lui vint une autre idée, celle d'essayer de soulever avec la hache plusieurs de ces lames...

Cette nuit-là, complètement privée d'air et d'exercice, elle ne parvint pas à s'endormir. Dans la roulotte, l'atmosphère, empuantie par l'odeur que dégageait la vieille femme, était suffocante.

La jeune fille demeura les yeux ouverts dans l'obscurité, tendant l'oreille aux ronflements de sa compagne. A l'extérieur, la nuit était calme. De temps à autre, un hibou ululait, un chien aboyait. Soudain, un coup de sifflet perçant déchira le silence.

Ravella entendit la vieille femme se dresser sur sa couchette. Au moment où elle allait atteindre le plancher, il y eut un second coup de sifflet, plus long et plus insistant que le premier, suivi presque immédiatement de cris, de hurlements, de jurons.

La Bohémienne traversa la pièce en courant, ouvrit la porte. Un jeune garçon se tenait sur le seuil.

– Vite! Vite! dit-il. Ce sont les Lovell!

La vieille femme lui répondit précipitamment en espagnol. Mais déjà il avait disparu. Alors, elle saisit un objet quelconque dans un des coins de la roulotte, sans doute pour s'en faire une arme, et sortit à son tour, sans oublier de verrouiller la porte derrière elle.

Dès qu'elle fut seule, Ravella descendit de sa couchette et courut à la fenêtre. La lune, bien qu'elle ne fût pas pleine, répandait cependant assez de lumière pour éclairer le camp. A l'endroit où un feu flambait quelques heures auparavant, des hommes se battaient. Un moment, la jeune fille observa ce spectacle. Puis, sur la colline voisine, elle aperçut, se découpant nettement sur le fond du ciel, toute une caravane de roulottes. Alors, elle comprit ce qui se passait. Une tribu adverse venait de surgir à l'improviste! Les rivalités entre Bohémiens se poursuivaient souvent pendant plusieurs générations et donnaient lieu à de continuelles et sanglantes rencontres.

Tandis qu'elle regardait les silhouettes des combattants, Ravella se souvint de la hache. Elle sauta de son tabouret, tâtonna quelques instants dans l'obscurité et trouva enfin l'instrument dont le fer, elle le constata avec plaisir, était parfaitement aiguisé.

Sans perdre une seconde, elle déplaca la table, chercha une lame du plancher plus disjointe que les autres, glissa dans la rainure le fer de la hache et commença à peser sur le manche de tout son poids. Elle tremblait à l'idée que la bataille pouvait se terminer d'un moment à l'autre et appréhendait le retour de la vieille bohémienne...

Quand elle eut soulevé l'une des lames, elle la prit à pleines mains et tenta de l'arracher. Mais sa peau était tendre. Les échardes y pénétraient sans peine.

Enfin, il y eut un violent craquement, et la jeune fille réussit à soulever la planche. Elle regarda par l'ouverture et ne vit rien d'autre que l'obscurité.

Comme elle était sûre que le sol se trouvait à proximité, elle n'hésita plus.

Elle s'assit sur le plancher, glissa ses jambes, puis ses cuisses par l'ouverture et sentit presque immédiatement l'herbe sèché sous ses pieds nus. Mais, bien qu'elle fût mince et de petite taille, elle eut beaucoup de peine à faire suivre le même chemin au reste de son corps. Elle s'écorcha le menton et l'épaule gauche, tandis qu'un clou achevait de déchirer le devant de sa blouse. Cependant, après de grands efforts, elle arriva à ses fins, et soudain elle tomba sur le sol.

Quelques secondes, elle demeura immobile, le souffle coupé. La bataille se poursuivait. Mais elle semblait moins bruyante que tout à l'heure...

En rampant, Ravella passa entre les roulottes et se trouva bientôt à la bordure du champ de blé. Ayant senti sous ses pieds des traces de roues de charrette, elle les suivit et ne se redressa tout à fait que lorsqu'elle se crut assez loin du camp. D'ailleurs, elle n'entendait plus que faiblement les cris des Bohémiens.

Alors, elle se mit à courir plus vite encore que la veille, car elle connaissait maintenant le châtiment qui l'attendait si elle se laissait reprendre.

A l'autre extrémité du champ de blé, elle s'arrêta pour reprendre souffle et regarder derrière elle. Personne ne semblait lui donner la chasse. Elle se lança donc à vive allure dans un chemin et, après avoir parcouru quatre cents mètres environ, elle aperçut plusieurs toits. Il s'agissait d'un village aux maisons disséminées çà et là. Elle envisagea de frapper à la première porte devant laquelle elle se trouverait et de demander aide et protection. Puis elle se dit que vêtue comme elle l'était, on allait la prendre pour une Bohémienne et qu'on ne voudrait même pas l'écouter. Si une femme en haillons était venue frapper à la porte de son père, le vieil Adam lui aurait dit : « Va-t'en!

Retourne près de tes semblables et n'ennuie pas les gens tranquilles!... »

Lorsqu'elle fut dans le village, elle constata que toutes les fenêtres étaient fermées. La rue principale était vide. Soudain, un chien se lança en aboyant sur la jeune fille et lui renifla les jambes. Elle lui parla avec douceur. Comme pour s'excuser de cet accueil un peu brutal, il lui lécha la main. Ravella hésitait. Autour d'elle, il y avait plusieurs cottages à toits de chaume et, un peu plus loin, une grande ferme. Puis, à la limite du pré communal, elle aperçut un bâtiment aux murs épais et aux fenêtres pourvues de barreaux, la prison. Et, près de cette maison, une petite maison qui devait être celle du garde-champêtre...

La jeune fille courut jusqu'à cette maison et frappa à la porte. Elle n'obtint pas de réponse. Ces gens de la campagne ont le sommeil si lourd! Elle frappa donc de nouveau et attendit. Une minute passa. Enfin, au premier étage, une fenêtre s'ouvrit, et un homme coiffé d'un bonnet de nuit se pencha à l'extérieur.

– Que désirez-vous? demanda-t-il.

– Etes-vous le garde-champêtre?

– Oui. Mais que désirez-vous?

– Descendez, je vais vous le dire.

– Qui vous envoie? demanda-t-il avec méfiance en se penchant un peu plus pour essayer de distinguer les traits de la jeune fille.

Celle-ci pour cacher ses vêtements, se gardait bien de sortir de l'ombre projetée par la maison.

– C'est très important, répondit-elle. Descendez immédiatement!

– Je descends, fit-il en fermant la fenêtre.

Tremblante d'impatience, Ravella regarda la rue du village. A tout instant, les Bohémiens, s'ils s'étaient aperçus de son évasion, pouvaient apparaître. S'ils remettaient la main sur elle, ils ne la laisseraient plus échapper, car ils savaient trop bien ce qui les attendait s'ils tombaient dans les griffes de la justice...

Finalement, après une attente qui lui parut interminable, elle entendit des pas descendre l'escalier intérieur. La porte s'ouvrit, et le garde-champêtre, qui n'avait pas quitté son bonnet de nuit, mais avait eu le temps de passer une culotte, se dressa sur le seuil.

– Qu'y a-t-il? demanda-t-il. (Puis, tout en examinant les vêtements déchirés de la jeune fille, il ajouta :) Qui êtes-vous pour vous permettre de me réveiller en pleine nuit?

– Je suis la pupille du duc de Melcombe, répondit Ravella. J'ai été enlevée et je veux que vous me preniez immédiatement sous votre protection.

– Qu'est-ce que c'est que cette histoire à dormir debout? Je n'aime pas qu'on se paie ma tête à des heures semblables! Fichez-moi le camp!

– Mais je vous jure que je ne me moque pas de vous! Croyez-moi, je vous en supplie! Je vous demande seulement deux choses : C'est de me mettre en sécurité et d'avertir le duc de l'endroit où je suis!

Le garde-champêtre regarda de nouveau ses cheveux en désordre et son visage souillé par la poussière et les larmes.

– Vous n'êtes qu'une Bohémienne! dit-il avec mépris (Puis il répéta :) Fichez-moi le camp!

– Je ne suis pas une Bohémienne, insista Ravella. Tout cela est extrêmement important. Il faut que vous m'écoutiez!

– Je remonte me coucher, dit le garde-champêtre. Et, si vous continuez à rôder dans les parages, je vous flanque en prison!

– Mais c'est justement ce que je veux! s'écria la jeune fille.

Comme le garde-champêtre commençait déjà à fermer sa porte, elle ramassa une pierre et la lança de toutes ses forces contre l'une des fenêtres du rez-de-chaussée. En entendant la vitre voler en éclats, le représentant de la loi rouvrit la porte avec une promptitude surprenante et hurla :

– Qu'est-ce qui vous prend? C'est vous qui avez jeté cette pierre! Je vous ai vue!

– Oui, c'est moi, répondit Ravella. Et maintenant, allez-vous me mettre en prison?

Le garde-champêtre rejeta son bonnet de nuit en arrière et se gratta le crâne.

– Je ne sais vraiment pas ce qu'il faut faire.... grommela-t-il.

– Si vous ne me mettez pas en prison, répliqua vivement Ravella, je ramasse toutes les pierres que je pourrai trouver et je les lance dans vos fenêtres, jusqu'à ce que vous n'ayez plus une seule vitre!

– L'ennui, dit le garde-champêtre, c'est que vous êtes sans doute plus folle que malfaisante. (Il plongea la main dans la poche de sa culotte, en retira une clef et ajouta :) Jamais rien vu de semblable! Vouloir se faire flanquer en prison! La pupille d'un duc! C'est bien ce que je disais, une histoire à dormir debout!...

Tout en grommelant de la sorte, il se dirigeait vers la prison. Il ouvrit la lourde porte recouverte de plaques de moisi. Ravella en déduisit que les cellules – elles étaient au nombre de deux et donnaient sur un étroit couloir – ne devaient être que rarement occupées.

– Entrez là-dedans! ordonna le garde-champêtre en montrant la cellule de gauche. Demain matin, je vous enverrai sir John, le juge adjoint. Je vous préviens qu'il n'aime pas les vagabonds!

– Peu importe! Envoyez-le-moi tout de même.

– Quand je pense que vous avez lancé une pierre dans ma fenêtre! Décidément, on aura tout vu!

Il verrouilla la grille qui servait de porte à la cellule et se dirigea vers la sortie.

– Un instant, cria Ravella. Comment s'appelle ce village?

– Si vous ne le savez pas, c'est que vous êtes vraiment une vagabonde! Vous êtes dans l'un des villages du domaine de Lynke, exactement à Lynke Green. Et maintenant, êtes-vous satisfaite?

– Oui, merci.

– Décidément, je ne comprends rien du tout à votre histoire. Vous êtes certainement folle... (Au moment où il allait sortir, il ajouta entre ses dents :) J'aperçois des Bohémiens qui s'avancent dans la rue. Demain matin, la moitié des poules du village auront disparu...

– Enfermez-moi! Enfermez-moi vite! supplia Ravella.

– C'est précisément ce que j'allais faire, répondit le garde-champêtre.

Un instant plus tard, la porte de la prison était verrouillée.

Ravella les mains appliquées contre ses joues, demeura immobile dans l'obscurité. Sous ses pieds, le sol était humide et glissant. Y avait-il un lit, une planche, un tabouret? Mais tout cela n'avait aucune importance. Elle était libre, voilà l'essentiel! Dès demain matin, elle pourrait faire prévenir le duc...

13

Adrien Halliday se trouvait dans son bureau du domaine de Lynke, lorsqu'il eut la surprise d'apercevoir par la fenêtre le duc qui venait d'arriver à cheval dans la cour. Il se leva précipitamment et courut à sa rencontre. Le duc, dont les bottes étaient couvertes de poussière, sauta à terre, lança ses rênes à un valet d'écurie et dit d'une voix brève :

– Bouchonnez soigneusement ce cheval et sellez-m'en un autre immédiatement.

Adrien était stupéfait. En effet, à la sueur qui mouillait son poitrail et ses flancs, il était facile de deviner que le cheval venait de fournir une très longue traite.

Quant au duc de Melcombe, il semblait dans une forme parfaite. On aurait dit que ce long voyage de quarante-huit heures avait effacé les quelques rides qui, auparavant, marquaient son visage.

– Je voudrais vous parler, Halliday, reprit-il en se dirigeant vers son bureau.

Assez inquiet, Adrien le suivit, ferma la porte de la petite pièce dont les murs disparaissaient sous des plans des différentes parties du domaine, et demanda :

– Puis-je, Votre Grâce, vous être de quelque utilité?

– Oui, je le crois, répondit le duc. C'est d'ailleurs pour cela que je suis ici. Mais, avant toute chose, faites-moi apporter du pain et du fromage, ainsi qu'une bouteille de vin. Je n'ai pas mangé depuis l'aube.

Adrien jeta un coup d'œil à la pendule : 6 heures du soir! Comment le duc, qui avait la réputation de tout sacrifier à son confort, avait-il pu se priver si longtemps de nourriture?

– Je n'ai pas de temps à perdre, reprit-il avec impatience.

– Vous allez avoir satisfaction immédiatement, Votre Grâce, répondit le jeune homme.

D'un pas rapide, il traversa la pièce, passa dans le bureau voisin où trois employés travaillaient à la comptabilité du domaine, leur fit part du désir exprimé par le duc et revint dans son propre bureau.

Le duc, debout devant la fenêtre, tapotait sur sa botte droite avec sa cravache.

– Connaissez-vous bien la région? demanda-t-il.

– Oui, Votre Grâce.

– Avez-vous idée de l'itinéraire qu'empruntent les Bohémiens lorsqu'ils se rendent dans le nord? Je sais qu'ils évitent les routes principales et qu'ils ne révèlent à personne les endroits où ils campent. Mais j'imagine que vous avez peut-être quelques renseignements à leur sujet.

– En effet, je connais l'un de leurs camps habituels... à Lynke Green, petit village qui se trouve à environ huit miles d'ici.

– Dans ces conditions, partons immédiatement pour Lynke Green...

– Mais Votre Grâce, avez-vous une raison... particulière pour...

– C'est vrai. J'aurais dû, avant toute chose, vous donner une explication. Ma pupille a été enlevée.

– Quoi? Ravella! s'écria Adrien.

– Oui, Ravella.

– Avez-vous alerté la police?

Le duc regarda fixement son régisseur et répondit :

– Il s'agit d'une affaire délicate. Cependant, je serai franc avec vous et je vous ferai confiance. Ravella a été enlevée par des Bohémiens, à l'instigation d'une chanteuse du Vauxhall nommée Deleta, à qui j'avais accordé ma... ma protection. (Comme le jeune homme regardait son interlocuteur avec surprise, celui-ci poursuivit :) Comprenez bien ceci. Si cette affaire était dévoilée, il en résulterait un scandale considérable. Malheureusement, Ravella a commis l'imprudence d'aller voir cette femme, laquelle, passionnée et follement jalouse, n'a rien trouvé de mieux, pour se venger, que de la faire enlever.

– Mais, Votre Grâce, comment avez-vous pu être mis au courant de ces faits?

– En disparaissant, Ravella a oublié un billet que je n'ai pas sur moi, mais que je sais par cœur : *Votre tuteur est en danger. Si vous voulez le sauver, montez dans la voiture qui vous attend à l'angle de Hill Street. Et ne parlez à personne de tout ceci, sinon le duc de Melcombe serait perdu!...* C'est l'écriture de ce billet, à peine déformée, qui m'a mis sur la voie. Après l'avoir comparée à celle d'un autre billet que j'avais reçu la semaine précédente, je me suis rendu au Vauxhall. Comme la personne en question se montrait réticente, j'ai dû...

– Vous avez dû, Votre Grâce?...

– J'ai dû la serrer un peu à la gorge... Alors, elle a tout avoué... La señorita Deleta sera incapable de chanter pendant plusieurs semaines...

– Que vous a-t-elle dit exactement?

Le duc demeura silencieux quelques instants. Puis, d'une voix glaciale, il répondit :

– Elle m'a dit qu'elle avait pris toutes dispositions pour que Ravella soit conduite à Liverpool, où l'on doit la vendre. Les ravisseurs de ma pupille appartiennent à la tribu de Shevlin dont la señorita est originaire par son père. Cette tribu, si mes calculs sont exacts, devrait maintenant se trouver dans la région où nous sommes en ce moment. Depuis deux jours, je la cherche sur toutes les routes. De plus, j'ai envoyé mon cousin, le capitaine Carlyon, dans le nord, pour lui couper la retraite et tenter de délivrer Ravella avant que les Bohémiens n'atteignent Liverpool.

– Eh bien! Votre Grâce, je vous promets de tout mettre en œuvre pour les rattraper! Je vais tout d'abord vous montrer l'endroit où ils campent habituellement, près de Lynke Green. S'ils n'y sont pas, nous irons plus loin, à Dunstable où ils ont aussi coutume de se rendre.

– Alors, partons.

– Mais... votre repas? s'écria Adrien. Je regrette qu'on ne vous ait pas encore apporté ce que vous avez demandé...

– Aucune importance, répondit le duc. Partons. Nous n'avons plus une minute à perdre.

Comme il ouvrait la porte du bureau, un garçon de ferme, monté sur un cheval de trait, entra dans la cour. Le duc, après lui avoir jeté un regard, ordonna à l'un des palefreniers de seller deux chevaux, un pour lui-même et l'autre pour Mr Halliday.

Le garçon de ferme, après avoir mis pied à terre, s'approcha d'Adrien et lui demanda :

– N'êtes-vous pas Mr Halliday?

– Oui, c'est moi.

– J'ai une commission pour vous.

– D'où venez-vous? demanda Adrien.

– De Lynke Green.

En entendant le nom de ce village, le duc tourna la tête.

– De quoi s'agit-il? reprit Adrien.

– C'est une affaire bizarre, répondit le garçon de ferme. Il y a une jeune fille dans la prison de Lynke Green, et mon oncle voudrait savoir si vous la connaissez.

– Qui est cette jeune fille?

– Elle ne cesse de répéter qu'elle est la pupille d'un duc. M'est avis qu'elle n'a pas toute sa tête à elle. Elle est sale, vêtue de haillons. Cependant, malgré cela, on devine qu'elle est assez jolie.

Adrien jeta un coup d'œil au duc et dit :

– C'est peut-être Ravella...

Le duc opina de la tête et, s'adressant au garçon de ferme :

– Elle vous a envoyé chercher Mr Halliday?

– Oui. Elle m'a dit de le prier de venir tout de suite. Mais il faut qu'elle soit folle, car elle ne veut pas sortir de la prison!

– Mais pourquoi l'y a-t-on mise? demanda Adrien.

– C'est ça qui est le plus bizarre! répondit le garçon de ferme. La nuit dernière, elle a réveillé mon oncle, le garde-champêtre du village, et elle lui a demandé de la mettre en prison. Comme il ne voulait pas, elle a ramassé une pierre et l'a lancée contre l'une des vitres de la maison. Alors, mon oncle l'a enfermée dans l'une des cellules. Elle y est toujours.

– La nuit dernière! s'écria le duc. Mais alors comment se fait-il qu'on ne nous ait pas prévenus plus tôt?

– Il n'y avait personne pour venir jusqu'ici. Mon oncle est trop vieux pour faire huit miles. Alors, quand je suis rentré des champs, il m'a chargé de faire cette commission.

– Très bien, dit le duc.

A ce moment, deux palefreniers s'avancèrent au milieu de la cour. L'un tenait par la bride un grand étalon noir, l'autre la jument alezane d'Adrien. Le duc, sans attendre qu'on lui tînt l'étrier, sauta légèrement en selle et, suivi d'Adrien, s'éloigna au petit galop.

Trois heures plus tard, poussant la porte de la salle à manger du château de Lynke, Ravella découvrit le duc confortablement assis dans un fauteuil, un verre à portée de la main. La lumière tombant des lustres dorait les cheveux fraîchement lavés de la jeune fille.

Elle était pâle, mais ses lèvres étaient rouges et souriantes. Rien en elle ne rappelait la petite Bohémienne crasseuse et harassée que le duc, au grand galop de son étalon noir, avait ramenée dans ses bras jusqu'au château.

Ravella s'avança vers lui. Du bout de ses doigts, elle soulevait légèrement sa robe rose, serrée à la ceinture par un large ruban d'argent. Lorsqu'elle fut près du fauteuil, elle dit, avec un sourire radieux :

– Comme je suis heureuse, cher tuteur! De plus, de ma vie je n'ai jamais goûté aussi intensément le plaisir d'être propre!

– En effet, il y a une grande amélioration, répondit le duc.

– Je suis humiliée à la pensée que vous m'avez vue dans cet état! reprit-elle en portant ses mains à ses joues. Le vieux garde-champêtre avait bien voulu me donner de l'eau pour boire. Mais, comme il se montrait de plus en plus grognon, je n'ai pas osé lui en demander pour faire ma toilette.

– Oui, je sais, répondit le duc, nos prisons, hélas! n'ont pas l'eau courante...

Ravella éclata de rire.

– Dans ma cellule, dit-elle, il y avait une sorte de baquet, plein d'eau croupie, au bord duquel était assise une grenouille qui ne cessait de me regarder. Pas de vitre à la fenêtre. Pendant l'hiver, il doit faire terriblement froid entre ces murs humides...

– Que voulez-vous! fit le duc en souriant. La prison est destinée, avant toute chose, à inspirer la crainte.

– Soyez certain que je ferai tout mon possible pour ne pas y retourner! A ce propos, a-t-on pensé à dédommager le garde-champêtre? Le pauvre homme m'en a beaucoup voulu d'avoir osé briser l'une des vitres de sa maison!

– Halliday s'occupera de cela, répondit le duc. Mais vous ne m'avez toujours pas dit pourquoi vous n'avez pas quitté plus tôt la prison. Vous auriez très bien pu vous faire conduire ici.

– Je vous trouve bien têtu! s'écria la jeune fille avec surprise. N'avez-vous pas encore compris que la prison était le seul endroit où je me sentais en sécurité? Je me disais que les Bohémiens me chercheraient peut-être aux alentours du village... C'est pourquoi je serais restée des mois dans cette prison s'il l'avait fallu, en attendant qu'on vienne me chercher.

– C'est Halliday que vous avez appelé à votre secours...

– Oui, mais vous l'avez accompagné, répondit-elle avec douceur. Quand j'ai entendu votre voix, mon cœur a battu plus vite et je me suis dit que j'étais sauvée!

– Cela n'empêche pas, je le répète, que la commission dont le garçon de ferme était chargé était pour Halliday et non pour moi.

– Comment aurais-je pu deviner que vous étiez à Lynke? Je croyais que vous aviez lancé la police à ma recherche, mais j'étais à cent lieues de penser que vous aviez fait vous-même un aussi long voyage! Si vous saviez, cher tuteur, combien je vous suis reconnaissante!

– Si j'ai fait ce long voyage, répondit le duc sur un ton sarcastique, c'est que, voyez-vous, Ravella, votre sort m'inspirait quelque inquiétude.

– Vraiment?... murmura la jeune fille. (Puis, après un silence, elle ajouta :) Plusieurs fois, dans la roulotte, je vous ai imaginé à Londres, dînant avec vos amis ou jouant aux cartes à votre club, et je pensais : « Maintenant que j'ai disparu, il m'a peut-être déjà oubliée... »

Le duc lui lança un bref regard et répondit sur un ton de légèreté affectée :

– Voyons, chère Ravella, comment aurais-je pu vous oublier si vite?

– Par quel moyen avez-vous découvert que j'avais été enlevée par les Bohémiens?

Le duc sortit de sa poche sa tabatière et répondit :

– A mon avis, nous devons tous les deux faire un effort pour oublier cette aventure. A quoi bon évoquer indéfiniment l'épreuve que vous venez de traverser?

– Epreuve est le mot juste! soupira la jeune fille. Quand, tout à l'heure, Kate et Mrs Mayhew m'ont aidée à me déshabiller, elles ont poussé des cris de frayeur en voyant mon dos. La baguette de la vieille Bohémienne m'a fait des blessures profondes qui sont encore très douloureuses, mais qui, j'espère, ne laisseront pas de cicatrices. Voulez-vous les voir?

Le duc secoua la tête.

– Non, merci, Ravella. Et, si vous le voulez bien, parlons d'autre chose. Je suis heureux que vous ayez trouvé une robe qui vous convienne.

– Vous ne la reconnaissez pas?

– Ma foi, non.

– Elle a dû être oubliée ici par l'une de vos... anciennes?

– Pardon? fit le duc.

– Je vous en prie, ne me regardez pas de cette façon! s'écria Ravella en riant de bon cœur. C'est Kate qui m'a appris ce mot. Quant à cette robe, je ne sais pas comment je me serais habillée si je n'avais pas eu la chance de la dénicher! En ce moment, les deux couturières du château sont en train de me préparer une robe de mousseline pour demain. Mais, comme je voulais dîner avec vous ce soir, Mrs Mayhew m'a emmenée dans une pièce, une sorte de débarras où elle garde tous vos vêtements depuis votre naissance : vos manteaux de bébé, vos premières culottes de cheval, vos premières tuniques de chasse, l'habit que vous portiez lorsque vous étiez à Eton, etc. Il y a aussi votre premier pistolet, votre premier fleuret et toutes vos vieilles bottes aussi bien cirées que si vous deviez les mettre demain. A ce spectacle, je faillis éclater de rire. Mais Mrs Mayhew, elle, était très sérieuse. Elle considère ces objets comme des trésors de famille. Parmi eux, je n'ai trouvé qu'un seul vêtement féminin, la robe dans laquelle vous me voyez en ce moment. Mrs Mayhew m'a dit d'un air pincé : « C'est une robe qui a été oubliée un jour par une invitée de Sa Grâce. » Mais Kate, un instant plus tard, m'a glissé à l'oreille : « Une invitée? Pensez-vous! C'est tout simplement une des anciennes du duc!... » J'espère, cher tuteur, que vous me trouvez aussi jolie dans cette robe que la dame à laquelle elle a appartenu?

– Je vous trouve en effet fort jolie, répondit froidement le duc, et je dois vous avouer que je préfère le mot « dame » à celui d'« ancienne ».

– Puisqu'il vous déplaît, je ne l'emploierai plus. Mais, dites-moi, comment se fait-il que les dames que j'ai rencontrées par exemple au dîner que vous donniez le soir de mon arrivée à Londres ou que j'ai aperçues sur des scènes de théâtre soient invariablement plus jolies que celles qui fréquentent les réunions mondaines?

Comme la porte venait de s'ouvrir, le duc se tourna dans sa direction avec une expression de soulagement et dit :

– Le dîner est servi. Je meurs de faim.

– Moi aussi, dit Ravella. Le vieux garde-champêtre ne m'a donné qu'un croûton de pain sec et un petit morceau de fromage, alors qu'il se régalait d'un rôti dont l'odeur avait pénétré par la fenêtre jusque dans ma cellule.

– En qualité de représentant de la justice sur mon domaine, répondit le duc, je vais prendre toutes dispositions pour que nos prisonniers soient à l'avenir mieux nourris. Mais, pour l'instant, mettons-nous à table.

Ravella traversa la pièce. Le duc lui avança une chaise sur laquelle la jeune fille s'assit prudemment.

– Aïe! s'exclama-t-elle. Cela fait encore mal, surtout quand je m'assieds ou quand je fais des mouvements trop brusques.

Sans répondre, le duc se pencha sur le menu placé devant lui dans un cadre de cristal et d'or. Après l'avoir lu, il le tendit à Ravella en disant :

– Il n'y a pas grand-chose à manger ce soir. Mais j'espère néanmoins que nous trouverons de quoi exciter notre appétit.

– Mon appétit n'a pas besoin d'être excité! répondit la jeune fille en riant. Je me sens de taille à manger n'importe quoi! ajouta-t-elle en plongeant sa cuiller dans son assiette où fumait du potage à la tortue.

– Champagne, miss Shane? demanda le maître d'hôtel.

Comme Ravella s'apprêtait à répondre par la négative, le duc lui conseilla :

– Oui, buvez un peu de champagne. Cela ne peut vous faire que du bien.

– Très bien, cher tuteur, puisque vous le désirez. Mais le champagne me donne des picotements au bout du nez et, pour être franche, je lui préfère la limonade.

– La limonade serait une boisson indigne pour un dîner de – comment dirais-je? – de retrouvailles, si vous voulez!

– Oui, de retrouvailles! s'écria Ravella avec une expression ravie. Quand je pense que je pourrais être encore dans cette horrible roulotte!

Malgré son appétit, la jeune fille dut se déclarer vaincue au bout d'un moment. Alors, le duc l'entraîna dans le petit salon voisin. Cette pièce était pleine de fleurs, et son canapé, couvert de coussins, invitait à la paresse. Ravella regarda autour d'elle.

– Comme ce salon est charmant! dit-elle. Je voudrais vivre ici! Le rez-de-chaussée est si impressionnant, si solennel! Et je voudrais aussi, que nous soyons toujours seuls, vous et moi...

– Voilà qui n'est guère aimable pour Harriette! fit le duc après un silence.

– Oh! ce n'est pas là ce que je voulais dire! J'aime de plus en plus lady Harriette. Mais, voyez-vous, je serais si heureuse si je pouvais être toujours en tête-à-tête avec vous, dans une solitude semblable à celle que goûtent peut-être en ce moment votre sœur et le capitaine Carlyon!

– Ils semblent en effet satisfaits de leur sort, répondit le duc. Et j'ai l'impression qu'ils vous doivent une bonne part de leur bonheur.

– C'est une chance, n'est-ce pas, que cette idée me soit brusquement venue?

– Oui, c'est une chance, une grande chance. Aujourd'hui, Hugh n'est plus le même homme. J'ai d'ailleurs constaté, Ravella, que, depuis que vous êtes avec moi, votre personnalité a exercé une étrange influence sur toutes les personnes qui vivent dans cette maison. Le soir de votre disparition, toutes les femmes de chambre étaient en larmes, et le vieux Nettlefold tremblait si fort qu'il n'est pas arrivé à servir mon dîner!

– C'est un excellent homme, dit Ravella. Je sais qu'il a longtemps été au service de votre oncle. Mais je sais aussi, par certaines indiscrétions, qu'il vous préfère encore à ce dernier.

– Vraiment? s'écria le duc. J'aurais pensé au contraire que Nettlefold avait plus de goût pour la manière de vivre de mon oncle que pour la mienne.

– Détrompez-vous. Il vous admire beaucoup. Il

dit que son maître est un véritable grand seigneur!

– Très flatté, répondit le duc en souriant.

– Vous avez raison d'être flatté de cet éloge. J'ai constaté bien des fois que les gens qui sont à notre service nous connaissent mieux que nous ne le pensons. Car ils nous voient au naturel, alors que nous demeurons parfois guindés devant nos amis les plus intimes. (Elle étouffa un petit bâillement et se blottit parmi les coussins du canapé. Puis, sans transition :) Pourquoi ne me faites-vous pas un brin de cour, cher tuteur? demanda-t-elle.

– Que dites-vous? fit le duc en la regardant avec stupeur.

– Mais oui! Imaginez seulement que je suis la dame qui portait la robe dont vous me voyez vêtue ce soir. J'ai l'impression que vous devez faire la cour d'une façon très différente de lord Wroxham et de ces jeunes nigauds qui, à chaque bal, veulent à tout prix me baiser la main et me voler mon mouchoir.

– En effet, dit le duc d'une voix ferme, je ne fais pas la cour de cette façon.

– Voyez-vous, j'ai beaucoup réfléchi à cette question. Je manque d'expérience et je me suis dit qu'il serait charmant de votre part de me montrer comment les gens intelligents et délicats... les gens comme vous... font la cour.

– Malheureusement, cette idée n'est pas réalisable, répliqua le duc. Pour bien faire la cour, il faut être amoureux.

– Evidemment! s'écria Ravella. C'est là un aspect de la question que je n'avais pas envisagé. Comme vous n'êtes pas amoureux de moi, vous ne pourriez être ni sincère, ni convaincant. (Elle poussa un soupir et ajouta :) Dommage! J'aurais aimé savoir ce que vous dites et ce que vous faites dans ces moments-là. J'aurais aimé que vous m'embrassiez. Je n'ai été embrassée qu'une seule fois dans ma vie par lord Wroxham. Ça ne compte pas! Ce fut même si désagréable que je voudrais ne plus jamais y penser.

– Alors, n'y pensez plus, conseilla le duc.

– Il est toujours plus facile d'oublier les choses désagréables quand on peut les remplacer par des choses agréables.

– Bien sûr, fit le duc. Mais, vous verrez, un jour viendra où tous les baisers vous paraîtront agréables.

– Vous croyez? Je n'en suis pas certaine...

Quelques instants, elle demeura silencieuse, les yeux fermés, plongée dans une profonde méditation. Comme les coussins sur lesquels elle était allongée lui semblaient doux auprès de la couchette de la roulotte!

Le duc, lui aussi, paraissait réfléchir, son visage hâlé appuyé sur l'une de ses mains. Bientôt, Ravella respira plus fort et s'endormit.

Néanmoins, elle sentit que deux bras, vigoureux et tendres à la fois, la soulevaient. A quoi bon rouvrir les yeux? Ne savait-elle pas, déjà, qui la portait? Elle aurait voulu parler, redire au duc combien elle était heureuse de se retrouver près de lui et de se sentir serrée contre sa poitrine. Mais elle était trop lasse pour prononcer la moindre parole. Le sommeil la plongeait dans une torpeur comparable à celle à laquelle elle avait dû céder lorsque ses ravisseurs lui avaient fait absorber de force un narcotique.

Elle entendit une porte s'ouvrir. Puis on la déposa sur quelque chose de plus moelleux que le canapé du salon et, au moment où on la lâchait, elle perçut, sur ses lèvres, une pression rapide. Alors, dans la même seconde, son sang se mit à courir plus rapidement dans ses veines et un immense, un indescriptible bonheur l'envahit. Elle tenta de soulever ses paupières, de donner un quelconque signe de vie. Mais le sommeil fut plus fort qu'elle, et elle se laissa glisser au pays des songes.

Quand elle s'éveilla, le soleil semblait passer par les interstices des rideaux. Paresseusement, elle s'étira. Elle avait dormi du sommeil réparateur de la jeunesse.

Un moment, elle examina le ciel de lit qui se déployait au-dessus de sa tête et la coiffeuse dont le miroir encadré d'argent reflétait vaguement la lumière de l'intérieur.

– Il faut que je me lève, pensa-t-elle. J'ai tant de choses à voir et à faire!...

Elle se souvint alors que, la veille, toute à sa joie de retrouver le duc, elle avait à peine adressé la parole à Adrien. « Pourtant, se dit-elle, comme il m'a regardée! M'a-t-il vraiment aimée? Etait-il sincère lorsqu'il m'a proposé de m'épouser, sous prétexte de me protéger de mon tuteur?... »

A la fin, elle tira sur le cordon de la sonnette placée à la tête de son lit et, bientôt, Kate entra dans la chambre, écarta les rideaux et dit :

– Vous êtes-vous bien reposée, miss Shane? Ah! j'avais bien prévu que vous dormiriez longtemps!

– Quelle heure est-il donc? demanda Ravella.

– Presque midi. Mais je vous ai tout de même apporté votre petit déjeuner.

– Vous avez eu raison! fit Ravella avec un sourire, tout en se redressant.

Elle but coup sur coup deux tasses de chocolat. Puis, soudain, elle demanda à Kate qui allait et venait dans la chambre :

– Le duc est-il levé?

– Non seulement il est levé, mais il est parti pour Londres il y a une heure.

– Parti pour Londres! s'écria Ravella. Oh! pourquoi ne m'a-t-il pas avertie?

– Il n'a pas voulu vous déranger. Mais il m'a

chargée de vous dire qu'il avait à régler une affaire de la plus grande importance et qu'il espérait rentrer demain. Il a insisté pour que vous vous reposiez et a promis de vous rapporter une partie de votre garde-robe.

– J'avais tant de choses à lui dire! gémit la jeune fille. Pourquoi me suis-je bêtement endormie?

– Parce que vous étiez épuisée, miss Shane. Le duc vous a portée dans votre chambre. Puis il a sonné et vous n'avez pas fait un seul mouvement pendant tout le temps que je vous ai déshabillée! Vous dormiez profondément!

– Il m'a portée dans ma chambre..., murmura Ravella.

Et, tout à coup, elle se souvint du plaisir qu'elle avait éprouvé, de cette brusque accélération du sang dans ses veines, de cette délicieuse chaleur... Un rêve? Oh! comme elle aurait voulu que le duc ne se fût pas absenté!...

– J'espère qu'il n'arrivera rien à Sa Grâce, reprit Kate en plaçant sur son bras la chemise que la jeune fille avait portée pendant la nuit.

– Que voulez-vous dire? demanda Ravella.

– Avec tous ces voleurs de grand chemin! Mon frère Tom, qui travaille pour Mr Halliday, avait tout à l'heure une commission à faire au duc. Quand il a appris que celui-ci était parti, il n'a pas caché son inquiétude, car la diligence venant de Londres a été attaquée ce matin un peu après Hatfield par plusieurs voleurs, paraît-il, plus de quatre, qui ont surgi d'un bois voisin. Le postillon n'a même pas eu le temps de prendre son fusil. Les voleurs ont dépouillé les voyageurs de leur argent et de tous leurs objets précieux. Un gentleman qui faisait mine de se défendre a reçu un si violent coup de matraque sur la tête qu'il a fallu le faire opérer d'urgence. N'est-il pas terrible de penser qu'on n'a pas encore trouvé le moyen de purger notre pays de cette vermine!

– Mais, fit Ravella, le duc doit passer par Hatfield!

– Oui, miss Shane. Et c'est pour cela que j'espère qu'il ne lui arrivera rien!

– A-t-il pris la précaution de se faire escorter?

– Non. Il est parti dans son cabriolet, accompagné seulement de Jason. Bien sûr, Jason est un homme vigoureux. Mais que voulez-vous faire contre ces brigands armés jusqu'aux dents?

Ravella serra les poings.

– Il faudrait trouver le moyen d'avertir le duc! dit-elle.

– Bien sûr, miss Shane! Mais comment faire? Quand le duc conduit lui-même son cabriolet, personne ne peut le rattraper! Il est le conducteur le plus rapide du comté. Ses palefreniers en sont assez fiers!

– J'ai trouvé! J'ai trouvé! cria Ravella en sautant de son lit. Je viens d'avoir une idée, Kate! Allez me chercher, dans le débarras de Mrs Mayhew, la culotte de cheval blanche et la tunique rose que le duc portait lorsqu'il avait douze ans. Vous vous souvenez; Mrs Mayhew me les a montrées hier soir.

– La culotte de cheval blanche... la tunique rose..., répéta Kate avec une surprise grandissante. Mais, au nom du ciel, miss Shane, qu'avez-vous l'intention de faire?

– Je vais aller avertir moi-même le duc! Inutile de discuter, Kate. Allez me chercher les vêtements en question et faites-moi seller l'un des chevaux que j'ai déjà montés à mon premier séjour ici. Tenez, Neptune par exemple... Je veux qu'il soit devant la porte du château dans dix minutes. Et, surtout, pas un mot à qui que ce soit! Sinon, Mrs Mayhew ne manquera pas de venir me supplier de renoncer à cette aventure! Et maintenant, pressez-vous!

Kate, stupéfaite, quitta la pièce d'un pas rapide et revint quelques minutes plus tard. Ravella ne s'était pas trompée. La culotte de cheval et la tunique étaient à peu près à sa taille. Les bottes seules, destinées cependant à un enfant de douze ans, semblaient un peu grandes.

Mais ne s'agissait-il pas là de simples détails? La jeune fille noua ses cheveux en un chignon qu'elle cacha sous la casquette noire. Puis, après avoir jeté un regard dans la glace, elle déclara sur un ton satisfait :

– J'ai l'air d'un garçon! Mais il me manque quelque chose, les pistolets. Allez les chercher, Kate!

– Oh! miss Shane, s'écria la femme de chambre, vous n'allez tout de même pas emporter des armes à feu? Vous ne manqueriez pas de vous blesser, ou bien vous blesseriez quelqu'un!

– Les pistolets, et plus vite que ça! ordonna Ravella.

Au bout de quelques instants, Kate lui apporta les deux pistolets et la jeune fille les glissa dans chacune de ses poches.

Quand Ravella apparut sur le perron, les palefreniers la regardèrent avec étonnement. Mais, déjà, après avoir descendu les marches, elle sautait en selle et criait :

– Dites à Mr Halliday, s'il s'inquiète de mon absence, que je suis allée avertir le duc!

Puis, d'une légère pression des genoux, elle fit partir son cheval au trot.

Possédant un sens assez sûr de la direction, elle emprunta plusieurs raccourcis à travers champs et contourna deux ou trois villages, espérant ainsi rattraper le duc avant qu'il eût atteint Hatfield. La journée était claire, chaude, ensoleillée. Mais un petit vent soufflait qui, de temps à autre, menaçait d'arracher la casquette de la jeune fille.

Neptune, comme s'il avait compris ce qu'on attendait de lui, se mit bientôt de lui-même au galop. Il sautait avec aisance ruisseaux et haies. Cependant, il ralentit pour traverser un bois. Dans ce décor, Ravella se souvint de la nuit encore toute proche où elle s'était pour la première fois enfuie de la roulotte et de la chasse silencieuse que lui avaient donnée les Bohémiens...

Tandis que le cheval poursuivait sa marche entre les arbres, la jeune fille se disait que plus jamais, elle n'aurait besoin de se blottir, haletante et transie de peur, dans un buisson. Mais elle savait maintenant ce qu'éprouve un animal traqué et ne l'oublierait pas...

Quand elle émergea de la pénombre du bois, le soleil commençait à décliner. Craignant d'avoir perdu déjà trop de temps, elle remit son cheval au galop. Un peu plus tard, elle commença de distinguer dans le lointain la route de Londres, mais n'y découvrit pas la silhouette familière du cabriolet de son tuteur.

Longtemps, elle suivit parallèlement la route. Puis, comme celle-ci décrivait un large tournant entre des collines avant de pénétrer dans des bois qui entouraient le village de Hatfield, elle la traversa, gagnant ainsi un demi-mile environ.

Neptune galopait magnifiquement, à tel point que l'herbe semblait glisser de plus en plus vite sous ses sabots. Et, tout à coup, après avoir franchi un étroit ruisseau, Ravella aperçut devant elle les roues jaunes et brillantes du cabriolet.

Malgré la distance, elle distingua aussi la silhouette athlétique du conducteur. Et, un peu plus loin, devant le cabriolet, le bois où guettaient les voleurs...

Comme Neptune donnait des signes de fatigue, Ravella le pressa de la voix. Le cheval dressa l'oreille et repartit de plus belle, mais, cette fois, le vent arracha définitivement la casquette de la jeune fille dont les cheveux se répandirent sur ses épaules en une cascade dorée. Lorsqu'elle se fut encore rapprochée du cabriolet, elle cria :

– Oh! Oh!

Jason se retourna, puis échangea quelques mots avec son maître et, presque immédiatement, la légère voiture s'arrêta sur le côté de la route. Ravella tira sur les rênes de son cheval et s'arrêta à son tour. Elle était si essoufflée qu'elle ne put rien faire d'autre, pendant les premières secondes, que regarder le duc à travers ses cheveux ébouriffés.

– Ravella! s'écria le duc de Melcombe. Que diable faites-vous ici?

Elle leva la main droite, écarta ses cheveux et répondit :

– Je suis venue vous prévenir qu'il y a des voleurs cachés dans le bois, juste devant vous. On assure qu'ils sont au moins quatre et peut-être plus. Ce matin, ils ont attaqué la diligence...

– Et vous avez fait tout ce chemin pour m'en avertir! s'écria le duc en regardant la jeune fille avec une expression maussade. (Un instant plus tard, avec un sourire involontaire, il ajoutait :) Où avez-vous pris ce costume de chasse?

– C'est le vôtre... quand vous aviez douze ans! répondit Ravella en souriant à son tour.

– Je vous trouve charmante dans ce travesti! (Puis, s'adressant à son valet qui venait de se placer à la tête des chevaux :) Miss Shane m'assure qu'il y a des voleurs dans ce bois que vous voyez là-bas. Que faisons-nous?

– Pourquoi, Votre Grâce, répondit Jason, ne les attaquerions-nous pas, au lieu de nous laisser surprendre par eux?

– Excellente idée! Dételez l'un de nos chevaux et mettez-lui la selle de Neptune. Nous allons surprendre ces voleurs, Jason, et nous leur donnerons en même temps une bonne leçon!

– Parlez-vous sérieusement, Votre Grâce? demanda le valet, le regard brillant.

– N'en doutez pas, Jason! Vous prendrez le second de nos chevaux et vous attacherez Neptune à une haie. Miss Shane nous attendra ici.

– Jamais de la vie! s'écria Ravella. Je vous accompagne!

– Non, Ravella.

La jeune fille sortit les pistolets de sa poche et répondit :

– Je vous en supplie, permettez-moi de vous accompagner! Tenez, j'ai même pensé à vous apporter des armes...

Le duc éclata de rire.

– Décidément, vous êtes incorrigible, Ravella! Savez-vous au moins, vous servir d'un pistolet?

– Bien sûr! Mon père m'a appris. Et il m'a souvent dit que je tirais aussi bien qu'un homme.

– Alors, c'est parfait. Vous donnerez l'un de vos pistolets à Jason. Cela lui en fera deux. Et vous garderez l'autre pour vous.

Pendant que le valet préparait les chevaux, il chargea les deux pistolets qu'avait apportés la jeune fille. Puis il prit dans ses poches ses propres pistolets et s'assura qu'ils étaient amorcés.

– Puisqu'il en est ainsi, dit-il enfin à Ravella, vous nous accompagnerez. Mais à une condition, c'est que vous demeuriez derrière nous. Vous observerez les événements. Et, si la situation tourne à notre désavantage, vous vous rendrez à Hatfield et vous donnerez l'alerte. Mais je ne veux pas que vous vous exposiez inutilement. Est-ce compris?

– Oui, répondit la jeune fille avec tant de docilité que le duc lui lança un regard méfiant et ajouta :

– Si vous me désobéissez, je serai très mécontent.
– Bien, cher tuteur.
Le duc se tourna vers son valet.
– A mon avis, Jason, dit-il, ces gens-là se cachent de chaque côté de la route. Nous allons les prendre par-derrière. Vous passerez par la gauche et moi par la droite. Cependant, je vous conseille de faire un large détour et de vous dissimuler autant que possible sous les arbres.
– Compris, Votre Grâce.
– Il faut également que nous arrivions sur les lieux en même temps. Pour cela, vous compterez jusqu'à quatre cents et, dès que vous apercevrez les voleurs, vous ferez feu!
– Très bien, Votre Grâce. Je vais infliger à ces bandits une leçon dont ils se souviendront!
– Quant à vous, Ravella, reprit le duc, suivez-moi et, je le répète, restez derrière moi.
Il se mit en marche à travers champs, en longeant le côté droit de la route et en se dissimulant derrière une grande haie d'églantiers en fleur. Tout en progressant, il comptait à voix basse. Ravella faisait de même. Comme elle venait d'atteindre trois cent cinquante, elle aperçut un bouquet d'arbres. Le duc ralentit et chercha les endroits où le sol, plus mou, étouffait le bruit des sabots de leurs chevaux.
A ce moment, Ravella distingua, entre les arbres, un objet brillant au soleil, bouton ou canon d'un pistolet, puis le balancement brusque de la queue d'un cheval. Le duc continuait de progresser. Transgressant les instructions qu'il lui avait données, la jeune fille réduisit la distance qui les séparait. Tout à coup, le cœur battant, elle vit nettement trois hommes derrière l'écran des arbres. Ils regardaient dans la direction de la route, attendant sans doute de voir apparaître une nouvelle diligence.

Le duc enfonça ses éperons dans les flancs de son cheval. L'un des voleurs se tourna vers lui.

– Rendez-vous! cria le duc d'une voix forte.

A ce moment, de l'autre côté de la route, plusieurs coups de feu éclatèrent. Le voleur leva son pistolet.

Mais le duc avait déjà pressé la détente du sien. Ravella vit le voleur tomber de son cheval. Ses deux compagnons levèrent leurs armes et ripostèrent. Le chapeau du duc fut traversé par une balle.

Celui-ci appuya sur la détente de son second pistolet. Un deuxième voleur tomba. Il n'en restait plus qu'un. Ravella, comprenant que son tuteur était en danger, éperonna son cheval et se lança en avant.

Mais le duc avançait toujours. Le troisième voleur, sachant qu'il n'avait plus affaire qu'à un homme désarmé, le regardait avec un sourire sarcastique. Il leva son pistolet et tira. La balle, éraflant le bras gauche du duc, déchira sa manche. Alors, Ravella, jugeant que le moment était venu, fit feu à son tour. L'homme porta la main à sa poitrine, ouvrit la bouche toute grande et s'effondra très lentement sur le sol. Le duc, qui avait déjà mis pied à terre, se pencha sur lui, l'examina et, se retournant vers la jeune fille, lui dit d'un ton sévère :

– Je vous avais pourtant donné l'ordre de rester derrière moi!

– Je sais bien. Mais j'ai cru qu'il allait vous tuer!

– En attendant, c'est lui qui est tué!

– Quoi? Il est mort? murmura-t-elle.

– Votre balle lui a traversé le cœur, répondit sèchement le duc.

Puis il se pencha sur les deux autres voleurs. Le premier avait le bras droit fracassé. Il s'efforçait d'arrêter l'hémorragie avec sa main gauche. Le second, atteint à l'épaule, était couché sur le côté et proférait des jurons affreux. Le duc lui arracha le pistolet dont il n'avait pas eu le temps de se servir. Après quoi, il revint près du premier blessé, déchira sa manche et, avec son mouchoir, lui fit un pansement sommaire. A ce moment, Jason apparut entre les arbres.

– Alors? lui demanda le duc.

– Tout va bien, répondit le valet. Et je suis heureux de constater que vous êtes indemne, vous aussi, Votre Grâce. J'ai blessé un voleur, mais il est resté en selle. J'en ai manqué un autre qui s'est enfui, au grand galop, avec le troisième. Et, comme je n'avais que deux pistolets, je n'ai pu faire mieux.

– Eh bien! nous, nous avons un mort! fit le duc en montrant la victime de Ravella.

– Beau travail, Votre Grâce! (Puis, s'approchant du voleur blessé à l'épaule, qui continuait à dévider tous les jurons de son répertoire :) Toi, si tu ne te tais pas, je te fais avaler toutes tes dents!

L'homme demeura silencieux. Il avait un visage grêlé, à l'expression méchante. Ravella frissonna en pensant que s'ils étaient tombés entre les mains de ces individus, ils auraient certainement été égorgés... Le duc se redressa et dit à l'homme au bras fracassé :

– Votre hémorragie est arrêtée, et vous vivrez assez longtemps pour qu'on vous traîne à la potence!

– Pitié, milord, pitié! gémit le voleur. Vous ne nous avez même pas laissé le temps de nous défendre! Soyez régulier!

– Etes-vous certains vous-mêmes d'avoir toujours été réguliers? demanda le duc. Mais je vais vous dire ce que je puis faire pour vous. Je vais retourner à l'endroit où j'ai laissé mon cabriolet et je continuerai mon chemin. A Hatfield, je préviendrai la police de votre présence dans ce bois. Si vous êtes encore ici dans une demi-heure, vous savez ce qui vous attend! Vous voyez bien que je suis régulier, pour employer votre expression, puisque je vous donne un moyen de prendre la fuite. Mais je vous conseille, si vous vous tirez vivants de cette aventure, de choisir des moyens d'existence moins dangereux et plus honnêtes.

– Merci, milord, fit l'homme au visage grêlé avec un sourire qui ressemblait à une grimace. Il faut reconnaître que nous n'avons pas eu de veine de tomber sur un gaillard comme vous. Et pourtant, j'ai la réputation d'être bon tireur!

– Peut-être, répondit froidement le duc. Mais vous devez sans doute vos succès au fait que vous avez généralement affaire à des gens désarmés ou à des femmes sans défense.

Il s'approcha du second blessé, déchira sa veste à la hauteur de l'épaule et lui fit aussi un pansement avec la manche de sa chemise.

– Il faut que cette balle soit extraite, dit-il au voleur. Je souhaite pour vous que vous trouviez un chirurgien aussi rapidement que possible.

Puis il se redressa. Comme ses mains étaient rouges de sang, Ravella, sans un mot, lui tendit un mouchoir. Tandis qu'il s'essuyait sans la moindre hâte, la jeune fille se souvint qu'une balle avait déchiré la manche gauche de son habit.

– Et votre bras? demanda-t-elle.

– Oh! ce n'est rien, répondit le duc. Une simple égratignure.

Ravella s'approcha et examina la déchirure de la manche.

– Mais vous saignez! s'écria-t-elle. Enlevez votre habit!

– Je l'enlèverai quand nous serons revenus près du cabriolet. Je ne veux pas rester plus longtemps en compagnie de ces brigands.

Il aida Ravella à se remettre en selle et sauta lui-même sur son cheval. Un instant plus tard, suivis de Jason, le duc et la jeune fille s'éloignaient du bois.

Tout à coup, dans une prairie voisine, ils aperçurent les chevaux des voleurs, broutant paisiblement.

– J'ai l'impression, murmura le duc, que ces gens-là vont pouvoir s'échapper...

– Dommage, Votre Grâce, fit Jason, que vous ne m'ayez pas permis de les attacher et de les emmener jusqu'à Hatfield! Des gredins de cette espèce ne méritent que la potence, et les honnêtes gens ont tout intérêt à les voir se balancer au bout d'une corde!

– Je suis d'accord avec vous, Jason, répondit le duc. Cependant, je suis convaincu que tous les hommes, quels qu'ils soient, ont droit à un peu de pitié.

– Vous avez raison, cher tuteur, lui dit Ravella avec un sourire. Pour mon compte, si je désirais vous sauver la vie, je n'avais pas l'intention de tuer cet homme. Et, d'autre part, je crois qu'il est horrible d'envoyer froidement un être humain à la potence.

– J'ai bien l'impression, Ravella, que vos idées sur la justice sont aussi confuses que les miennes. Mais je trouve que vous raisonnez avec un calme surprenant pour une petite personne qui vient d'envoyer l'un de ses semblables dans l'autre monde!

– S'il vous avait tué, répondit simplement la jeune fille, mon seul désir aurait été de mourir, moi aussi.

Le duc, comme s'il préférait ne pas poursuivre cette conversation, demeura silencieux.

14

Lady Harriette prit son éventail et dit :

– J'espère que Sébastien ne va pas nous faire attendre trop longtemps. Sinon, nous manquerons tout le premier acte!

– Vous savez bien, Harriette, fit le capitaine Carlyon en souriant, que les gens à la mode n'arrivent qu'après la première moitié du spectacle...

– Eh bien! moi je trouve cela stupide! s'écria Ravella. Je n'aime pas manquer une seule mesure de musique. De plus, quand nous sommes en retard, je ne comprends rien à l'intrigue.

Hugh Carlyon tira sa montre de la poche de son gilet.

– Ce soir, Ravella, dit-il, j'ai bien peur que nous ne soyons obligés de nous conduire comme des gens à la mode...

La jeune fille, dans un mouvement brusque, écarta sa chaise de la table où ils venaient de finir de dîner et dit, en se dirigeant vers la porte :

– Je vais supplier mon tuteur de se presser!

– Un instant, Ravella! cria lady Harriette.

Mais la jeune fille avait déjà quitté la salle à manger et refermé la porte derrière elle.

– Nous aurions dû envoyer un valet, dit Hugh Carlyon. Sébastien m'a semblé d'assez méchante humeur tout à l'heure à son retour d'un combat de coqs!

Lady Harriette hocha plusieurs fois la tête.

– Il est inutile d'essayer d'arrêter Ravella quand elle a pris une décision, dit-elle. De plus, Sébastien se serait peut-être montré encore plus maussade avec un valet qu'avec elle.

– Vous avez raison, Harriette. Mon cousin est bien bizarre depuis quelques temps! Il est tour à tour grognon, sarcastique, distant, violent ou froid comme un bloc de glace!

– Oh! Hugh! s'écria en riant la jeune femme, quelle amusante description vous faites de mon frère! Comme je voudrais lui répéter ce que vous venez de dire!

– J'espère bien que vous n'en ferez rien! dit le capitaine avec une expression épouvantée.

– Ne vous inquiétez pas. J'ai bien trop peur de lui! Mais, voyez-vous, j'ai l'impression que, depuis l'enlèvement de Ravella, il est devenu encore plus dur, plus cassant que par le passé.

– Pendant un moment, dit Hugh Carlyon, j'ai cru que Ravella avait sur lui une influence apaisante. Il semblait s'améliorer, devenir plus humain. Mais je dois avouer qu'aujourd'hui il m'inquiète...

– Peut-être est-il très malheureux..., murmura lady Harriette.

Hugh Carlyon réfléchit quelques instants, puis répondit :

– Il se peut que vous soyez dans le vrai... Cependant, bonheur et chagrin sont des états d'âme qui ne me semblent pas convenir à votre frère. Il est si différent des autres – des gens comme nous par exemple, Harriette, qui après avoir été très malheureux, connaissent un bonheur indescriptible!

Tout en parlant, il posait sur la jeune femme un regard ardent.

– Etes-vous vraiment heureux, Hugh? fit-elle les joues roses de plaisir.

– Oui, profondément...

– Je puis à peine croire, reprit-elle, que nous sommes de nouveau réunis. Dans mes rêves les plus insensés, je n'aurais jamais imaginé que ma solitude aurait une fin et que je passerais le reste de ma vie à vos côtés... (Elle se leva, contourna la table et s'approcha de l'endroit où Hugh Carlyon était assis, un verre de porto à la main.) J'espère, Hugh, demanda-t-elle à voix très basse, que cela ne vous ennuie pas de venir avec nous ce soir? S'il en était ainsi, si vous sortiez uniquement pour me faire plaisir, je préférerais vous voir rester ici...

Hugh Carlyon lui prit la main.

– Comme je vous retrouve... dans les moindres petites choses! dit-il. Non, tranquillisez-vous. Je ne redoute plus le monde puisque je sais qu'à vos yeux je suis un homme normal. Ce que peuvent penser les autres à mon sujet m'est devenu indifférent!

Lady Harriette s'inclina, l'embrassa sur le front et dit :

– C'est ainsi que je vous aime.

Ravella, après avoir gravi l'escalier d'un pas rapide, venait d'atteindre le premier étage. C'était là, dans une aile séparée du reste de la maison, que se trouvait l'appartement personnel du duc : sa chambre, son cabinet de toilette, sa salle de bains, son salon. Les portes de toutes ces pièces donnaient sur un spacieux couloir voûté décoré de fresques par un célèbre artiste italien. Ravella s'arrêta en constatant que, si les portes de la chambre et du cabinet de toilette étaient fermées, celle du salon était ouverte.

Elle s'approcha donc de cette dernière et, à sa grande surprise, elle vit Scudamore, le valet du duc, agenouillé à droite de la cheminée. Devant lui, l'un des panneaux de chêne dont la chambre était lambrissée avait été déplacé, sans doute sur des rainures, révélant l'existence d'un coffre-fort dans lequel le valet était en train de déposer quelque chose.

– Tiens, une cachette! s'écria Ravella.

Scudamore se dressa d'un bond et fit face à la jeune fille.

– Ah! c'est donc vous, miss Shane! dit-il avec un soupir de soulagement. Vous m'avez fait peur! Je croyais pourtant bien avoir fermé la porte.

– Eh bien! non, vous voyez, elle était ouverte, répondit Ravella. Mais qu'étiez-vous donc en train de cacher là, Scudamore?... Et comme ce coffre est bien dissimulé! ajouta-t-elle en s'approchant. Mon Dieu, que d'argent!

– J'ai souvent dit au duc qu'il serait plus prudent de déposer tout cela dans une banque. Mais il ne veut pas m'écouter! Les pièces et les billets que vous voyez ici proviennent en grande partie de ses gains au jeu.

– Quelle chance il doit avoir! s'exclama la jeune fille. Il y a au moins là-dedans plusieurs centaines de livres!

– Non, miss Shane, pas des centaines... des milliers de livres! Tenez, regardez, je vais vous montrer une chose que vous n'avez certainement jamais vue. (Il plongea la main jusqu'au fond du coffre et en retira deux billets de banque qu'il plaça sous les yeux de Ravella en disant :) Deux billets de mille livres chacun!

– Je ne croyais même pas qu'il existât des billets de cette valeur! dit la jeune fille.

– Si, il en existe, répondit Scudamore, mais on n'en voit pas souvent. Le duc a gagné ceux-ci il y a trois mois dans un pari contre lord Watford. Ils ont tous les deux parcouru, dans des attelages à quatre, la distance qui sépare le White's Club de Richmond. Voyage difficile, surtout à midi, au moment où il y a le plus de circulation!

– Et c'est le duc qui a gagné?

– Oui, miss Shane. J'ai eu très peur, mais une fois encore, j'ai dû reconnaître que, lorsqu'il s'agit de conduire des chevaux, mon maître est imbattable.

– Deux mille livres! murmura Ravella.

– Et remarquez bien : il ne dépensera peut-être jamais cet argent. Il m'a dit de le mettre dans le coffre, car il veut garder ces billets en souvenir de son plus brillant exploit!

En hâte, le valet replaça les coupures au fond du coffre. Puis il ferma la lourde porte de fer, tourna la clef dans la serrure et remit en place le panneau de chêne.

– Ah! miss Shane, reprit-il avec une expression de reproche en glissant la clef du coffre dans l'un des tiroirs du petit bureau, vous me faites bavarder, alors que j'ai tant de travail!

– Eh bien! je ne vous retiens plus, répondit la jeune fille. Allez seulement dire au duc qu'il se presse, sinon nous serons en retard au théâtre. Or, je veux assister, moi, au premier acte!

Mais il était dit que Ravella, ce soir-là courait de déception en déception... Quand elle entra dans la loge du duc, au théâtre de Covent Garden, le rideau se baissait sur la fin du premier acte et, pendant tout le reste de la soirée, la jeune fille ignora pourquoi la volumineuse prima donna chantait avec des trémolos si douloureux.

Le spectacle terminé, lady Harriette suggéra :

– Si nous allions maintenant à l'Almack's?

– Oh! oui, s'écria Ravella. Ayant mis aujourd'hui une robe neuve, je voudrais bien la faire admirer!

Hugh Carlyon lança un coup d'œil au duc et lui demanda :

– Cela t'ennuie-t-il?

– Sans aucun doute, répondit le duc. Cependant, je suis prêt à supporter n'importe quoi pour distraire Harriette et Ravella...

– Mais, cher tuteur..., commença Ravella avec véhémence.

Le duc leva la main.

– Je vous en prie, Ravella, épargnez-moi une discussion fatigante! C'est entendu, nous allons à l'Almack's.

Ravella baissa la tête et resta silencieuse.

Les salons de l'Almack's étaient en effet l'un des

lieux de réunion les plus élégants de Londres et aussi l'un des plus fermés. Bientôt, le duc fut entraîné dans la foule par une dame qui désirait le présenter à l'une de ses amies. Et Ravella se retrouva seule, assez désemparée. Soudain, derrière elle, elle entendit une voix masculine :

– Mais, ma parole, c'est miss Shane!

Elle se retourna et se trouva face à face avec le comte van Fauberg. Elle lui fit une révérence, en se demandant déjà quelle excuse elle pourrait invoquer pour rejoindre son tuteur.

– Puis-je me permettre de vous demander de m'accorder cette danse? reprit le Hollandais. (Et, sans laisser à la jeune fille le temps de refuser, il ajouta à voix basse :) J'ai quelque chose de très important à vous communiquer.

Il avait parlé avec tant de sérieux et d'insistance que Ravella, malgré le dégoût que lui inspirait cet homme, accepta de danser une valse avec lui.

– Eh bien! quelle est donc cette chose importante? demanda-t-elle sur un ton de défi.

– Tout d'abord, une question, répondit le comte. Aimez-vous votre tuteur?

– Naturellement!

– Etes-vous prête à lui rendre un grand service, si vous en avez le pouvoir?

– Naturellement! répéta Ravella.

Tout en parlant, elle regardait le duc. Il était assis près d'une jolie femme très brune qui s'éventait en le dévisageant avec une expression provocante. Elle portait une robe de soie ivoire qui faisait paraître banales les toilettes de toutes les autres femmes.

– Qui est-ce? demanda Ravella.

– Une de mes cousines, répondit le comte, la princesse Héloïse de Dritten. Elle n'est pas mariée. Par sa mère, elle a du sang royal dans les veines.

Ravella fit un effort pour tourner la tête.

– Eh bien! reprit-elle, qu'aviez-vous à me dire?

– Voici, miss Shane. Je serai bref et... presque brutal. Votre tuteur est actuellement exposé à un grave scandale.

– Pourquoi?

– L'histoire serait trop longue à vous raconter en détail. Sachez seulement ceci : il y a quelques années, le duc a eu une admiration... passionnée pour une ravissante étrangère, originaire d'un pays avec lequel l'Angleterre était en guerre.

– Et cette étrangère se trouvait sur le territoire anglais? demanda Ravella avec étonnement.

– Non. Elle voyageait en Irlande, répondit le comte. Cela d'ailleurs est secondaire. Ce qui est important, c'est que votre tuteur lui a envoyé de nombreuses lettres et que, dans l'une d'elles, il se disait antipatriote et critiquait feu Sa Majesté George III. Cette lettre existe toujours, alors que les autres ont été détruites il y a un an, à la mort de leur destinataire.

– Mon tuteur sait-il que la lettre en question n'a pas été supprimée? demanda Ravella d'une voix précipitée.

– Non, il ne le sait pas et, si vous avez de l'affection pour lui, vous n'en parlerez à personne. Car je vous jure que, si une indiscrétion quelconque était commise, la lettre compromettante serait transmise immédiatement au roi.

– Au roi!

– Oui, miss Shane. Et je vous laisse à supposer les conséquences de cette révélation. En effet, Sa Majesté, qui estime beaucoup le duc de Melcombe, serait furieuse de constater qu'elle a mal placé sa confiance...

– Un tel scandale ne peut même pas être envisagé! dit Ravella. Mais, alors, que faire?

– Ah! voilà la question que j'attendais! Eh bien, écoutez-moi attentivement, miss Shane. Vous êtes riche, et bien que mineure, je suis certain qu'il doit vous être possible de vous procurer une certaine somme... La lettre dont je vous parle, et dont la divulgation porterait un coup mortel à l'honneur de votre tuteur, pourrait être... échangée contre la bagatelle de mille livres. Mais il faut qu'elle le soit sans le moindre retard, sinon elle tomberait peut-être entre des mains peu scrupuleuses.

– Mais où voulez-vous que je trouve mille livres? s'écria Ravella sur un ton désespéré.

– Je suis persuadé, miss Shane, répondit le comte avec un sourire onctueux, que vous avez assez d'imagination pour les dénicher sans délai.

Comme la valse venait de se terminer, le comte van Fauberg reconduisit Ravella près de lady Harriette. Cependant, il eut encore le temps de lui dire à mi-voix :

– Je vous apporterai cette lettre demain, à midi, au pied de la statue d'Achille, dans Hyde Park. Si vous ne venez pas ou si j'apprends que vous avez fait part au duc de Melcombe de la conversation que nous venons d'avoir, ladite lettre sera remise sur-le-champ à Sa Majesté.

Pendant le reste de la soirée, Ravella se rendit à peine compte de ses faits et gestes. Elle avait l'impression que la salle tournait sous ses yeux. Elle dansa, sourit, répondit à ses cavaliers, tout cela machinalement, car son esprit était obsédé par un problème dont la solution, à mesure que la nuit s'avançait, lui semblait de plus en plus impossible à trouver.

Mille livres! A qui demander pareille somme? Elle pensa à la rente de deux cents livres par mois que lui faisait verser son tuteur. Mais actuellement, elle était épuisée, toute dépensée en cadeaux de fiançailles pour lady Harriette et le capitaine Carlyon. Et pour acheter la robe qu'elle portait ce soir, des gants, des chaussures, un bonnet...

Un peu plus tard, dans la voiture, comme la jeune fille demeurait silencieuse, lady Harriette s'enquit :

– Etes-vous fatiguée, Ravella?

– Un peu. (Puis, brusquement, s'adressant au duc :) Cher tuteur, êtes-vous allé en Irlande?

– Plusieurs fois, répondit le duc. Mais pourquoi cette question?

– Une idée qui m'est passée par la tête... (Et, tout aussitôt, elle ajouta :) Il y avait une Irlandaise ce soir, je crois dans la salle...

– Si je ne m'abuse, fit ironiquement Hugh Carlyon, en s'adressant au duc, ce n'est pas l'Irlandaise, mais la Hollandaise qui t'a intéressé, Sébastien!

– C'est vrai! s'écria lady Harriette. Cette princesse hollandaise est très jolie. Mon cher frère, tu as un goût excellent!

– Elle est en effet très jolie, répondit le duc sur le ton d'un homme qui ne tient pas à entrer dans les détails.

Cette nuit-là, Ravella ne parvint pas à trouver le sommeil. Après s'être retournée cent fois dans son lit, elle écarta les rideaux et regarda la lune décliner jusqu'au moment où l'aurore teignit le ciel d'une imperceptible rougeur.

Mille livres! Ces mots résonnaient sans cesse dans son esprit. Si seulement elle avait quelque chose à vendre! se répétait-elle... Mais, pour seul bijou, elle ne possédait qu'une petite broche de peu de valeur qui avait appartenu à sa mère.

Et pourtant, il fallait trouver à tout prix une solution! Mais laquelle? Et à qui s'adresser? Il y avait bien Hawthorn, le notaire. Consentirait-il à lâcher une somme aussi importante sans la signature du duc de Melcombe?

Ravella avait des cernes profonds sous les yeux lorsque Lizzie, après avoir ouvert les fenêtres, posa le plateau du petit déjeuner près du lit de la jeune fille.

– Oh! miss Shane, s'écria-t-elle, si vous saviez comme c'est amusant!

– Qu'est-ce qui est amusant? demanda Ravella en pensant que cette incorrigible bavarde allait encore lui raconter une histoire sans intérêt...

– Il s'agit de lord Wroxham, répondit Lizzie.

– Lord Wroxham? Que lui est-il arrivé?

– Saviez-vous, miss Shane, qu'il habite à deux pas d'ici, dans Charles Street?

– Ma foi, non, je n'en savais rien. Mais poursuivez!

– Et bien, ce matin, comme James, le valet, promenait Hector, qu'est-ce qu'il voit? Un tas de gens, des créanciers pour sûr, qui tambourinaient à coups de poing sur la porte de lord Wroxham. Il y en avait d'autres qui s'étaient postés sous les fenêtres et qui poussaient des hurlements de sauvages. Mais vous pensez bien que tout cela ne servait à rien, car lord Wroxham était solidement barricadé!

– Barricadé! fit Ravella avec stupeur.

– Que voulez-vous, miss Shane, il est couvert de dettes! On dit même que la police va venir l'arrêter aujourd'hui. J'espère bien assister à ce spectacle. Quand on a arrêté sir Rupert Grenard pour l'emmener à la prison de la Fleet, j'étais là, et je l'ai vu se débattre comme un beau diable. Il a fallu six hommes pour l'arracher de chez lui. C'était passionnant!

– Et vous croyez, vous, que lord Wroxham ira lui aussi en prison parce qu'il n'a plus d'argent?

– Cela ne fait pas de doute. James dit qu'il y avait au moins une douzaine de créanciers à la porte.

Ravella écarta le plateau posé sur ses genoux et ordonna :

– Apportez-moi mes vêtements!

– Mais, miss Shane, pourquoi cette hâte?
– Faites ce que je vous dis.
Quelques minutes plus tard, Ravella était habillée.
– Je vous en prie, miss Shane, lui dit Lizzie, finissez au moins votre petit déjeuner!
– Non, je n'ai plus faim. Savez-vous si le duc est réveillé?
– Il l'est certainement, répondit Lizzie, car j'ai entendu Scudamore dire hier soir que Sa Grâce allait à Newmarket.
– A Newmarket! s'écria Ravella. Oh! Lizzie, pourquoi ne m'en avez-vous pas parlé plus tôt? Mon Dieu, pourvu qu'il ne soit pas parti!
Et, sans plus attendre, elle courut jusqu'à l'appartement de son tuteur. Avisant, dans le couloir, une femme de chambre, elle lui demanda :
– Dites-moi, Gwen, le duc est-il parti?
– Oui, miss Shane, il y a une demi-heure.
– Est-ce que Scudamore l'accompagne?
– Oui, miss Shane. J'ai entendu Sa Grâce dire qu'il rentrerait peut-être demain, mais plus certainement après-demain.
Ravella, consternée, tourna les talons, revint sur ses pas et s'arrêta devant la porte du salon. La pièce était déserte et silencieuse. La jeune fille regarda le panneau de chêne, à droite de la cheminée.
Alors, lentement, comme poussée par une force irrésistible, elle se dirigea vers le petit bureau, prit la clef dans le tiroir où elle avait vu Scudamore la déposer, palpa le lambris jusqu'au moment où elle eut trouvé le ressort qui permettait de faire glisser le panneau dans ses rainures, ouvrit le coffre, y prit les deux billets de mille livres, les plia séparément et, après les avoir cachés dans son corsage, referma le coffre, remit le panneau en place et jeta la clef dans le tiroir du petit bureau.

Ce fut seulement lorsqu'elle se retrouva dans le couloir qu'elle se mit à trembler. Elle avait l'impression qu'une voix, tout au fond d'elle-même, lui demandait sans cesse pourquoi elle avait fait cela. Elle s'arrêta et murmura, sur un ton de défi :

– Ce n'est qu'un emprunt. Je rembourserai!

Dans sa chambre, elle se trouva de nouveau face à face avec Lizzie. Après un moment d'hésitation, elle dit :

– Donnez-moi mon bonnet et mes gants, Lizzie... Je n'aurai pas besoin de manteau... Il fait trop chaud. Quant à vous, allez vous habiller.

– Est-ce que nous sortons, miss Shane?

– Oui. Mais pressez-vous et ne perdez pas de temps à discuter.

Quelques minutes plus tard, elles marchaient côte à côte, d'un pas rapide, dans Charles Street.

– Où est la maison de lord Wroxham? demanda Ravella.

– A gauche, miss Shane. Mais, maintenant, tous les créanciers doivent être partis.

En effet, le trottoir était vide. Pourtant, tout à coup, la femme de chambre poussa un cri.

– Regardez, miss Shane, la porte est ouverte! Les créanciers ont réussi à la forcer. Peut-être allons-nous voir la police emmener lord Wroxham!

– Non, nous ne verrons pas cela! répondit Ravella.

Et, d'un pas ferme, elle gravit les marches du perron et franchit le seuil de la porte. Percevant un brouhaha de voix qui parvenait du premier étage, elle s'arrêta une seconde puis elle s'élança dans l'escalier. Lorsqu'elle arriva à la porte du salon, elle vit lord Wroxham qui, le dos à la cheminée, les mains enfoncées dans les poches de sa culotte, faisait face dédaigneusement à la meute.

Certains créanciers, tout en criant à perdre haleine, agitaient des factures au-dessus de leurs têtes. D'autres, déjà, examinaient les meubles et les tableaux. Soudain, lord Wroxham déclara :

– A quoi bon cette comédie? Vous savez bien que je ne puis rien vous donner!

– Alors, milord, dit l'un des créanciers, vous irez en prison!

Lord Wroxham fronça les sourcils mais, au moment où il allait répliquer, il découvrit Ravella. Son expression passa de la fureur à la stupéfaction. Tous les créanciers se retournèrent.

Lentement, Ravella s'avança. Les commerçants s'écartèrent sur son passage. Lord Wroxham s'efforçait d'adopter une attitude aussi détachée que possible.

– Je regrette, mon cher cousin, dit la jeune fille, d'avoir si mal choisi mon moment pour venir vous voir. (Puis, lui tendant l'un des billets de mille livres, elle ajouta :) C'est une bien faible somme. Mais elle suffira peut-être à calmer certains de ces messieurs... du moins les plus bruyants. D'autre part, je tiens à vous apprendre ceci, que je voulais vous dire l'autre soir, à Vauxhall... mais je n'en ai pas eu le temps.

Elle s'arrêta quelques secondes, tandis que lord Wroxham regardait avec étonnement le billet qu'elle venait de déposer dans sa main. Enfin, elle reprit d'une voix forte :

– Voici ce que, ce soir-là, je me proposais de vous dire : j'ai décidé, dès que j'aurai atteint ma majorité, de vous restituer la fortune de votre père. Cet argent vous appartient de droit. Actuellement, j'en dépense le revenu, mais le capital demeure intact. Dans trois ans, vous serez de nouveau riche.

Déjà, les créanciers avaient complètement changé d'attitude. L'un après l'autre, ils se confondirent en excuses et, après s'être inclinés très bas, ils se retirèrent.

– Que vous dire? fit lord Wroxham lorsqu'il se retrouva seul avec la jeune fille.

– Vous n'avez rien à me dire, répondit Ravella. Tout cela est ma faute. J'aurais dû vous faire part plus tôt de ma décision, mais...

– Incroyable!... murmura lord Wroxham. Pardonnez-moi, Ravella. J'ai été dur et injuste avec vous. Je ne croyais pas que tant de générosité fût possible...

– Oublions tout cela et ne soyons plus que de bons amis.

– Vous me faites un grand honneur, répondit-il.

Il porta à ses lèvres la main de la jeune fille. Mais, pour éviter tout attendrissement, Ravella se sauva en hâte et rejoignit Lizzie.

Pendant un bon moment, elles marchèrent en silence. Comme Ravella tournait dans Curzon Street, la femme de chambre lui demanda :

– Où allons-nous, miss Shane?

– J'ai un rendez-vous important. Cependant Lizzie, il faut que vous me promettiez de n'en rien dire à qui que ce soit. J'espère que vous ne trahirez pas ma confiance.

– Sur ce point, vous pouvez être tranquille, miss Shane.

Mais Ravella pensa qu'elle devait être bien déçue, se proposant déjà de raconter cette histoire à toutes ses compagnes!...

Dix minutes plus tard, Ravella aperçut, près de la statue d'Achille, le comte van Fauberg. Appuyé sur sa canne, son chapeau baissé sur les yeux, comme pour se protéger du soleil, il regardait passer les voitures.

Dès qu'il vit la jeune fille, il se redressa, se découvrit et demanda, avec un sourire :

– Vous avez donc pu venir, miss Shane?

– La lettre! fit sèchement Ravella.

– Avez-vous l'argent?

Elle lui montra le billet de mille livres.

– Vous voyez! dit-il. Ce n'était pas plus difficile que cela! Après tout, mon ami a peut-être eu tort de ne pas exiger une somme plus importante.

– La lettre! répéta Ravella.

– La voici, dit-il en la retirant lentement de sa poche. Mais, avant de vous la remettre, miss Shane, je vais encore vous poser une condition.

– Laquelle?

– Oh! une condition facile à remplir... C'est que, pendant au moins quarante-huit heures, vous ne parliez ni de cette lettre ni de la... transaction à laquelle elle a donné lieu. Si vous ne pouvez me faire cette promesse, je me verrai au regret...

– Je promets! Je promets tout ce que vous voudrez! cria Ravella, exaspérée.

– Très bien, répondit le comte.

Il lui tendit la lettre, mais au moment où la jeune fille allait la prendre, il la tint encore du bout de ses doigts et ajouta :

– Si j'osais, je vous demanderais autre chose... un baiser... un simple petit baiser...

Soudain furieuse, Ravella, arracha la lettre et répondit :

– C'est là l'unique condition qu'il me serait impossible de remplir!

– Très bien, très bien! fit le comte avec surprise. Je vois que vous avez du caractère. Aussi je n'insiste pas.

– Vous êtes vraiment trop bon! répliqua Ravella sur un ton sarcastique. Au revoir, monsieur.

– Au revoir, miss Shane. Nous ne nous reverrons sans doute pas d'ici longtemps. Cependant, ma cousine vous rappellera mon existence...

– Votre cousine?

– Oui, la princesse Héloïse de Dritten. Si je suis

bien renseigné, son mariage avec le duc de Melcombe sera annoncé très prochainement. Et ceci explique, chère miss Shane, mon vif désir de sauver votre tuteur d'un scandale. Ce n'était d'ailleurs pas seulement à lui que je pensais dans cette affaire de lettre compromettante, mais à cette parente qui m'est particulièrement chère...

Ravella avait l'impression que son cœur s'était arrêté de battre. Néanmoins, luttant pour se maîtriser, elle répondit d'une voix aussi indifférente que possible :

– J'espère que la princesse vous sera reconnaissante des efforts que vous avez faits en sa faveur.

Puis elle s'éloigna d'un pas vif. Le comte van Fauberg la regarda s'éloigner. Toujours souriant, il palpait, au fond de sa poche, le billet de mille livres...

En silence, Ravella, précédant Lizzie, reprit la direction de Melcombe House. Elle n'avait qu'un désir, celui de se réfugier dans sa chambre. Mais, tout en marchant, elle pensait à son tuteur et à la princesse de Dritten!... En effet, cette femme était belle... et si racée! Pourquoi le duc de Melcombe ne l'aurait-il pas demandée en mariage?...

C'est alors que tandis que ses souliers faisaient résonner le pavé de Curzon Street, brusquement Ravella se rendit compte qu'elle était amoureuse de son tuteur. Oui, elle l'aimait, comme une femme aime un homme, passionnément, profondément, depuis l'instant où elle avait fait sa connaissance, le jour où il l'avait arrachée à lord Wroxham. « Comme j'ai été aveugle! pensait-elle. Comme j'ai été stupide et puérile! Maintenant, je comprends pourquoi j'ai été si malheureuse chaque fois qu'il m'a témoigné de l'hostilité. Je comprends aussi pourquoi je me sens transportée chaque fois que je me trouve en sa présence... Et il s'apprête à épouser une autre femme!... »

Toujours accompagnée de Lizzie, qui avait bien de la peine à la suivre, elle entra en coup de vent dans Melcombe House. Mais, la première chose qu'elle vit dans le hall, ce fut, sur un fauteuil, le manteau de voyage du duc. Nettlefold s'approcha d'elle et lui dit :

– Oui, miss Shane, le duc est rentré à l'improviste. Il a eu un léger accident de voiture. Il est donc revenu pour en faire préparer une autre qu'il conduira lui-même. Elle va être prête dans un instant.

– Où est le duc? demanda Ravella.

– Dans la bibliothèque.

Elle s'élança dans le couloir, ouvrit la porte de la bibliothèque. Le duc, près de la fenêtre, était en train de lire le *Morning Post.*

– Pourquoi êtes-vous parti sans me prévenir? demanda Ravella, sans préambule.

Le duc leva les sourcils.

– Bonjour, Ravella, dit-il avec calme. Depuis quand suis-je dans l'obligation de vous tenir au courant de mes allées et venues?

– Excusez-moi, cher tuteur, répondit avec simplicité la jeune fille en entrant dans la pièce. Mais, voyez-vous, j'ai été très ennuyée quand j'ai appris que vous étiez parti. J'ai quelque chose à vous dire...

– Alors, parlez vite, car il faut que je reparte sans le moindre retard.

Ravella respira profondément, comme si elle s'apprêtait à un long discours. Mais, à ce moment, Scudamore, livide, apparut sur le seuil de la porte et dit, d'une voix tremblante :

– Votre Grâce, nous avons été volés!

– Que voulez-vous dire?

– Eh bien! voici, Votre Grâce. J'ai ouvert le coffre, comme vous me l'aviez demandé, pour y prendre l'argent dont vous avez besoin... et je me suis aperçu que les deux billets de mille livres ont disparu. S'il le faut, Votre Grâce, je suis prêt à jurer qu'ils étaient hier encore dans le coffre.

– Rassurez-vous, dit Ravella, il n'y a pas eu vol. C'est moi qui ai pris ces billets.

Elle s'était efforcée de parler d'une voix aussi naturelle que possible.

– Vous, miss Shane? fit le valet.

– Oui, moi. J'étais justement sur le point de parler au duc de cette affaire.

Scudamore prit son mouchoir et s'essuya le front en disant :

– Eh bien! miss Shane, vous m'avez fait peur! J'ai bien cru que j'allais perdre connaissance!

– Merci, Scudamore, dit le duc, vous pouvez disposer.

Le valet sortit d'un pas presque chancelant et ferma la porte derrière lui.

Le duc se tourna vers la jeune fille. Il était très pâle et ses yeux paraissaient agrandis par la surprise.

– C'est vrai, dit Ravella. J'allais vous mettre au courant lorsque Scudamore est entré.

– Je vous écoute.

– J'avais besoin immédiatement de... de deux mille livres... Je voulais vous les demander, mais vous étiez déjà parti pour Newmarket. Alors, j'ai... j'ai pris les deux billets en question.

– Etait-ce donc si pressé?

– Je voulais remettre mille livres à lord Wroxham...

– A Wroxham? fit le duc d'une voix sourde.

– Oui. Ma femme de chambre venait de me dire que les créanciers assiégeaient sa maison et que, s'il ne payait pas ses dettes, on allait l'emmener en prison. Vous comprenez, je ne pouvais pas laisser faire ça!

D'autre part, vous savez très bien que j'ai l'intention de lui restituer sa fortune, dès que j'aurai atteint ma majorité. J'aurais bien demandé de l'argent à Mr Hawthorn. Mais je n'avais pas de temps à perdre. Alors, j'ai couru jusqu'à Charles Street et j'ai donné mille livres à lord Wroxham...

– Vous êtes généreuse... avec mon argent! dit le duc.

– Vous savez bien que je vous rembourserai! Dès aujourd'hui, je vais prendre des dispositions pour que ma pension soit réduite chaque mois de moitié.

– Et l'autre billet de mille livres?

Ravella baissa la tête.

– Est-il... vraiment nécessaire que je réponde à cette question? murmura-t-elle.

– Mais... naturellement.

– Alors, excusez-moi. J'ai donné ma parole d'honneur que je ne vous parlerai pas de cette affaire avant quarante-huit heures... Je vous en prie... je vous en supplie, comprenez-moi!

– Je n'ai pas du tout l'intention de vous comprendre! fit le duc sur un ton cassant. Cette comédie n'a déjà que trop duré, Ravella! Qu'avez-vous fait de l'autre billet de mille livres?

– Je ne puis vous le dire! répondit Ravella en se tordant les mains. Vous savez bien que, si je n'avais pas donné ma parole d'honneur... Croyez-vous que j'aie le désir de vous cacher quoi que ce soit?... Voudriez-vous que je manque à ma parole?

– Très bien, je n'insisterai pas. Gardez vos secrets, Ravella. D'ailleurs, ils ne m'intéressent guère. Peu importe que vous ayez remis mille livres à Wroxham et mille livres à quelque autre jeune imbécile. Mais, puisque vous avez décidé, semble-t-il, de diriger vous-même vos propres affaires, je vous conseille de chercher un autre tuteur ou, à la rigueur, un mari. En un mot, il n'y a pas de place chez moi pour une pupille qui me trahit!

Ravella poussa un cri et tendit les mains vers le duc. Mais, à ce moment, la porte se rouvrit et Nettlefold annonça :

– La voiture est devant la porte, Votre Grâce.

– Merci, Nettlefold, répondit le duc.

Et, sans jeter un regard à Ravella, il sortit de la bibliothèque. La jeune fille avait l'impression d'être clouée au parquet. Et, bientôt, lentement, les larmes commencèrent à couler sur ses joues.

Une minute passa de la sorte. Lorsqu'elle entendit la porte de la maison se fermer et qu'elle eut la certitude que le duc était parti, Ravella se laissa tomber à genoux devant le grand fauteuil de velours placé près de la cheminée et enfouit son visage dans le coussin servant de siège.

Plus tard, comme elle relevait la tête pour chercher un mouchoir, elle perçut un craquement; derrière elle, on venait d'ouvrir la porte de la bibliothèque. D'instinct, elle se redressa, au moment même où Nettlefold disait :

– Miss Shane, Mr Hawthorn vient d'arriver. Il voulait voir le duc pour une affaire urgente, mais, comme celui-ci est absent, il m'a demandé s'il pouvait vous parler.

– Faites-le entrer, répondit Ravella d'une voix étranglée par les sanglots.

Elle s'essuya les yeux et les joues en pensant : « Après une pareille scène, je dois avoir un visage effrayant. Après tout, qu'importe! Puisque le notaire est ici, je vais en profiter pour le prier de verser toute ma pension au compte de mon tuteur. Je n'aurai plus rien pour vivre. Mais tant pis... »

– Mr Hawthorn, annonça Nettlefold.

Le notaire s'inclina.

– Votre serviteur, miss Shane. (Puis, après avoir examiné le visage de la jeune fille :) Peut-être êtes-vous déjà au courant...

– Au courant de quoi? demanda Ravella.

– Excusez-moi. Mais voyez-vous, j'avais peur qu'on ne vous ait avertie avant mon arrivée...

– Que se passe-t-il donc? cria Ravella.

– Un événement de la plus haute importance, miss Shane. Je me demande de même comment je vais faire pour vous expliquer... Car il s'agit d'un véritable désastre...

– Mais, enfin, allez-vous me dire...

– Préparez-vous à recevoir un choc, miss Shane, répondit le notaire en posant sa serviette sur le bureau. Voici ce dont il s'agit; il y a une heure, l'avoué de feu lord Wroxham, votre oncle, est venu me voir. Il a découvert un nouveau testament, que votre oncle avait rédigé quelques jours avant sa mort et caché dans sa Bible, près de son lit. Hier, par hasard, une femme de chambre a trouvé ce testament... Je suis donc au regret, miss Shane de vous apprendre que lord Wroxham lègue la majorité de sa fortune à son fils unique. Le reste est partagé entre ses serviteurs et un orphelinat d'Epsom.

– Il ne me laisse rien?

– Non, miss Shane. Votre nom n'est même pas mentionné.

La jeune fille était devenue très pâle. Néanmoins, elle reprit, d'une voix ferme :

– Et l'argent que j'ai déjà dépensé? Vous savez, Mr Hawthorn, il s'agit d'une somme considérable...

– C'est là une question qui devra être discutée... Espérons que le jeune lord Wroxham se montrera généreux, ou que peut-être le duc de Melcombe...

– Non, non! Il faut laisser le duc en dehors de cette affaire!

Le notaire, étonné, leva les sourcils. Mais il n'en répondit pas moins :

– Il est de mon devoir, miss Shane, de l'avertir moi-même dès son retour... Puis-je me permettre de vous dire combien je suis désolé...

– Merci... merci, Mr Hawthorn.

– Et maintenant, je vais vous demander l'autorisation de me retirer. J'ai justement, aujourd'hui, beaucoup à faire...

– Mais naturellement.

Le notaire regarda la jeune fille.

– Tout n'est pas perdu, miss Shane, dit-il en manière de consolation. Depuis que vous vivez à Melcombe House, vous avez dû vous faire de brillantes relations. Pourquoi un jeune homme, sensible au charme et à la beauté, et indifférent à la fortune, ne demanderait-il pas votre main?

Ravella redressa fièrement la tête en pensant qu'il s'agissait là d'une insolence que cet homme ne se serait pas permise il y a seulement une semaine...

– Sachez bien, Mr Hawthorn, dit-elle d'une voix glaciale, que je n'ai pas besoin de semblables conseils et que je suis assez grande pour prendre moi-même toutes les décisions concernant mon avenir.

Le notaire s'inclina et répondit :

– Dans ce cas, miss Shane, il ne me reste plus qu'à me retirer.

Ravella attendit qu'il fût sorti. Puis, à pas lents, elle revint vers le fauteuil sur lequel le duc avait coutume de s'asseoir.

15

Lady Harriette traversa le palier, se pencha sur la rampe et demanda :

– Le duc n'est toujours pas rentré?

Nettlefold, placé près de la fenêtre du hall, surveillait la rue; il sursauta et répondit :

– Non, milady. Mais il me semble qu'il est encore un peu tôt, d'autant plus que le valet qui est parti ce matin n'a pas dû arriver à Newmarket avant midi.

– Je crois que vous avez raison, répondit lady Harriette d'un ton déçu.

Puis elle regagna le boudoir. Hugh Carlyon se tenait devant la cheminée.

– Asseyez-vous, Harriette, dit-il avec douceur. A quoi bon vous agiter de la sorte? Vous savez bien que nous ne pouvons rien faire tant que Sébastien ne sera pas rentré.

– Mais oui, Hugh, je sais... je sais... Cependant, comment voulez-vous que je ne sois pas nerveuse? Quand je pense que cette pauvre enfant...

A ce moment, il y eut un bruit de voix à la porte d'entrée et dans le hall. Lady Harriette regarda fixement Hugh Carlyon, puis courut de nouveau jusqu'au palier. En effet, le duc de Melcombe était en train d'enlever ses gants. La jeune femme poussa un petit cri et descendit précipitamment l'escalier.

– Sébastien! dit-elle. Dieu merci, te voici revenu!

– Voyons, Harriette! fit le duc avec ironie. Pourquoi ce ton dramatique?

– Pourquoi? Mais ne t'a-t-on pas remis mon billet?

– Je n'ai rien reçu du tout.

– Ce matin, je t'ai envoyé un valet, avec l'ordre de

te joindre aussi rapidement que possible. Mais cela n'a plus d'importance, puisque tu es ici!

Le duc, après avoir remis son manteau à un valet, se regarda un instant dans la glace et dit :

– Et maintenant, Harriette, peut-être vas-tu m'expliquer...

– Dans un instant, répondit-elle. (Puis elle ajouta, à voix basse :) Il ne faut pas que les domestiques entendent... Accompagne-moi dans le boudoir. Hugh voudrait te donner connaissance de certaine lettre...

– Eh bien, c'est entendu, dit le duc, je t'accompagne. (Et, se tournant vers Nettlefold, il ajouta :) Apportez-moi une bouteille de vin et de la viande froide dans la bibliothèque. Je dînerai tard.

– Très bien, Votre Grâce.

En silence, il gravit l'escalier derrière lady Harriette.

Hugh Carlyon l'accueillit à la porte du boudoir.

– Nous avons attendu impatiemment ton retour, Sébastien, dit-il d'une voix calme.

– Alors, de quoi s'agit-il? demanda le duc sur le ton le plus froid.

– Tiens, lis ceci, répondit le capitaine en prenant une enveloppe posée sur la table, près de la cheminée, et en la lui tendant.

Le duc regarda l'enveloppe et dit :

– Mais c'est l'écriture de Ravella...

– Oui.

– Où est-elle? Comment se fait-il que je ne l'ai pas encore vue?

Après un instant de silence, Hugh Carlyon répondit :

– Elle est partie, Sébastien.

– Partie? Où cela?

– C'est justement ce que nous ignorons! répondit lady Harriette. Voilà plusieurs heures que nous cherchons, Hugh et moi, à comprendre pourquoi elle s'est sauvée...

– Vous êtes certains qu'elle s'est sauvée?

– Oui, répondit lady Harriette, car elle m'a laissé une lettre, à moi aussi. Je vais te la montrer.

Elle ouvrit son réticule et remit au duc la lettre suivante :

Chère lady Harriette,

Je m'en vais. Soyez tranquille; je serai en sécurité. Dans une autre lettre, j'ai tout expliqué à mon tuteur. J'ai été très heureuse près de vous. Je ne vous oublierai jamais. Adieu.

Ravella Shane

– Quand t'a-t-on remis ceci? demanda le duc.

– Ce matin, à 10 heures, répondit lady Harriette. Mais les femmes de chambre m'ont appris que Ravella était partie à l'aube... et seule.

– Seule! s'exclama le duc.

– Oui. Elle n'a même pas emmené sa femme de chambre, et elle a laissé presque toutes ses affaires. Elle n'a emporté qu'une robe et un manteau de voyage. Un instant, j'ai craint que...

Comme la jeune femme, étouffée par les sanglots, semblait incapable de poursuivre, Hugh Carlyon expliqua :

– Oui, Sébastien, Harriette a craint que Ravella ne se fût jetée dans la Tamise. Personnellement, je crois que, sur ce point, il n'y a rien à redouter. Mais nous ne serons pleinement rassurés que lorsque tu auras pris connaissance de la lettre que je viens de te remettre.

Un instant encore, le duc regarda fixement l'enveloppe qu'il tenait à la main. Enfin, il rompit le cachet.

Une minute plus tard, sans un mot, il tendit à sa sœur l'une des deux feuilles de papier qu'il avait retirées de l'enveloppe, garda l'autre et s'approcha de la fenêtre. Lady Harriette tenta de déchiffrer l'écriture de Ravella. Mais, aveuglée par les larmes, elle se tourna vers le capitaine Carlyon et lui dit :

– Oh! Hugh, j'ai peur! J'ai peur!... Je vous en prie, lisez pour moi...

Le capitaine Carlyon prit la lettre et lut, d'une voix ferme :

Très cher tuteur,

Puisque vous le désiriez, je suis partie. Mr Hawthorn vous apprendra qu'on a trouvé un nouveau testament et que je n'ai plus de fortune. Je suis certaine que lord Wroxham vous remboursera les mille livres que je lui ai remises pour le sauver de la prison. D'autre part, je puis maintenant vous révéler que j'ai donné l'autre billet de mille livres au comte van Fauberg en échange d'une lettre qui, sans cela, aurait été remise au roi et vous aurait déshonoré.

Le comte m'a appris que vous aviez l'intention d'épouser sa cousine, la princesse de Dritten. Je vous souhaite beaucoup de bonheur. Je ferai mon possible pour rembourser les sommes que j'ai dépensées, mais il est au-dessus de mes forces de suivre le conseil de Mr Hawthorn.

Je vous demande pardon de tous les ennuis que je vous ai causés et je vous demande de vouloir bien penser de temps à autre à celle qui fut votre pupille.

Ravella Shane.

Hugh Carlyon posa la lettre sur la table, prit lady Harriette dans ses bras et lui dit :

– Voyons, ne pleurez plus! Elle est vivante. C'est déjà quelque chose.

– Oui, mais où est-elle? Et comment allons-nous faire pour la retrouver?

– Sébastien a peut-être une idée... (Comme le duc demeurait immobile devant la fenêtre, le capitaine Carlyon ajouta :) Que veut-elle dire, Sébastien, par cette phrase : « Puisque vous le désiriez, je suis partie... »

Plusieurs secondes passèrent encore. Puis le duc répondit, d'une voix altérée :

– Je lui ai dit qu'elle ne pouvait plus rester ici...

– Comment? s'écria lady Harriette entre deux sanglots. C'est toi, Sébastien, qui lui as dit de partir? Pourquoi ne m'en a-t-elle pas parlé? Est-il vrai également que tu as l'intention d'épouser la princesse?

– C'est absolument faux! C'est un mensonge inspiré sans doute par la vengeance!

– Je ne comprends pas, dit lady Harriette avec une expression stupéfaite. Pourquoi le comte van Fauberg a-t-il menti? Et cette lettre dont parle Ravella?...

Le duc regarda la feuille de papier qu'il avait cachée dans sa main et dont ni lady Harriette, ni le capitaine Carlyon ne soupçonnaient l'existence.

– C'est un faux... un faux grossier, répondit-il sèchement. Mais ce faux a permis à van Fauberg d'arracher mille livres à une enfant qu'il croit amoureuse de moi!

– En cela, il ne se trompe pas! dit nettement lady Harriette. Oh! Sébastien, comment as-tu pu chasser de chez toi cette jeune fille qui t'aime de tout son cœur? Bien souvent, j'ai prié pour que tu lui rendes l'affection qu'elle t'a vouée! Ne l'aimes-tu donc pas un peu?...

– Mais, répondit lentement le duc, je l'ai aimée, je crois,... dès le premier jour!

– Alors, Sébastien, pourquoi...

– Pourquoi je ne lui ai pas dit que je l'aimais? Eh bien, parce que je l'aimais trop pour l'épouser! J'espérais qu'elle trouverait quelqu'un de plus... de plus sérieux que moi...

– Tu as été fou, Sébastien, de croire qu'elle pourrait en aimer un autre!

– Peut-être. Mais, quand on a une réputation aussi fâcheuse que la mienne, on n'épouse pas un être aussi pur que Ravella!

Lady Harriette, les yeux brillants de larmes, regarda son frère pendant quelques secondes et répondit :

– Tu l'aimes, Sébastien, puisque tu étais prêt à te sacrifier pour elle... Retrouve-la et dis-lui ce que tu viens de nous avouer. Ne comprends-tu pas que, loin de toi, elle endure un véritable martyre?

Le duc se mit à arpenter la pièce de long en large. Soudain, il s'arrêta devant le capitaine Carlyon.

– Ecoute, Hugh. Tu vis à mes côtés depuis longtemps. Tu connais mes défauts. Dis-moi ce que je dois faire.

Spontanément, le capitaine Carlyon lui tendit la main et répondit :

– Harriette m'a appris que l'amour est plus fort que tout!

Le duc serra longuement la main de son cousin. Puis, comme s'il avait jugé le moment venu de se replonger dans la réalité, il prit la lettre de Ravella à lady Harriette, la relut d'un bout à l'autre et murmura :

– Elle dit : « Soyez tranquille : je serai en sécurité... » Où peut-elle bien se cacher?...

– C'est là une question que nous nous sommes posée cent fois depuis ce matin, Hugh et moi, dit lady Harriette. Ravella a très peu d'amis. Quand tu lui as ordonné de partir, Sébastien, lui as-tu conseillé d'aller à tel ou tel endroit?

– Je n'y ai même pas songé, répondit le duc. J'ai

parlé sous le coup de la colère. En vérité, Harriette, j'étais surtout jaloux, terriblement jaloux. Elle venait de me dire qu'elle était allée voir Wroxham, et elle ne voulait pas m'avouer ce qu'elle avait fait de l'autre billet de mille livres, sur les deux qu'elle avait pris dans mon coffre. Je me suis imaginé qu'elle l'avait donné à un homme. Maintenant, je regrette. Je me suis conduit comme une brute!

– Pauvre petite! fit lady Harriette. Comme elle a dû souffrir! Si seulement elle s'était confiée à moi! J'ai bien vu qu'elle avait pleuré. Mais j'ai cru qu'il fallait attribuer sa détresse au fait qu'on venait de découvrir un nouveau testament de son oncle...

– J'ai entendu parler de cette affaire, ce matin, à Newmarket, dit le duc. S'agit-il d'un simple bruit ou d'un fait établi?

– Mr Hawthorn assure que le nouveau testament est tout à fait légal, dit le capitaine Carlyon. Wroxham est venu pour te voir cet après-midi. Mais, comme tu étais absent, il reviendra demain. Sans aucun doute, il veut te rembourser les mille livres que lui a données Ravella. Comme le monde serait meilleur si tous les individus avaient, comme cette jeune fille, une confiance aveugle dans la nature humaine!

Lady Harriette s'approcha de son frère, lui mit la main sur l'épaule et dit :

– Tu as beaucoup souffert de la solitude, Sébastien. Espérons que tu vas enfin connaître le bonheur! Regarde, Ravella nous a déjà rapprochés, Hugh et moi. Ne mériterait-elle pas de connaître à son tour les joies d'un amour sincère et partagé?

– Oui, elle le mérite, répondit le duc. Je suis prêt à lui consacrer ma vie.

Une heure plus tard, après avoir passé en revue toutes les personnes que connaissait Ravella, le duc décida de faire une visite à sa grand-mère. Il trouva la vieille dame vêtue, comme à l'accoutumée, d'une longue robe blanche. Elle tendit à son petit-fils une de ses mains striées de grosses veines bleues et couvertes de bagues. Comme le duc lui baisait le bout des doigts, elle lui demanda, avec son habituelle franchise :

– Pourquoi n'es-tu pas venu me voir depuis si longtemps?

– Parce que je me croyais en disgrâce, répondit le duc.

– Qu'importe ce que tu crois! Ton devoir est de me faire de fréquentes visites. J'aime, tu le sais bien, la compagnie des hommes beaux!

– Merci, grand-mère, répondit le duc en s'inclinant. Et maintenant, je dois vous avouer que j'ai besoin de votre aide.

– De mon aide? répéta-t-elle en le regardant de ses yeux perçants. Tu as donc de nouveaux ennuis? Encore une histoire de femme, n'est-ce pas? La señorita Deleta?...

– Non, je ne l'ai pas vue depuis un certain temps.

– Si je suis bien renseignée, reprit la duchesse de Largs, elle aurait été obligée, pour raison de maladie, de rompre son contrat avec la direction du Vauxhall. Sa gorge paraît-il... Mais, puisqu'il ne s'agit pas d'elle, veux-tu me dire pour quelle raison tu as besoin de mon aide?

– Eh bien, voici, grand-mère : j'ai perdu Ravella.

La vieille dame sursauta :

– Tu as perdu Ravella? s'écria-t-elle. Se serait-elle fait enlever une seconde fois?

– Non. Elle s'est enfuie de ma maison... parce que je lui avais dit... quelque chose. A ce moment-là, naturellement, je ne savais pas que le testament de feu lord Wroxham n'était plus valide.

– Plus valide? Voyons, qu'est-ce que c'est que cette histoire?

En quelques mots, le duc lui raconta tout ce qui

s'était passé depuis deux jours entre Ravella et lui. Quand il eut terminé, la duchesse demanda :

– Et maintenant, qu'as-tu l'intention de faire?

– Je veux retrouver Ravella et, quand je l'aurai retrouvée, lui demander de devenir ma femme...

– Enfin! s'écria la duchesse avec une expression rayonnante. Il y a longtemps que je te soupçonnais d'être amoureux de cette petite. Tu ne pouvais faire un meilleur choix. Je suis certaine que Ravella te rendra heureux. Et puis, n'est-il pas temps que tu cesses de batifoler avec des femmes de mauvaise vie?

– Je suis entièrement d'accord avec vous, grand-mère. Mais savez-vous où se trouve Ravella?

– Je ne sais qu'une chose : elle n'est pas ici.

– Je pensais qu'elle était peut-être venue vous voir.

– J'aurais bien voulu qu'elle eût cette idée. Je l'aurais accueillie avec plaisir, car je la crois intelligente, sensible et énergique – qualités qui font généralement défaut aux jeunes filles de ma connaissance.

Le duc se leva.

– Il va falloir que vous m'excusiez, grand-mère. Il est indispensable que je poursuive mes recherches sans le moindre retard.

– Crois-moi, elle est certainement partie pour la campagne. Si j'ai bonne mémoire, elle n'aime pas Londres, et elle n'a pas tort!

– La campagne! s'écria le duc. Vous devez avoir raison, grand-mère. Je vous remercie de tout cœur.

Dès son retour à Melcombe House, il dit à lady Harriette et Hugh Carlyon :

– Je pars immédiatement pour Lynke. J'ai le pressentiment que Ravella est allée se réfugier près d'Adrien Halliday. Elle estime beaucoup ce garçon. A un moment donné, j'ai même cru... Après tout, quand elle a échappé aux Bohémiens, c'est lui qu'elle a fait appeler... ce n'est pas moi...

– Ravella n'a pour Adrien Halliday qu'une affection toute fraternelle, répondit lady Harriette. Mais, dans son cœur, il n'y a que toi, Sébastien, et tu le sais bien!

Au château de Lynke, le duc éprouva une nouvelle déception. Adrien Halliday n'avait pas entendu parler de Ravella. Le lendemain, le duc se rendit au pensionnat de Mildew où Ravella avait séjourné quelque temps. Miss Primington, la directrice, le reçut le plus aimablement du monde, mais fut incapable de le renseigner sur le sort de la jeune fille.

Dès son retour à Lynke, il fut accueilli par Adrien.

– Elle n'est pas à Mildew, dit-il. (Puis il ajouta :) Où peut-elle bien se cacher?

Il avait parlé avec un accent si désespéré que le jeune régisseur le regarda avec surprise.

– Je voudrais pouvoir être en mesure de répondre à cette question, Votre Grâce, dit-il. Depuis ce matin, je réfléchis.

– Eh bien! réfléchissez encore, répliqua le duc en arpentant le salon, comme s'il lui était impossible de demeurer immobile. Imaginez-vous dans sa situation... Vous vous êtes enfui de Melcombe House... et vous vous trouvez brusquement isolé dans Londres... Où iriez-vous?

– Je prendrais la diligence pour venir ici, répondit Adrien. Je rentrerais chez moi, tout simplement.

Le duc s'arrêta de marcher.

– Mais bien sûr! s'écria-t-il. Pourquoi n'y ai-je pas pensé plus tôt? Le premier mouvement de tous les êtres humains est de retourner chez eux. C'est certainement ce qu'a fait Ravella!

– Je croyais qu'elle n'avait pas de foyer, dit Adrien.

– En effet, elle n'en a pas. Mais elle m'a dit un jour qu'un ancien domestique de son père, nommé Adam, si je me souviens bien, vit toujours à deux pas de la maison où elle a passé son enfance... Faites-moi seller un cheval immédiatement!

– Mais, Votre Grâce, la nuit est déjà tombée!

– Peu importe!

– Dois-je vous faire accompagner par un valet?

– Non. J'ai l'intention de voyager très vite. Que le cheval soit prêt dans dix minutes. En attendant, je vais me changer.

Le lendemain, après avoir galopé toute la nuit, le duc de Melcombe, admiratif, regarda le soleil se lever sur les collines galloises, et il ne put s'empêcher de comparer la couleur du ciel à l'or pâle des cheveux de Ravella. Il s'arrêta dans une auberge, fit sa toilette, se restaura et se renseigna sur la direction qu'il devait prendre. Puis il se remit en route.

Il progressait maintenant avec plus de lenteur, car son cheval commençait à donner des signes de fatigue. Il n'arriva donc qu'à midi à proximité d'un minuscule village blotti au pied d'une imposante colline. Là, on lui apprit que l'ancien domestique du capitaine Shane habitait à l'extrémité de la bourgade.

Quelques instants plus tard, il s'arrêta, le cœur battant, devant une petite maison dont la façade disparaissait sous le chèvrefeuille. Il frappa à la porte et presque tout de suite, un vieillard apparut sur le seuil.

– Miss Shane est-elle chez vous? demanda-t-il.

– Votre nom? fit le vieillard méfiant.

– Je suis le duc de Melcombe.

– Eh bien! entrez, Votre Grâce. Voulez-vous que j'attache votre cheval à la grille?

– Inutile. Il est trop fatigué pour se sauver.

Puis il entra dans une toute petite pièce. Sur la table, un bouquet de fleurs s'épanouissait dans un vase.

– Miss Shane est-elle chez vous? répéta le duc.

– Oui, Votre Grâce, répondit le vieillard. Excusez-moi, mais j'espère que vous ne venez pas pour ... pour l'ennuyer? Vous comprenez, elle est arrivée hier matin, épuisée. J'ai été le domestique de son père et je me suis occupé d'elle depuis sa toute petite enfance. Aujourd'hui encore, je serais prêt à donner les dernières années de ma vie pour qu'elle soit heureuse. Quand elle est venue me demander l'hospitalité, j'ai bien vu qu'elle avait beaucoup de chagrin...

– Rassurez-vous, dit le duc. Mon seul désir est de rendre miss Shane heureuse.

– Dans ces conditions, Votre Grâce, passez par la porte de derrière. Vous apercevrez un petit bois. Suivez le sentier qui y conduit. Et vous ne tarderez pas à rencontrer miss Ravella. C'est dans ce petit bois qu'elle se réfugiait jadis quand on la grondait.

– Merci, répondit le duc.

Il traversa la cuisine et s'engagea dans le sentier. Devant lui, sur la colline, se dressait le manoir où Ravella avait vécu avec son père.

Une minute plus tard, il aperçut la jeune fille qui, assise sur un tronc d'arbre, à la lisière du bois, semblait absorbée dans la contemplation du ruisseau qui baignait la vallée.

Elle portait une robe blanche et ses cheveux flottaient librement sur ses épaules. Penchée en avant, le visage soutenu par ses mains, elle donnait l'impression d'être très malheureuse.

Soudain, elle leva la tête, se dressa d'un bond et cria, le visage empourpré par la surprise :

– Cher tuteur, est-ce vraiment vous?

– Oui, c'est moi, répondit le duc. Je suis venu pour vous ramener à la maison, Ravella.

– Mais..., commença-t-elle en détournant son regard, m'avez-vous donc pardonné?

– C'est plutôt à moi de vous demander pardon.

De nouveau, elle le regarda, comme pour s'assurer qu'elle ne rêvait pas. Puis, d'une voix un peu haletante :

– Vous... vous avez entendu parler du nouveau testament? Vous savez que je n'ai plus rien?

– Oui. C'est sans importance.

– Mais comment pourrai-je vous rembourser tout ce que je vous dois? J'ai laissé à Melcombe House mes robes, mes manteaux, pensant que vous pourriez les vendre. Cependant, j'ai bien peur qu'on ne vous rachète que pour une bouchée de pain ce qui vous a coûté des centaines de livres!

– Ravella..., commença le duc.

Elle l'interrompit.

– Mr Hawthorn m'a... conseillé de... de trouver un mari... sans doute pour que ce mari... généreux... paie mes dettes... Mais cela, je ne peux pas, je ne pourrai jamais le faire!

– C'est bien dommage, car c'était justement de ce sujet que je désirais vous entretenir, Ravella...

– De quel sujet? demanda-t-elle, pâle comme une morte. De mon mariage?

– Oui, Ravella. Je voulais vous demander de me faire l'honneur de devenir ma femme.

Pendant quelques secondes, la jeune fille demeura comme paralysée par la stupeur. Puis elle murmura :

– Vous n'avez donc pas... l'intention d'épouser la princesse?

– Je n'ai jamais eu l'intention d'épouser qui que ce soit, sauf vous, Ravella, répondit le duc d'une voix ferme.

Elle serra ses deux mains sur sa poitrine, comme pour apaiser les battements désordonnés de son cœur.

– C'est par générosité que vous me demandez en mariage, dit-elle. C'est parce que je n'ai plus d'argent et que je n'ai pas de foyer. Mais il y a quelque chose que je voudrais vous dire. Pendant tout mon séjour chez vous, je me suis conduite stupidement. Dans ma candeur, je n'ai jamais rien compris à certaines femmes, à la señorita Deleta par exemple. Aujourd'hui, je les comprends... Puis-je aller jusqu'au bout de ma pensée?

– Je vous en prie, fit le duc avec douceur.

– Eh bien! voici. Dans mes rêves les plus secrets, je n'ai jamais imaginé que vous m'épouseriez. Mais il m'est arrivé de penser que vous me désiriez peut-être assez pour me demander de vous appartenir. Et je me disais : « Ne serait-ce qu'un jour ou une nuit... j'en serais heureuse jusqu'à mon dernier souffle... »

Pour la première fois depuis qu'elle avait pris la parole elle leva les yeux et découvrit, sur le visage du duc, une expression de violente colère. Et, soudain, il la prit par les épaules et lui dit, d'une voix dure :

– Comment osez-vous me tenir semblable langage? Comment osez-vous vous comparer à ces créatures dont, sans ma conduite inqualifiable, vous n'auriez jamais soupçonné l'existence? Je ne vous fais pas un honneur en vous demandant de m'épouser. Jusqu'ici, j'ai vécu dans l'inconduite et l'erreur. J'ai commis d'innombrables fautes. Je ne suis pas digne de vous. C'est pourquoi je vous supplie de bien réfléchir avant de me donner votre réponse. (Il lâcha les épaules de la jeune fille, s'éloigna de quelques pas et ajouta, en contemplant le paysage :) Savez-vous comment on m'appelle? Le Valet de Cœur! Ce surnom n'est-il pas tout un programme? Mais ce n'est pas tout. Votre vie, avec moi, ne sera pas facile. Je suis autoritaire. De plus, je ne sais pas comment on fait pour être tendre et prévenant. Je vous désire, Ravella, comme un homme désire une femme. J'admire votre beauté et votre caractère – bref tout ce qui fait de vous un être bien supérieur à moi. Mais je vous aime aussi. A plusieurs reprises, je vous ai protégée contre d'autres... Aujourd'hui, je ne suis même plus certain d'avoir l'énergie de vous protéger contre moi-même...

– Comme vous êtes stupide, cher tuteur! dit-elle avec douceur. Moi qui vous ai toujours considéré comme l'homme le plus intelligent de la terre! Ne comprenez-vous pas que je suis amoureuse de vous? J'ai envie de sentir vos bras autour de moi, vos lèvres sur les miennes... J'ai besoin de savoir que je suis vôtre, vraiment vôtre...

Levant les bras, elle le prit par le cou, l'obligea à baisser la tête. Il la serra brusquement contre lui, et les battements de leurs cœurs se mêlèrent.

– Je vous avais prévenue, Ravella, dit-il d'une voix étranglée par l'émotion. Vous m'avez tenté. Dans un instant, vous aurez peur, vous vous détournerez de moi!

Ravella émit un petit rire cristallin, et ce fut elle qui tendit ses lèvres. Une onde de volupté la traversa. Comme le soir où il l'avait déposée endormie sur son lit, elle eut l'impression que ses veines s'enflammaient et qu'un immense bonheur dilatait son être tout entier...

Lorsqu'ils furent délicieusement las tous les deux de ce premier et interminable baiser, elle posa sa tête sur l'épaule de son fiancé. Il se pencha sur elle, s'émerveilla en silence de la ligne pure de sa bouche, de la luminosité de ses prunelles, de la roseur de ses joues.

– Mon amour... , murmura-t-il enfin. (Puis, tout à coup, de sa main droite, il lui souleva le visage et dit, avec autorité :) Maintenant, c'est fini; vous ne m'échapperez plus jamais!

– Comme si j'en avais envie! soupira-t-elle.

Et, de nouveau, pressés plus étroitement encore l'un contre l'autre, ils oublièrent le monde entier.

Editions J'ai Lu, 31, rue de Tournon, 75006 Paris

diffusion
France et étranger : Flammarion, Paris
Suisse : Office du Livre, Fribourg
Canada : Flammarion Ltée, Montréal

Achevé d'imprimer sur les presses de l'imprimerie Brodard et Taupin
7, Bd Romain-Rolland, Montrouge. Usine de La Flèche,
le 16 mars 1981
1088-5 Dépôt Légal 1er trimestre 1981. ISBN : 2 - 277 - 21166 - 4
Imprimé en France